STARTING AGAIN

彭闪闪 ◎ 著

新华出版社

图书在版编目（CIP）数据

重来/彭闪闪著．——北京：新华出版社，2020.12
ISBN 978－7－5166－5530－6

Ⅰ.①重… Ⅱ.①彭… Ⅲ.①长篇小说—中国—当代 Ⅳ.①I247.5
中国版本图书馆 CIP 数据核字（2020）第 223690 号

重　来

作　　者：	彭闪闪
责任编辑：	江文军　丁　勇　　　封面设计：李尘工作室
出版发行：	新华出版社
地　　址：	北京石景山区京原路 8 号　　邮　编：100040
网　　址：	http://www.xinhuapub.com
经　　销：	新华书店、新华出版社天猫旗舰店、京东旗舰店及各大网店
购书热线：	010－63077122　　中国新闻书店购书热线：010－63072012
照　　排：	彩丰文化
印　　刷：	河北鑫兆源印刷有限公司
成品尺寸：	165mm×230mm　　1/16
印　　张：	21.5　　　　　　　　　字　数：297 千字
版　　次：	2020 年 12 月第一版　　印　次：2021 年 3 月第二次印刷
书　　号：	ISBN 978－7－5166－5530－6
定　　价：	49.80 元

版权专有，侵权必究。如有质量问题，请与出版社联系调换：010－63077124

目　录

第一卷

第一章　我会想你的 / 3

第二章　塞纳河畔 / 17

第三章　海鲜酒楼 / 26

第四章　香　港 / 32

第五章　你好弗兰克 / 39

第二卷

第六章　安顿下来 / 55

第七章　我在法国挺好的 / 64

第八章　慈善晚宴 / 72

第九章　靠　山 / 87

第三卷

第十章　圣诞节前 / 101

第十一章　我来了 / 115

第十二章　有我没她 / 127

第十三章　深红的玫瑰 / 140

第四卷

第十四章　庞氏骗局 / 151

第十五章　巴黎画展 / 165

第十六章　远走的奶奶 / 176

第十七章　我这是在哪儿 / 189

第五卷

第十八章　坍　塌 / 205

第十九章　惊弓之鸟 / 217

第二十章　我恨你 / 229

第二十一章　巴黎圣母院 / 239

第六卷

第二十二章　邻　居 / 251

第二十三章　熄　灯 / 264

第二十四章　法国阿让 / 277

第二十五章　梅子农场 / 287

第七卷

第二十六章　农　工 / 299

第二十七章　周末午餐 / 307

第二十八章　移　交 / 317

第二十九章　中国边检 / 326

第一章
我会想你的

法国阿让市的一家小旅馆,在只有一个小天窗的顶层小房间里,樊玫坐在一张仅有一人多宽的小木桌子前,在昏暗的小台灯下写着信。

她的眼泪,随着字字句句滴落着,密密麻麻地扑打在圆珠笔的字迹和伏在信纸的手背上……

六年前。

五星级酒店的豪华卧房,没有开灯,整个一面墙大的落地窗将城市的夜色尽显。

豪华双人床的金丝平绒靠背上,靠着裸露着肩膀的赵彦默和依偎在他怀里的樊玫。

"玫,这一走见面就不多了。"

"不走不行,追债的人逼上门了。他跑得倒干净,把儿子丢给了我,好在有奶奶帮着给带着。"

"一丹在巴黎帮你安排好了,孩子的学校去了就可以报到。房子她也帮你从租户那里收了回来。"

"彦默,这些年你没少照顾和提拔我,我都记在心里。原本想着在那个项目上赚了一大笔,没想到一半被他赌博挥霍完,还欠了巨额赌债利滚利的高利贷,我就算是卖掉所有家产也堵不上这个债。——唉,没想到这笔钱实际上就这样全丢了,我真是没有享用的福分。"

"人先保住没事就好。——玫,你到巴黎后,我这边会想办法帮你安排一些钱。"

"彦默,有时候我会突然感到害怕,你说咱在项目上得了那么多钱会出事儿吗?"

"没事儿,很安全。直接项目人都是自己的人,不会有问题。"

赵彦默嘴上说着没事,眼角的神经不由地抽动了几下,脸上的表情渗透着难以说得清楚的神情。

"彦默,你好好保重,等你退休了,我们团聚在巴黎。"

赵彦默将樊玫紧紧地搂在怀里,在她的额头上亲了又亲。

这一晚他们几乎没有睡,好像有说不完的话。不是生离死别,也是再见不易。出国对赵彦默来说,不是说走就走的事。好在樊玫作为他的部下,在半年前已经辞职,明天就要启程飞往法国巴黎陪读,等待由孟一丹餐饮公司作为雇主担保的法国永居身份。

这一走是祸是福,樊玫心里没数。

樊玫在国内被逼无路,在国外又没有太多的钱财和生财之路,这也是今晚他们说到的主要话题。

"玫,到了巴黎让一丹帮你看看,再买一套公寓也好收个租金,这个钱我私下给你安排。"

"彦默,你在这边也要多加小心,不要出事儿。"

"放心吧!我会安排好,不会出问题。"

"唉,他也是欠款太大,不然我也不会走到这一步。"

"是啊,金额是大了些,又加上利滚利的高利贷,确实不好办。玫,不要发愁了,先走一步再说吧!我也是后悔之前把钱都给了她,也没给自己留个小金库。唉,——来,再让我好好看看你。"

赵彦默说着又注视着樊玫小巧精致的脸庞,抱了又抱,亲了又亲。

樊玫那一双明亮美丽的大眼睛,小巧高挺的鼻子和肉嘟嘟的小嘴儿,在月光下越发地朦胧迷人。她虽说已41岁,但是仍保持着20多岁的容颜和丰润曲线的身材。

年轻时也应该是属于美男子的赵彦默，在如今53岁的这个年龄，仍有着往昔的英俊轮廓。身体上，也是雄风不减。

次日晚上9点。

国际机场的登机口，赵彦默没有来。

樊玫的家人和孩子的奶奶来送行。她们相拥、叮嘱，流泪挥别着。

赵彦默给樊玫母子购买了头等舱的位置，她和儿子登了机，放好了行李，落座了下来。

眼睛哭得略肿的樊玫，心里像是打碎了五味瓶，亲人、朋友，还有令她牵魂的赵彦默，就这样一别在国际航班之外的繁华城市。

她落座在头等舱的宽大座椅里，好像倒进了赵彦默的怀里，令她又一阵揪心、酸楚。

坐下来的儿子没有因挥别亲人而难过，他倒是觉得哭哭啼啼是大人们一贯挥别时的情景。他不以为然地坐下来扣上了安全带，又看看机窗外。

他坐在樊玫的边上，兴奋地说："妈妈，我真的好激动，飞机停下来的时候，我们就在巴黎了。"

樊玫脸上挂着微笑，慈爱地看着儿子说："是的儿子，我们的巴黎生活就要开始了。"

"妈妈，我还有两年就考大学了，我想考法国巴黎美术学院。"儿子张成兴奋不已地说。

樊玫认同地说："没问题，你现在的绘画底子打得还可以，到了巴黎妈妈再给你请一位外国老师学一学。"

"太好了妈妈。"儿子张成愉快地说着。他对于巴黎生活充满着向往，就像是一只小鹰等待展翅于辽阔的天空。

樊玫感受着儿子的快乐，心里也得到了些安慰。

"妈妈，爸爸什么时候来巴黎？"张成随口又说。

听到儿子说到爸爸，樊玫挂着微笑的神情透着黯然，表情也显得更为复杂，甚至隐含着怨恨说："他在香港要给我们赚钱，有时间就会回巴黎的家。"

儿子张成毫无察觉地又说："太好了，爸爸一定会喜欢我们巴黎的家。"

樊玫强颜微笑地望着愉快的儿子，温和地敷衍着说："会的。"

樊玫看儿子已扣好安全带，自己也扣上了。

空姐走过来，为他们安排饮品，放置了菜单。

随后，空姐做完安全演示，提示乘客关机时，樊玫的手机来了信息。

赵彦默：玫，一路平安。

樊玫回复：你多保重，我要关机了。

赵彦默：玫瑰、两颗心（图形）。

樊玫：两颗心（图形）。

手机关机。

这架飞机，在几分钟后起飞了。

飞机盘旋在夜空，机窗外的城市灯火繁烁。隔着儿子看向窗外的樊玫，眼睛里噙满着泪水，她心里默默地念着：彦默，我走了，我会想你的。爸爸、妈妈和婆婆多保重……

次日上午。

飞机平稳地降落在法国巴黎戴高乐国际机场。

樊玫拿出手机发送信息：彦默，已抵达巴黎，勿念。

几分钟后赵彦默回复：好，随时联系。一丹已在机场到港大厅等你们了。

这时，儿子兴奋地催着妈妈收起手机下飞机。

樊玫自从两年前在巴黎香榭丽舍大道附近购买了高档公寓，一直没有去过巴黎。2010年10月的今天，带着儿子来到巴黎生活，是她此生的一个重大选择。对于儿子，是人生未来的憧憬，对于自己则是一刀切掉了前半生所付出的工作努力，终结了仕途之路。

此时，站在巴黎戴高乐国际机场等待过海关的樊玫，心情是复杂的，有失落，有担忧，也有希望。

机场出港大厅，孟一丹已经在等候樊玫和张成到来。

53岁的孟一丹，看上去有一把年龄。她个头不高，身材偏瘦，干瘦的脸上一双不算大的眼睛，薄薄的嘴唇，细细的鼻梁上架着一副无框近视眼镜。她穿着一件驼色薄呢大衣，里面穿着套深灰色的职业装，短短的头发，一副干练的样子。

一身休闲装的樊玫和儿子，推着一车行李走出了出港大厅。

孟一丹一眼就看到了樊玫，并向她挥手。

樊玫也发现了挥手的孟一丹，立即满脸笑容地迎合着挥应。儿子也随着妈妈挥了挥手，满面欢心地跟着妈妈往外走着。

"樊玫，欢迎你们到来！你的房子终于可以迎接自己的主人了，张成都长这么高了，帅小伙！"孟一丹热情地说着。

"阿姨好！"张成礼貌地向孟一丹打着招呼。

樊玫微笑着诚意地说："大姐，以后就要给你添麻烦了。"

"咱又不是外人，你不要客气，就是没有我们家赵彦默交代，我也会把你们当自家人。"孟一丹极为热情地说着。

樊玫听孟一丹这么说，也就没再客气。她听到赵彦默这个名字，就像小针扎在心里一样。她和赵彦默的情人关系，这么多年除了单位的人心知肚明以外，孟一丹对丈夫在国内的风流韵事全然不知，也无心理会。按孟一丹一贯的话，夫妻现在过的就是亲情，男女之事已不重要了。

孟一丹的年龄原本不算老，但是脸上看去，在那干瘦皱褶的纹路里已显得不再年轻。这些年来，樊玫才是赵彦默最亲密的人。

樊玫对于孟一丹在赵彦默生活里的存在，几乎到了完全无视的状态，也谈不上一丝妒忌。因为孟一丹对赵彦默早已没有性的需要,樊玫在孟一丹面前,心里也算过得去。

樊玫的巴黎生活只有依仗孟一丹的帮助,才可以走向实质的开始。孟一丹对于丈夫赵彦默所交代需要关注的人,都会尽心尽力。

赵彦默的这两个女人就这么自然地存在,并若无其事地交往着。

孟一丹驾驶着一辆黑色奔驰越野汽车,载着樊玫母子和一后备厢的行李,驶向通往巴黎城区的公路上。

秋季的巴黎正是迷人的季节,放眼多彩的树叶交映在秋日的阳光里。大片的草地划过车窗,越过他们的视线。

张成欣喜地眺望着窗外。

两个女人一路聊着国内和巴黎的一些人和事。

半个小时后,汽车从高速路出口进入城区环城公路,又经过现代城区,向着老城区的小巴黎驶去。

孟一丹建议走马观花穿行几个著名景区,樊玫和儿子愉快地应声赞同着。

在巴黎移居十几个年头的孟一丹,总会在亲朋好友的迎来送往中,热情地环绕着巴黎圣母院、协和广场、香榭丽舍花园、小皇宫、巴黎大皇宫、埃菲尔铁塔、塞纳河畔、凯旋门行驶,让大家顺路浏览一下这些景点。为此,也得到了朋友们的欢迎和感激。

汽车在小巴黎城区古典建筑间的街道行驶着。

张成望着车窗外,被眼前有历史年轮的古典建筑和雕塑深深吸引,又不断地指给樊玫看着、说着和赞叹着。

随即他又兴奋地说:"一丹阿姨,我们可以走一下巴黎美术学院吗?"

驾驶汽车的孟一丹热情地说:"当然可以!这个美术学院在距离香榭丽舍大道你们的家不远的塞纳河对岸,它的对面就是罗浮宫。"

张成愉快地看了看妈妈，接着又说："太好了，以后就可以经常步行去了。谢谢阿姨！"

孟一丹满脸笑容地说："这孩子真懂事，以后要考巴黎美术学院吗？"

樊玫微笑着看了看儿子，跟孟一丹缓缓地说："他是有这个想法，看看他的学习情况吧！"

"只要有愿望，就一定会实现。"孟一丹从后车镜里微笑地看着张成和樊玫说。

信心百倍的张成愉快地回应着："谢谢阿姨，我会努力的。"

孟一丹一边驾驶着汽车，一边热情地讲解着经过的景观和街区。

在这迷人的秋季，道路两旁法国梧桐树的叶子泛着黄绿，其中一些叶子已经金黄。夹在法国梧桐树间的枫树，叶子的颜色红里透着金，有的已是透红。这些叶子层层地落在有着木长椅的草坪上，或是街边的地面上。

行走的人们踏在松软金黄和红色的落叶上，好生秋色的惬意。

一些街心花园，有着大片绿油油的草坪，簇拥的鲜花围绕在一尊尊雕塑或是小喷泉水池边，简直就是一幅画。

此时车窗外的街边不断地出现着鲜花店，和一座座楼房阳台上探出的鲜花，在秋季依然多彩、娇艳。

花都巴黎是人们对它的印象，巴黎对鲜花的钟爱就像是一首多情的诗歌。

樊玫望着窗外满眼美丽的秋色，眼睛里竟然渗出了泪花。这份美好来得这么轻易，可是自己抓住幸福生活却那样艰难。

她集满在心底的灾祸，在美丽的秋色中成了最不幸的根源，不断刺激着她，在美好景色中又反射出来心痛。

从今天起，樊玫就是一个被追债在外的陪读妈妈了。她之前在国内的仕途人生，成了记忆中的繁花似锦。如今自己像是无根的草，漂浮异国他乡。

孟一丹驾驶者汽车，感受到樊玫突然低落的情绪，又轻轻地说："在巴黎的生活，我会尽力帮助你们。其实刚来的时候，大家都一样，需要慢慢地了解和适应。巴黎的华人也很多，也有很多华人社团，以后带你们多参加些活动，慢慢地朋友也会多起来。"

樊玫尽力掩饰着内心的伤感，脸上努力地堆出微笑，"有大姐在，我心里就很踏实。如果没有你在这里，我在巴黎的房子两年前也不会买，今天也不可想象一个人带着孩子在异国他乡的生活。"

孟一丹手扶着方向盘，微笑着看着前方说："放心吧，我一定尽力帮助你们。你有这么懂事的儿子，又有美好的理想，这就是你在巴黎生活的信心和希望。"

樊玫温情慈爱地看了看身边的儿子，"是啊，但愿儿子能有出息。"

张成愉快地看着妈妈，"您放心，我一定会努力学习。"

孟一丹不由地说："真是好孩子，阿姨和妈妈都相信你。"

"谢谢阿姨！"张成说，他的神色就像早晨的一轮朝阳泛着光透着亮。

"不用谢！"孟一丹微笑着说，而后她又跟樊玫说："樊玫，我们家彦默说让我带你看看买套公寓。你先休息几天，而后咱们去看房子。"

"好的，就麻烦大姐了。"樊玫由衷地说着，眼睛里透着感激。

孟一丹立即强调着说："樊玫，咱以后就不要总这么客气了好吗？"

樊玫心怀感激地看着开车的孟一丹，"好吧！"

开着车的孟一丹，微笑着直视着前方。

孟一丹出国之前是中学英语老师，她为了陪女儿来法国读书就移民巴黎，来之前又学了五年法语。她是一个语言能力很强的人，这么多年在法国十三区，这个华人居多的区开了家有规模的海鲜酒楼，并购置了这座商业房产。这个酒楼一边满足华人的生活需求，一边也是中国朋友来往巴黎的一个迎来送往的聚点儿。

如今，孟一丹和赵彦默的女儿已经大学毕业，现在巴黎的一家会计事务所做会计工作。孟一丹和女儿的家就在十三区，以便照顾海鲜酒楼的生意。孟一丹毕竟已经移居巴黎十多年，在巴黎的生活是样样明白。

此时，孟一丹兴致地说："樊玫，明天晚餐到海鲜酒楼为你们接风，改天再去我家里认认门。"

樊玫和儿子相识微笑着，又看向孟一丹说："好的，我就不跟大姐客气了。"

"这就对了。"孟一丹愉快地说着。她平稳地驾驶着汽车，穿过巴黎美术学院，向着樊玫的家驶去。

张成是汽车里最愉快的人，他激动的心随着巴黎美术学院的经过，放飞梦想。这所他梦寐以求的艺术殿堂，是他在巴黎追逐的理想。

巴黎第八区。

在满是梧桐树的香榭丽舍大道周边，是一栋栋奥斯曼风格米色灰顶的楼房。在其中的一座国际公寓，三层南北通透的三室一厅，就是樊玫的家。

这是樊玫在孟一丹的帮助下，购置了这套带全套家具和电器的样板房。

樊玫喜欢住在真正意义上的，有历史年轮的"小巴黎"，而且是在最著名的香榭丽舍大道的繁华区域。她极为喜欢奥斯曼风格的楼房建筑，充满历史和极为浪漫的情调。

大楼的一层是商铺，楼上是住户。历史上，这些奥斯曼风格的大楼里住着不同社会等级的人，三层是金融家所住，上面楼层是文化人，再往上的灰色顶层阁楼是创业者和佣人。

不同社会身份的人们可以同时生活在城市繁华地段的楼里，这也是设计师最初的意愿。

樊玫当时购房，仍旧遵循着这份阶级感受和定位，选择了三层资本家阶层的住所。她也算是给了自己一个社会中上层阶级的定位。

三人拉着行李箱，来到三层公寓樊玫家白色实木的房门前。

孟一丹从大衣口袋里取出了一串铜钥匙，递到樊玫手里说："樊玫，室内的家具和摆设都是当年的样子。之前的租户还是比较小心使用，这边中介租赁管理也很好，家里的一切都跟新的一样。我就不进去了，回头我再专门来看你们，跟你在家里喝茶。"

樊玫感激地说："还是要谢谢你，不说这些我心里也难表心意。——哦，差点儿忘了，我还给大姐带了件小礼物。"

樊玫说着从包里取出了一个小首饰盒，"走得匆匆，在机场买了这个小礼物。真的不是客气，只是一点心意，大姐一定要收下。"话音刚落就递到了孟一丹手里。

"好吧，那我就不跟你客气了，我接受你的心意。"孟一丹愉快地说着，便打开了小首饰盒。

首饰盒里是一颗白色的大珍珠项坠，孟一丹满心欢喜地说很喜欢，便顺手放在了包里，并向樊玫母子拥抱道别。

目送着孟一丹走进电梯，樊玫将手里的铜钥匙插进了房门的铜锁眼里，在悦耳的旋转声中房门被打开。

"——哇，妈妈，真的太漂亮了，简直就是五星级酒店。"儿子张成惊奇地说着走了进去，放下手里拉着的两个大箱子，向里外的房间走着看着。

樊玫心里想的却是，面对后续在巴黎高昂的生活开支，尽快购买公寓用租金来养这个家。

这是一套超豪华公寓，欧式风格的室内混搭着现代简约的家具。房间内的色调为黑白相间，白色为主。白色的墙壁，三分之一高度的墙体是用白色实木镶嵌上去的方块形状。客厅的墙壁中间有一个黑色的铸铁壁炉，两边是通向外阳台的两扇白色木框落地玻璃门。阳台的围栏是黑色铸铁雕花的，对外垂吊着一盆盆火红色的鲜花，花儿已经探出了阳台。

儿子走来走去，不断地惊叹："太美了！"

樊玫微笑着看着儿子，不由地也赞叹着："是很美！"

室内的窗纱和窗帘布是白色的，家具也是白和黑混搭色调，现代简约、明快的感觉。室内整体有香奈儿品牌色调。

张成选了间喜欢的卧室，准备将自己的行李箱拉到房间，"妈妈，我可以住在这一间吗？"

樊玫满脸温情地说："当然，你想住哪一间都可以，儿子。"

"谢谢妈妈！——巴黎真是太好了，我们又住在梦想的大学对面。我一定要考上巴黎美术学院。"张成激动地说。

樊玫望着儿子满脸欣慰地说："相信你，我的儿子！我们休息一下，然后一起出去吃饭。"

樊玫走到了宽大的主人卧房，又打开了卧室阳台的大门，仍然是鲜花垂吊。她一边舒心地欣赏着鲜花，一边站在阳台放眼金秋熙攘的街区和一座座相同的奥斯曼风格大楼。

她心里默念着："巴黎，你会善待我吗？——彦默，没有你在身边，让我又怎能不想你？"

当年，樊玫从名牌大学毕业分配到单位，她是单位里最漂亮的女人，受到同事和领导青睐。她性格温和，甚至有些偏内向，但又不失亲和。

因为她长得漂亮，身材又好，单位的文化活动选她为主持人。

单位的领导从她的简历看到，她一直品学兼优，又是学习委员，希望她在工作岗位能多发挥一些作用，未来定有前途。樊玫倒是一个没有更多仕途野心的人，她图的就是单位和岗位的稳定。从而平稳的工作成绩，伴随她走过了 5 年。

5 年后，从外单位调来了 40 多岁，美男子级的副厅长赵彦默。不久，他将樊玫这位美女盯在了眼里。

单位办公室主任，是赵彦默的心腹，明白他对樊玫的心思。办公室主任在对外接待宴席上多次叫来樊玫，代表单位随行坐在赵彦默的身边。

赵彦默是一个成熟有心计的男人,没有让樊玫察觉到自己对她的心思。甚至故意不真正、认真地看过她一眼。

樊玫有时还纳闷,为什么领导对自己视而不见。

她记得有一次,赵彦默通知她到办公室谈话。谈话主题是对处室工作摸底,当时樊玫是处室的一般职员。她来到留着门缝的领导办公室门外,小心翼翼地敲了两下。在一声浑厚的"请进"中,樊玫微笑着轻轻地走进了办公室。

赵彦默正坐在大办公桌内的皮椅子里,侧着身子断断续续地一下又一下地敲打着放在一边的台式电脑的键盘。电脑边的桌子中央放着一个带盖子的大搪瓷茶杯,他漫不经心地敲打间,会打开茶杯盖喝上一口。而后,他又盯着电脑,继续断断续续地敲打着键盘,并漫不经心、不紧不慢地向樊玫询问着摸底儿的话题。

樊玫则恭恭敬敬地端坐在他正对面的会客单人沙发上,看着他并一一认真地回答着。

将近20分钟的问话时间过去了,赵彦默仍没有看她一眼地说:"今天的谈话结束,你可以回去了。"

走出办公室的樊玫感到怪怪的,甚至觉得他不够基本的礼貌,或是性格原因。但是,无论怎样,他是领导,樊玫也就没再深想。

直到单位的一次处级干部会议上,赵彦默提到要重用年轻人,他举例时提到了樊玫。打那以后,樊玫很快就提升到了处室办公室副主任。这样一来,她去赵彦默办公室送文件,一出一进也就频繁了起来。

比樊玫大10多岁的赵彦默是标准的美男子,又有领导才能和口才。随着樊玫跟他的工作接触和走近,对这位曾经认为对自己视而不见的他日渐好感。

那时樊玫已婚多年,有个5岁的儿子张成。在厅长赵彦默的眼里,这个年龄段的女人更有风韵。

樊玫的丈夫张坚是个小老板,当时有一个成立两三年的房地产开发公司。之前,他和樊玫是人民大学同学,本科毕业后两人结婚,张坚随后去了深圳某公司打工。后来,因有了孩子,张坚又回来,在当地的一家地产开发公司谋职。他出身工人家庭,父亲张福旺是汽车维修厂的工人,母亲王海琴是厂子里的后厨勤杂工。他的家庭没有社会关系背景,又没有钱。他事业上一直没有起色,倒是染上了酒瘾,每晚都要跟几个兄弟在小饭馆喝上一小场。

樊玫的父亲樊润新是中学数学老师,母亲赵淑兰是艺术学校财务科会计。她工商管理本科毕业后工作稳定,后来又晋升副处级,这使得张坚感到自己不如妻子。这就更加使他不愿意早早地回到家里,夫妻生活也日渐平淡。

赵彦默调任后的第二年,在办公室主任的精心安排下,在一次外出活动后的酒店,赵彦默和心想已久的樊玫滚到了床上。

当时,市面上流行一句话:好不到床上,就不叫好。

赵彦默和樊玫的关系,就顺应了这句话。

从那一天起的两年后,樊玫从副处级,又任职副处长。又过了三年,她就晋升到处长,分管项目招标。

她和赵彦默随着灵肉交合,加深着工作背后的利益。

此时,樊玫站在巴黎国际公寓的阳台,眺望眼前的异国风情,那些经历过的事儿,已暂存在她记忆的深处了。

她轻叹着回到客厅,坐在了舒适时尚的灰黑色布艺沙发里,给孟一丹发着信息。

樊玫信息:大姐,下周一我们跟儿子去学校报到后,如果你有时间,陪我一起去买台汽车好吗?

数分钟后。

孟一丹语音:好的,周一去孩子学校报到,我周二下午有时间,我们可以去看车。

樊玫回复：好的，谢谢大姐，就这么定吧！

孟一丹语音：不用谢，明天晚上我5点半来接你们去酒楼吃晚餐。

樊玫回复：好的。我想明天聚会就不要叫其他人了，我现在的情况不便于多接触华人朋友。

孟一丹语音：没问题，我就叫三两个比较要好的朋友，以后你也会用得上的。

樊玫回复：好吧，那大姐就看着安排，谢谢！

孟一丹回复：玫瑰。

樊玫：笑脸、玫瑰。

第二章
塞纳河畔

下午 2 点。

樊玫和儿子来到了楼下的一家鲜花堆满大门的西餐厅，儿子的法语好，点餐时和法国人交流很顺畅。

母子两人在摆着调味瓶，插着鲜花，铺着洁白餐布的餐桌前享用着法餐。

这里的人们都是下午 1 点半午餐，2 点的餐厅几乎座无虚席。不算小的餐厅，除了轻柔的背景音乐，没有嘈杂的说话声，更没使有刀叉发出的声音。

外国人吃饭在樊玫眼里永远都是不饿的人，他们不但吃得很少，而且也不怎么吃，就是在小声惬意地交谈。她和儿子还是保持正常吃饭的样子吃完了饭。

从西餐厅出来，他们决定沿着塞纳河走一走。

儿子提议想去罗浮宫看看著名的油画和雕塑艺术。他说自己想一个人慢慢地仔细欣赏，如果妈妈能允许的话，最后就在罗浮宫的玻璃金字塔见。

樊玫同意了儿子的意见，心想："孩子大了，应该给他自己的空间。"

他们一起来到了罗浮宫，儿子担心地问妈妈："您一个人，又不会说法语，怎么办？"

樊玫微笑着从口袋里拿出手机跟儿子说:"我有翻译器,没有问题。"

儿子听妈妈这么一说,放心地笑了,"如果有问题可以给我打电话,我电话翻译。"

樊玫愉快地说:"好的儿子,你放心去看展览,妈妈没问题。"

"好的妈妈,我们一会儿见。"儿子说着愉快地挥动着手。

樊玫慈爱地看着儿子,也挥挥手,"祝你开心儿子!"

"您也开心妈妈!"儿子挥着手,愉快地向远处走去了。

樊玫目送着儿子走进了罗浮宫。

樊玫一个人漫无目的地沿着美丽的塞纳河畔,缓缓地走着。

河畔边一个个行为艺术表演者,无论有没有人观看都充分表现着。在过往的路人间,樊玫感受着自己的孤单。在诗意的巴黎没有相依的人,真是辜负了这样绝佳的美景和浪漫。

她不由自主地从口袋里取出手机,想给赵彦默打个电话。她想:"时差应该有六七个小时,此时是他那边晚上9点多,也正是说话的时间。"

她拨通了赵彦默的电话,他立即接听了。

"彦默,我是樊玫。"樊玫连忙说。

"玫,可等到你的电话了。我担心一丹和你们在一起,也没好打电话给你。"赵彦默浑厚的声音在电话里回荡着。

"彦默,我现在一个人在塞纳河畔,看到一对对来来往往的人,就想到你。我看到了飘落的叶子,就像是看到了我自己。"樊玫说着,眼睛里噙满了泪水。

"玫,你要坚强一些,好在一丹和张成都在你的身边,你要慢慢适应巴黎生活。"赵彦默怜爱地说着。

樊玫望着波光粼粼的塞纳河,接着又说:"张坚在香港,他如果来不了巴黎,两个多月后,儿子放假也许会去香港见爸爸。那个时候,我们可以在深圳见吗?"

电话里赵彦默立即回应着："当然可以，我们以后顺着孩子放假，就约见在深圳。"

樊玫听到赵彦默这么干脆地说着，脸上露出了点儿笑容，随即略带撒娇地说："彦默，我不在身边，时间长了，你应该还会有新的女人。"

赵彦默脸上洋溢着深情，"玫，不要想那么多，我们找机会就见面。这么多年，我的心里装的都是你，你已经成为我生命中的一部分。"

樊玫强调地说："如果我们早认识，结为夫妻多好。张坚这个不争气的人，真是把我要气死了。"

赵彦默轻叹着说："婚姻一旦选择，又有了孩子，尽可能地面对。事情都发生了，就不要总去想这些烦心的事。你们都在外面，追债也不是那么好追的，等以后再慢慢想办法。"

"现在还不仅仅是追债的事情，张坚在香港的私生子和女人，我儿子现在一点都不知道。你说以后怎么跟儿子交代？"樊玫的话里满含着怨恨。

赵彦默安慰着她说："走一步说一步吧！你不要总想这些烦心的事，到了巴黎跟孩子先放松一下，这些事情都会随着时间慢慢地解决。"

樊玫深叹着气，情绪又突然显得焦躁，"彦默，你说我投给罗必夫妇的钱就这么不见了。我们不能就听他们说，我既然来了巴黎，那就要亲眼看个明白，过几天我去见见他们。"

"唉，人见了钱就会变心思，这就是人性的一面。你不要太着急，我也会再问问情况。"电话那头，赵彦默的声音也显得更为深沉。

罗必是赵彦默在国内之前单位的同事，他后来辞职，一家人移居到了法国巴黎。他们夫妻这十多年在巴黎开过洗衣店，后来又有了贸易公司。罗必是贸易公司的挂名总经理，他的妻子巫岚是公司法人，做生意的事情基本上是巫岚一手操纵。

巫岚最早在法国留学，学习金融专业，会一口流利的法语。她毕业后回国经人介绍结识了罗必，两人相处半年就结了婚，婚后不久有了一对龙凤胎儿女。

从小随离异父亲单亲家庭长大的巫岚，性格跋扈，个性极强，重利轻义。

罗必性格内向，做人低调含蓄，是一个以友情为重的人。罗必在起初跟巫岚认识和接触中，并没有看到她隐藏在美丽外表下的世故和贪婪，而迅速结婚生育了儿女。

罗必除了给巫岚对接国内的关系，在生意上并没有主导，甚至没有发言权。

在巴黎，罗必起初不会法语，后来经过语言培训班学习，可以应对基本生活，更复杂的语言仍然不行。夫妇两人白手起家在法国谋生，通过罗必在中国的关系，做了几单大的国际贸易，赚了点儿钱。

赵彦默的妻子和女儿移居法国，当年罗必夫妇帮了不少忙。由于赵彦默和樊玫未来的法国养老梦，和对罗必夫妇的信任，赵彦默介绍樊玫投资罗必夫妇在法国的商业项目，将一只脚立足在法国。

在合作条款中，樊玫不能参与项目运营，只作为投资。

樊玫出于对赵彦默的信任，同意了这个合作模式，签订了投资地产开发的合同。

樊玫觉得不费心思就可以得到短期回报，这是天大的好事。她又想着投得多回报就多，于是逐渐加大了投资金额，甚至几乎将手里90%的生活流动金投给了他们。在她投资的大半年内得到了第一笔利润回报后，甚至不要巫岚将自己投资款的本金返回到自己的账户，而是放在巫岚的账户上，等待接下来的又一块地皮投资。也许，就是这份信任，和对钱放置在巫岚的账户而不问，滋生了巫岚挪用樊玫投资款的心。

之后，樊玫投资的800万人民币，连本带利润再也没有如期回来。

巫岚为挪用投资款，编造了各种谎言，返款日期一拖再拖。

后来巫岚又说，在法国的华人美容院很受华人欢迎，几个华人朋友正急着入股，她愿意留给樊玫股份。樊玫之前的投资款可以作为两个连锁美容院的投资。两个美容院价值各200万欧元，她给樊玫两个店各留20％的股份，回报率仍8％，并提前支付给了樊玫第一个月的回报。

樊玫为了赚钱，又成了连锁美容院的股东，股东协议仍然是不能参与经营。

在巫岚按每个月正常给报酬的半年后，回报率就日渐下降，一年以后竟然没有了回报。巫岚宣布美容院亏损关闭。

由此造成樊玫在法国巴黎生活所需的流动金严重断裂的后果。

樊玫由于投资丢了800万人民币。

这个商业故事对樊玫和赵彦默这两个不懂商业运营的人来说，就是一个哑巴亏。

樊玫这个亏可是吃大了，这是她和赵彦默未来面对罗必夫妇的一个事儿。

樊玫这笔投资款钱如果不丢，足以维系母子两人在巴黎几年的生活。好在樊玫买的这套国际公寓付的是全款，住在里面算安心，只是孩子高昂的学费和生活费，樊玫仅有的钱财也只够维持一年。

赵彦默对自己介绍的这位同事，是恨在心里，嘴上也只能一次次地说着好话，希望他夫妻以低价收回樊玫的股份。

罗必则低沉着情绪，说他们现在也很缺钱，无力购回。

为此，赵彦默也没再就转让给他们股份的事说下去，其实在他的心里，毕竟罗必对他家的移民也帮了不少忙，好似有一辈子的人情账。可是，一边又是自己心头之宠的情人樊玫。她的钱财被罗必夫妇搞丢了，实在是令赵彦默左右为难，怨恨和人情角斗在心里。

现在，樊玫心里全是钱的事，丈夫的赌债被追索，自己在巴黎生存面临的巨大精神强压。由此，她和赵彦默的电话，几句话就说到了钱的事。

赵彦默又安慰樊玫说："现在一丹经营的海鲜酒楼效益也不好，前一阵儿卫生检查，在后厨发现了一只蟑螂，停业三个月，还罚了款。之前的钱给女儿又买了几处房产，我这边也是不断地想办法经济补给一丹，不然也是有问题。这几年她在巴黎摊子铺得也大了些。"

"我知道你对我的心，你都是为我好才让我做的投资，也为我在巴黎生活做了不少安排。你能给我再买套公寓的钱已经是很不容易的事了，我都记在心里。"樊玫知趣地说着。

"我好在还在位置上，好多事做起来还有些空间。争取退休前再努努力，不然怎么去巴黎养老，跟你在一起呢？"赵彦默意味深长地说着。

樊玫此时的脸上也透出了点儿希望的笑意，"是啊，你继续努力吧！"随即又不放心地说："就是要小心，不要出事。"

电话那头的赵彦默深吸了口气，转而微笑着，半眯着的眼睛里透着光亮，"我知道。——玫，亲我一下。"

樊玫原本愁容的漂亮小脸儿，此时绽开了笑容，她对着电话响亮地亲了几下。

他们又是带着性刺激的语言，你来我往地说了一阵，而后挂断了电话。

樊玫将打得热乎乎的手机，放进了风衣口袋里。赵彦默关心的话语还回荡在她的脑海，抚慰着她。她温情地望着在秋日阳光照耀下波光粼粼的塞纳河，脸颊也随之泛起了温婉的光色。

金色的河畔，樊玫的身边不断走过三三两两相伴依偎的情侣。她随着闲游的人也漫无目的地走着。她走到了一位坐在河畔，面向塞纳河，正在绘画的80多岁老太太身旁，停下了脚步。

老太太雪白卷曲的短发上，戴了顶带檐的驼色呢料帽子，帽子的一边还缀着一朵黄色的花。她白胖慈爱的脸颊，布满了深深的皱纹。她化着淡妆，但是嘴唇却擦了鲜红的唇膏，使得原本苍老的面部显得富有生命力。她拿着画笔那满是皱纹的手，正一点一点地描绘着塞纳河畔秋日下午的景色。

樊玫欣赏着，心想："这样的老年生活多么美好和宁静，以后自己老了，也能拥有这份闲情和清静那该有多好啊……"

这份清闲和安静对她目前的局面是那么遥不可及，她美丽的大眼睛在阳光的照耀下闪着泪花。

她望着远方的秋色，继续闲走着，又想："如果以后彦默来巴黎生活，我们也在美丽的塞纳河畔相依，在著名的双偶咖啡馆闲坐，品味咖啡的醇香，那该多么美好……"

赵彦默是樊玫后半生的希望，她希望刚才电话里赵彦默说的话能够实现，未来他们在巴黎团聚享受生活。她那双隐含泪花的眼睛里闪烁着对美好生活的憧憬。

微风拂面，就像赵彦默的唇将她轻轻地亲吻，她漂亮的脸蛋拱起甜美的微笑。

此时，樊玫口袋里的手机铃声响了起来。

她想一定是儿子的电话，从口袋里取出接听着，"成成，你出来了吗？妈妈这就过来。"

"喂——，是我，张坚。"电话的那头，张坚超冷静的声音，从他站在香港高层公寓握着的手机里传了过来。

"哦，是你。——有事吗？"樊玫的情绪一下降到了冰点，语言冰冷地说。

"没有事就不能打电话了吗？——想儿子了。"张坚眼睛里瞬间充满了泪水，他望着窗外繁华的香港，低声沉闷地说着。

樊玫听到张坚说想儿子了，她带着怨恨的眼睛里瞬间涌出了泪水。

张坚几乎哽咽着说："儿子在吗？我想跟他说几句话。"

樊玫的眼泪唰地滑落在脸颊，她极力地克制着情绪，"——儿子现在罗浮宫，我在外面等他。——我会让儿子给你打电话，如果没事就这样吧！"

樊玫说着就要挂掉电话，张坚立即强调着说："樊玫，——都是我不好，我现在非常后悔做错的一切。可是，再回头已经晚了，事情都发生了，也只能认了。"

"你认了？认你的巨额欠款，认你的私生子？——我不认！如果不是你走得急，我们至少可以办了离婚。可是，你走得干净，我面对着你的巨债和重婚，又被逼债逃到法国。我和儿子仅有的这点儿生活费，也维持不了多少天？你认了？——我怎么能认?!"樊玫怨恨恼怒地说着，眼泪一颗颗地跌落着。

电话的那头，只有张坚传过来的呼吸声，他没有再说一句话。

樊玫像决了坝口的怨言，淹没了塞纳河畔的美景，覆盖了温和的阳光。

樊玫的眼前，好像瞬间天地都黑了，只有她近似于神经质的抱怨和愤怒。

不知何时，电话已被蠢立在香港高层公寓窗前，泪流满面的张坚挂断了。

樊玫也不知说了多久，才发现自己早已在自言自语中，便气愤地颤抖着手，将张坚早已挂掉的电话投进了上衣口袋里说："畜生！"

她此时充血的泪眼，像头斗急了的母牛。

塞纳河畔来往的人们，不由地将好奇的眼光投向樊玫这个疯狂声讨的女人。她身边走过来一位法国男人，在她耳边小声地说了一句英语：Horrible woman（可怕的女人），而后走掉了。

樊玫法语一句不懂，英语还是能知道几句。她听出这个男人对她不见声色的这个评价，反身对着走开的这个法国男人用中文喊着："你才有病！"

这个法国男人没再回头地走远了。

站在香港高层公寓的张坚，垂着手握住电话，闭上双眼，仰天无声地流泪。他悔恨自己不珍惜，不自信，不清醒地制造了悲剧和闹剧。现在生米已煮成熟饭，自己走过的路，要为自己的错误买单。可是几千万债务的单怎么买？——利滚利，雪球会越滚越大。

张坚恨不得从这座高层公寓跳下去一了百了，不会再有债务。可是，两个孩子还都未成年，又怎能让孩子们没有父亲？那么，往下的路又该怎么走？这套高档公寓是当时用赌场赚来的钱，以戴焱焱的名字购买的。现在戴焱焱和儿子住在里面，再难也不能动，算是给这个小儿子张萌的一份可见财产。

此时，张坚像尊蜡像木讷无语，只有流不尽的眼泪从他不再年轻的眼角流下。

巴黎塞纳河畔，满脸泪痕已被秋风僵在脸上的樊玫，愤怒、绝望地望着远方，顿感看不到一点儿生活下去的希望。

此时天色也开始渐晚，太阳的光色更为温婉和金黄。远处，那画画的老太太开始收起画架；街边的艺人还在不停地唱着，演奏着……

樊玫尽量平静着情绪，给儿子打了电话。

张成还在罗浮宫，在那些著名的油画和绝伦的雕塑前迷住了。

电话里，樊玫提醒儿子时间不早了，10分钟后他们在罗浮宫门口见。

第三章
海鲜酒楼

第二天傍晚。

孟一丹接樊玫母子来到了她位于十三区的海鲜酒楼。

这是一家充满中国风情的酒楼，酒楼独立两层。孟一丹引领樊玫母子走进金色木质雕花大门的酒楼。

迎宾小姐热情洋溢地问候着，便引领着走进大厅。酒楼里背景音乐古筝乐曲轻轻地环绕。

大厅中间有一棵硕大的发财树，上面系满了红色的绸带，悬挂着一个个闪烁着金色字体"恭喜发财"的小红包。在发财树的后面，有小桥流水和满是睡莲的荷花塘。荷塘的深处有一座青翠植物点缀的假山，假山的顶端轻吐着烟雾缭绕，山上有一股从上而下倾泻的清泉，不断流至山下的荷塘中。

荷塘后面是酒楼餐厅，墙壁是金色压花的壁纸，桌椅也是金色的，好像来到了金碧辉煌的皇宫。

樊玫这是第二次来海鲜酒楼，跟两年前她来巴黎买房子的时候大不一样，整体又做了装修，显得更有气势和贵气。这样的一个高端酒楼的样子，菜价也一定涨价了不少。在荷花塘的一侧，靠墙的位置有一个超大的活鲜玻璃水柜，里面有各类深海活鲜，鲍鱼、龙虾、鳗鱼等供客人点选。

迎宾小姐继续引领着大家走在大厅金碧辉煌的边道，向着纵深处的包间走去。而后，迎宾小姐在写着"金玉满堂"的VIP包间门前停下了轻盈的脚步，轻轻地敲了两下大门后，小心地推开了房间的门。

迎宾小姐轻声地说："请进！"

这是一间10人座的包房，真是金玉满堂，桌椅和墙壁全是金色的，一块块玉石镶嵌在桌边和椅背上。屋角的花架上摆放的也是金枝玉叶的盆景。

包间内的朋友已经坐在了位置上，大家几乎同时起身热情地欢迎着樊玫母子到来。

其中一位是樊玫认识的，为他们母子办移民身份的瑞贝卡。

瑞贝卡热情地寒暄着，樊玫也在此感谢她的帮助。

孟一丹又接着热情地介绍着坐在瑞贝卡旁边的吉娜、莱西，还有一对夫妇赫妍和冯源。

大家又是一阵寒暄，便落了座。

这时，从门外又走进来一位神采奕奕，穿戴时尚，披肩卷发，看上去有三十八九岁的漂亮女士。

孟一丹立刻热情地说："瑟琳娜，就等你了！瑟琳娜是位服装设计师，做过不少好的设计。"

瑟琳娜满面喜气地说："很高兴跟大家见面。"

孟一丹向她介绍了樊玫母子，特意介绍张成是未来的画家，以后可以多交流。

瑟琳娜连连点头，说以后多多联系。

几分钟后，美味佳肴陆续摆上了桌，红酒、饮料也都倒上了。

孟一丹起身举杯，说着欢迎樊玫母子移居巴黎生活的话，希望大家以后多有关照。

大家也一同起身举杯，欢迎樊玫母子到来！

晚餐，大家聊得很投缘，朋友们热情地说以后多走动，有需要的尽管说，大家边聊边享用着美味佳肴。

其中一对夫妇话不多，但是脸上始终带着温和的微笑。

孟一丹介绍他们夫妇是教会的信徒，为人谦和、友善。

樊玫对宗教没有太大兴趣，简单敷衍了几句教会的话题。这对夫妇倒是饶有兴趣地邀请樊玫，以后有时间参加他们组织的茶经和教堂崇拜活动。

吉娜快言快语，是一个西化、风韵的中年女人。她被太阳晒成棕色的皮肤显得油亮，灰白色的长发散落在肩上，大大的眼睛，略瘦的脸庞显得个性。她说话习惯挥动着手姿，干瘦的手指留着方形的指甲，涂抹着灰色的甲油。她三句话不离健康和安全，又不时地说自己的客户跟她交往所得到的受益。

樊玫对这些话题并没有好感，甚至有些压力，她只听也就没接什么话。樊玫的脑子里全是即将走投无路的压力，哪还有闲钱和闲心做销售者的客户。

孟一丹看出樊玫脸色黯然，就小声地凑近着说："吉娜做保险，以后再跟你慢慢讲。"

樊玫小声回应着，"大姐，我哪有闲钱做保险？"

孟一丹给她夹着菜，"就是因为这样才更应该做。"

那位做房屋中介的莱西，没有太多话。她个头颇高，齐耳短发，相貌一般。她一身半职业着装，看上去有四十出头的样子。

樊玫在整个晚餐中应付着迎面的热情和敬酒，却仍看不到自己的光亮在哪里？

朋友们的热情使得孟一丹脸上洋溢着满意的笑容，她今天叫来的这几位朋友，随后便会安排在樊玫巴黎生活的需要中。

这些朋友的出席，也显出孟一丹迎来送往的社会交际能力。

将近两个小时的晚餐就要结束了，朋友们互留了电话和微信，便准备一一告辞。

孟一丹送走了客人，留樊玫再坐一会儿，喝点儿茶。

张成跟妈妈说在酒店大厅看一看，等妈妈。

樊玫便答应了。

孟一丹夸孩子长大了，很懂事。

她们两人在餐桌旁边休息区的座椅上坐了下来，茶几上已摆上了茶水和水果。

服务小姐礼貌地退出了房间。

孟一丹推心置腹地跟樊玫说："今天来的都是我信得过的朋友，你刚来巴黎，对这边的情况还不是很了解。华人坑华人的事情很多，我要亲自跟你把关，不然会走弯路。我刚来巴黎的时候，也是吃过很多亏，丢了一些钱。今天来的莱西，是一个靠得住的中介，我已经跟她说了你的需求，过几天她带我们去看几套不同地点的公寓。还有吉娜，也是不错的人。如果你还没有做过私人保险，我们这个年龄应该有必要抓紧做。我知道你的钱紧张，但是，保险才会更有保障。这个事不急，以后你可以再跟吉娜单独了解了解。"

樊玫听孟一丹说着，也没做太多表示，只是保持微笑地听着。孟一丹又接着说另外几个朋友也可以有时间联系，特别是做服装设计的朋友瑟琳娜，她在巴黎艺术界有很多朋友，对张成以后会有帮助。

樊玫听着连连点头。

对于那两个教会的夫妇，孟一丹说在巴黎，所至整个西方，教会是很常见的生活内容。如果以后有时间，心里闷得慌，也可以去教堂走一走，在神父面前倾诉一下压抑的心事。但是，教会也是一个复杂的社会群体。那里的人，有的并不是纯粹的信徒，而是利用教会群体社交达到个人私利的人。

孟一丹说前道后，表明她对樊玫的关心和用心安排。

樊玫感激地说："在巴黎的一切，都要多靠大姐了。"

她说着，眼睛里竟然闪着泪花。

孟一丹安慰她说："家家有本难念的经，人生无常。勇敢地面对，没有过不去的坎儿。"

樊玫的眼泪还是掉了下来，"大姐，我这本儿经，是实在念不下去了。你说，几千万的赌债，怎么才能还得上啊？还有利滚利，这不是要把人往死处逼吗？"

"是啊，我理解你的压力。可是，还是要坚强地生活下去，只能走走看。"孟一丹满面同情地说。

樊玫颤抖着声音，绝望地看着孟一丹，"怎么走走看？这是躲着，不然一步都走不下去了。"话音刚落就低下头抹着泪。

孟一丹连忙从茶几上的抽纸盒里，抽出一张面巾纸递给了樊玫，"张坚也是，怎么这么胆大？敢这么赌？"

"是啊！鬼迷心窍了！"樊玫的眼泪止不住地流，竟然抽泣了起来。她用面巾纸抹擦着泪水又接着说："都是张坚那个不要命的香港女人害的，也怪他自己不争气。"

孟一丹吃惊地问："什么香港的女人？"

樊玫面色绝望，一把鼻涕一把泪地说："唉，一言难尽！"

对于樊玫家里的事，孟一丹也只知道赌债的事情，其他的事赵彦默并没有跟她提及过。

樊玫在孟一丹面前，也不想再掖着藏着压抑在心里的痛苦，便一股脑地哭诉了起来，"张坚是一个心比天高命比纸薄、没福之人，他不珍惜、不聚财，更守不住财，他是一个按自己的心情活着的人。——那好不容易才得到的钱，被他打着去香港发展事业的说法，血本无归，还欠了赌债。那个香港的小妖精戴焱焱，一定没有起好作用。"

孟一丹这把年龄，对钱色这些事也是见怪不怪了。她看此时樊玫情绪激动，劝她不要多想，慢慢往下走走看。至于张坚和那个女人的事情，也要慢慢看怎么解决。

樊玫唉声叹气地哭泣着。

那时，张坚有钱，在一个朋友的商场开业活动上，认识了这个礼仪小姐戴焱焱。从此，张坚的厄运就开始了。

至于是怎样的厄运？今晚樊玫并没有细说。

樊玫尽力地克制着自己激动的情绪，想想儿子，未来的巴黎生活还有更多的内容等待着自己。怎么也得面对，仅为了儿子也要坚持走下去。

孟一丹不断地宽慰着她。

……

孟一丹送樊玫母子回到了住处，祝母子俩有个美好的夜晚，而后驱车驶向仍然繁华的香榭丽舍大道的夜色里。

张成并未察觉到刚哭过的妈妈，他向妈妈道了晚安，回自己的房间去了。

在儿子面前永远微笑的樊玫，此时精疲力竭地倒在客厅的灰黑色布艺沙发里，眼望着窗外霓虹闪耀的巴黎夜色。她的思绪回到了三年前的香港，那同样迷人的夜晚。

第四章
香 港

那年香港，五星级君悦酒店，海景豪华套房的大落地窗，将夜色中的海景，及对岸灯火辉煌的城区一展无遗。

张坚、樊玫和儿子，白天出去游玩和购物，晚上回到酒店餐厅，享受夜色海景和海鲜美食。

这晚，他们在酒店晚餐后，又乘轮渡到维多利亚港对岸的尖沙咀购物。在世界顶级大牌的商店里，张坚和樊玫挑选着喜爱的商品，他们给儿子也买了一打的名品休闲衫，还有几双鞋子。

孩子只知道帮助爸爸妈妈拿东西，并不清楚商品的昂贵价值。

在世界大牌的手表店，张坚和樊玫分别买了价值二十多万人民币的手表。首饰店，樊玫看了又看她之前想都不敢想的三克拉钻戒，今晚她毫不犹豫地买了下来，戴在了手指上。一路上她不断地翻看着戴在白净纤细手指上的大钻戒，满心喜欢。

他们回到酒店，樊玫算了一下当晚的消费，竟然超过了人民币百万。她心里暗暗地提醒自己，"适可而止，不可再这样挥霍钱财。"

那晚，樊玫躺在床上告诉身边的张坚，春节年假期间到巴黎签购房合同，还会有些投资项目。

购物疲惫的张坚淡淡地说："你看着办吧！"

在香港的那些天，张坚除了陪樊玫母子游玩和购物，有时候晚上会跟香港的朋友到澳门赌钱。

张坚说:"这是应酬中的一部分,不得不去。"

樊玫提醒他:"不要赌大钱。"

张坚说:"你不懂。"

樊玫还是坚持说:"赌钱是非常危险的,这些钱得来不容易,最好不要选择这样的应酬。"

樊玫说得不错,如果不是她和赵彦默的特殊关系,自己也不会负责项目招标,更不会通过赵彦默拍板使用跟张坚相关联的公司接标。

张坚的公司在起初注册的时候,赵彦默就帮他找了数千万的注册金在账上过了一下。这样张坚的公司就相对看着有实力,以便今后他们好把金蛋下在这个窝里。

张坚对赵彦默的协助不以为然,因为这是樊玫的安排。他继续坚持单枪匹马闯自己的世界,这个等着下金蛋的窝就这样地存在着,以后便有了金蛋落入。

在香港,张坚与老板朋友的相处,他认为是樊玫永远搞不懂的商业交际,他想走出一条属于自己的商业道路。

如期而至的金蛋在樊玫与赵彦默一分为二之后,张坚又在樊玫的那一份里拿走了自己的那一半。这一半,就成了他所谓自创事业的第一桶金。

张坚除了自己成就事业的压力之外,还要偷偷供养他在香港包养的女人戴焱焱和这个婚外的家。

这时,樊玫并不清楚张坚在香港的这个女人和家。她只知道,张坚常年在香港、澳门和深圳之间做项目。但是从来没有见过他挣到的钱,她提醒张坚守着家门的关系做生意,不要在外面瞎忙活儿,还会丢了钱。可是,固执的张坚还是坚持走自己认定的路。

他们分多聚少,加上樊玫与赵彦默的关系已经混合到白热化的地步。她对张坚的行踪和男女之事,也无心在意。

樊玫和张坚为了孩子和家产,行走在形同虚设的婚姻里。他们夫妻的那点儿事，也牵强、零星地相互应和着。

樊玫唯独不放心的就是这些钱财，会被张坚的固执和无畏散尽。

张坚在香港的情人戴焱焱，加速了这些钱财的消耗。她守着不夜城的香港，满是世界名品的商店，就像跳进了鱼坑的一只猫，不顾一切地掠食着。

在戴焱焱面前，张坚找到了男人的感觉和家庭的重要地位。

戴焱焱在金钱上对张坚的依附，使他觉得自己是一个成功的男人。他白天有空就陪戴焱焱吃美食、购物，晚上一展他男人的雄风。

在小美人熟睡以后，他又为钱财早晚被戴焱焱散尽，自己的项目还不知在哪儿而感到周身一阵阵地生冷。

樊玫和儿子来香港的这些天，张坚除了陪他们母子，就是去赌场或是插空陪小娘子戴焱焱睡上一觉。

樊玫来香港的期间，戴焱焱是最不高兴的。

张坚的手机，在小娘子的强压下开启了卫星定位，他的行踪离不开戴焱焱的监视。为此张坚深感压力，他们因此多次争吵，甚至多次提出分手。

戴焱焱哭天喊地，撒娇弄事，简直是让张坚欲罢不能。哭着、喊着、打着，就这样，两人又滚到了床上，爱恨交加。在戴焱焱强刺激的性感身体和媚态中，张坚难以抗拒地一次次占有着她的身体。在张坚的性巅峰中，戴焱焱成功地怀上了他的孩子。

这分手的事，张坚也就不再挂在嘴上。

但是，监视张坚的行踪，戴焱焱却从来也没有停止过。

在戴焱焱的世界里，张坚就是一个事业有成的大亨。她哪里知道这钱财的出处？看紧张坚成了她每日的工作，和雷打不动的任务。

自从有了张坚的骨肉，看住张坚就更紧了。

戴焱焱为了不使自己孕期发胖，使得张坚变心，她选择营养师为自己配餐。还在网上查找孕期房事的技巧，使她把张坚完全控制在自己的视线和小手里，抓得紧紧的。

樊玫和儿子在香港的最后一两天里，他们一家三口一起来到了香港的山顶。

"爸爸，您看，站在山顶可以把香港市区全部看到。"儿子张成回望着正向山顶看台走过来的张坚说着。

樊玫在张坚的后面也缓缓地走来。

张坚走向看台，手臂搭在儿子的肩上，"是啊，很美！"

"爸爸，我和妈妈什么时候也能来香港跟你一起生活就好了。"张成说着就走到旁边的瞭望镜前，弓着身认真地看看。

张坚跟儿子走了过去，眼望远处山下繁华的夜景说道："爸爸是因为工作需要，等以后爸爸买了大房子就让你们经常来香港住一住。妈妈给你在巴黎买了房子，以后你会在巴黎读书和生活，爸爸会去看你。"

看瞭望镜的张成侧过脸来，眼睛里透着亮愉快地说："爸爸，我什么时候会去巴黎呢？"

张坚微笑地看着儿子说："正在计划。"

樊玫也走了过来，手扶着看台的栏杆，眼望山下灯火阑珊，好似心事重重。

张坚浓黑英气的眉宇下，有着一对不大不小的内双眼。他高窄的鼻梁，略薄的嘴唇，文弱书生气的脸在夜晚的灯光下显得苍白。他瘦瘦高高的身影投在地上，显得更为瘦长。

"爸爸，我好像看到了我们住的酒店，您看。"看着瞭望镜的儿子兴奋地说着，并指给张坚看。而后又接着说："爸爸，我们回去后，您就又要住到公司宿舍了，那我和妈妈以后就经常来，我们可以经常住在五星级酒店。"

"好的儿子,爸爸在香港随时等着你们来。"他说着,怜爱地用手抚摸着儿子的头。

儿子愉快地看着爸爸,又弓着身在瞭望镜中看山下的景色。

张坚看樊玫站在旁边,又温和地跟儿子说:"爸爸妈妈在旁边坐一会儿。"

儿子边看瞭望镜,边愉快地答应着。

张坚跟樊玫一起在旁边的石台上坐了下来。

他们先是无语,而后张坚吭了吭嗓子说:"儿子到巴黎的学习生活近在眼前。我想,你还是陪他在巴黎一起生活比较好。"

樊玫的脸上没有任何情绪地望着远方,缓缓地说:"看情况吧,我也要好好想想。这真要是去法国,我的工作就要彻底放弃了。"

"我们不都是为了孩子吗?好在现在还有些积蓄,够你们在巴黎先用的了。我在这边再努力赚多些钱。"张坚雄心壮志地说着。

樊玫用眼角的视线撩看着他,语重心长地说:"你能悟明白挣钱的门道,还不知道哪天呢?"

樊玫的这句话使张坚忽的一下站了起来,带着气儿说:"我们永远都说不到一起。"

"因为你从来都不听我在说什么?"樊玫仍坐着,也生气地说。

张坚不耐烦地反驳:"你从来也不知道我在想什么?"

樊玫也显得不耐烦,语气生冷地说:"无论你在想什么或做什么?我至今都没有看到你做成了哪一个项目。"

张坚恶狠狠地看着樊玫说:"我们如果这样说话,还是不说为好。"

他们顿时无语。

张坚在樊玫面前永远是一个独立不起来的人,他不服气自己输给一个女人。可是自己闯世界,确实没有闯出个名堂,还没少投本钱。如果他能跟樊玫和谐共处，放平心态，沟通想法，也不至于一直摸索不出关系的门道。

樊玫对于张坚是看在眼里，急在心里。可是，一句话说不好，两个人就掰了。

樊玫心想：张坚毕竟是孩子的爸爸，也是正经的大学生，就是不通人情世故，没想明白。

张坚原本想着在香港可以实现自己的理想，没想到除了大量地消耗钱财，他并没有收获到自己想要的成就。

他一次次走进澳门赌场，甚至多次专程和商人朋友去新加坡赌场。他从所谓的赌场应酬消遣，到赌桌涉猎，一次次地将钱丢进了赌场。想翻本儿的心，又使得他一次次地下大赌注。

牌桌上的码子一堆一堆地被发牌手拦去，张坚头上的虚汗一层层地渗出，后背生生发凉。周边的叠码仔早把他盯在眼里，准备向他放高利贷。他却全然不知地继续买筹码，押注。

他正向着沼泽陷逆，挣扎，再陷逆，越陷越深。

转眼三年过去了，张坚一事无成，在新加坡赌场散尽了他最后的钱财，成了新加坡私人放高利贷的大债主。当时他借的赌钱，以公司出的假财产材料做的担保，蒙骗了债主。债主追债发现是假财产材料时，张坚已经躲债到香港。

在香港的日子，不知道张坚有赌债的戴焱焱，看不到张坚源源不断地进钱，便火上浇油，哭天喊地说没钱花，幼小的儿子需要惯养。她一天到晚吵吵闹闹，张坚回家开始渐少，他甚至关上了手机卫星定位的家庭共享。

可是，小儿子的牵挂，又不得不使张坚一次次强忍着回到家里，争吵一次次地恶性循环。

在樊玫这边,张坚也不是人,因赌债债主追债,害得她被迫辞掉了工作和儿子来到法国。

香榭丽舍大道街灯辉映,倒在沙发里的樊玫被手机信息声,从往日的时光中拉回。

她打开手机的微信,是孟一丹的信息:樊玫,明天是礼拜日,教堂有崇拜,你要不要跟我一起去散散心?

樊玫觉得来到巴黎,还是要融入这边的生活环境,不妨明天一起去看看,只当散散心。

樊玫回复:好的,明天一起去。

孟一丹回复:明天早上9点,我来接你们。

樊玫回复:笑脸、玫瑰。

孟一丹回复:玫瑰、爱心。

第五章

你好弗兰克

第二天清晨。

樊玫的儿子想自己在周边走一走,就不跟她们一起去教会了。

因为要去教堂,孟一丹又特意地发信息嘱咐樊玫,要穿的素色一些的衣服。

樊玫选了一件黑色的羊绒衫,一条米色的裤子,一双半高跟的中筒皮靴,外边是一件米色的长风衣。她挽起了头发,化了淡妆,原本精致美丽的脸颊显得更为素净。

孟一丹如约而至,接着她一同向十三区驶去。

一路上,孟一丹给樊玫讲关于教会的话题。

孟一丹说这个教堂每个周日的全天都有活动,上午是崇拜,中午有午餐。下午是崇拜音乐会,有时候会赶上入会信徒洗礼仪式。教会里有很多义工,他们每周无偿地服务于教会。在这里会有机会认识新朋友,来这里的信徒有的是洗礼过的,有的还没有洗礼,什么职业的人都有。在教会活动里看到的所有内容和人员都是无偿奉献,来到这里就像是一个大家庭。

孟一丹兴致勃勃地跟樊玫说了一路。

9点35分,她们的汽车驶进了目的地。

教堂一旁的停车场几乎停满了汽车,停车场进口处和道路上,有分段指挥汽车停驶的人。此时,一辆辆前来的汽车排成了长长的队,正按秩序缓缓地等待驶进停车场进口。

从车场熙熙攘攘走向教堂的人们络绎不绝。

这么大的场面，和仅有的教堂令樊玫感到震惊，她无法想象这么多人竟然能全部融入这座看着不算浩瀚的教堂里。

这时孟一丹边缓缓跟着车队驶进，边跟樊玫介绍着环境。她说这个教堂的区域是由两个部分组成，一个是教堂，一个是礼堂，活动一直到晚上……

樊玫听着，看着车窗外的这一切，使她想起了和赵彦默在中国海南三亚南山寺上香的日子。

那一年的春节前夕，樊玫将孩子交给婆婆带着，告知家人自己要陪领导出访，便和赵彦默一起到三亚的亚龙湾度假去了。

海南的一位老板安排好了他们的整个行程，先入住亚龙湾铂尔曼五星级度假酒店，而后根据需要派车周边游玩，大年初一到南山寺上香。

这座酒店的独栋别墅院门外挂着"樊宅"的木牌，四方的院落，临近大门的一侧是会客室，正中间是主人房，两边过道栽种着郁郁葱葱的热带植物。主人房对着院子的一面墙是敞开着的木框落地折叠玻璃门，房间中央摆着一张超大卧床，上面铺着洁白的床品。卧床正对着院子中间四四方方的泳池，主人可以赤着脚直接走出卧房进入池中。在泳池一头的院角有一个木质凉亭，里面有一张落地双人床垫，上面摆着靠枕和浴巾。

樊玫和赵彦默入住酒店的前三天，两人除了享用奇珍海鲜美食，就是不时地泡在这栋酒店豪华别墅的私家泳池里，或是躺在松软宽大的床上享受鱼水之欢。

他们远离居住的城市，和熟人的眼目，美丽的亚龙湾铂尔曼度假酒店，成了他们寻欢享乐的天堂。

每次欢愉后，他们小息在彼此的怀里。嘴里除了念叨着甜言蜜语，就是利用职权谋取暴利，远走异国的梦想。

"玫，一丹和孩子移居在法国，也是我们未来移居过去的基础。这几年咱在国内多搞些钱，以后远走高飞。"

"彦默，我听你的，都由你安排。"

"真听我的？"

"当然了！"

"那咱就玩回大的。"

"什么意思？"

"年后，厅里有一个环城立交桥的大项目，咱们争取大赚一笔，让张坚来投标。"

"好啊，如果能让他接标，这钱的事不就咱自己说了算吗！有了钱，我儿子张成以后也可以去法国深造，留在法国发展。"

"是啊，孩子们都留在国外了，我们以后也都在法国安度晚年。——来，宝贝儿，让我再好好亲亲你。"

除夕夜，赵彦默和樊玫在酒店中餐厅吃了丰盛的年夜饭，他们一起到海边散步，又在沙滩上摆放的木躺椅上躺了下来。他们仰望浩瀚的夜空，繁星闪烁，一轮明月将沙滩照得更为乳白，大海更为深蓝。海浪有序地缓缓推动着海岸上的沙粒沙沙作响，岸上的椰子树也随着微风刷刷地摆动着。

赵彦默伸过来宽大的手，勾住樊玫搭在躺椅边纤白的手指，不断地在她的手指和手心间拨弄着。樊玫楚楚动人的小脸也更加的似醉迷离。

今晚，他们决定在新年钟声敲响的那一刻，在三亚南山寺敬上新年的第一炷香。

来接他们的是海南宏宇建筑公司的老总汪大海。

汪大海一身名牌休闲装，驾驶着黑色奔驰 R500，载着赵彦默和樊玫向三亚市以西 40 公里的南山寺驶去。

南山寺的停车场在这个时间应该是满满当当，汪大海提前安排好了另一台车在附近的酒店车场等候，由另一个司机驾驶的黑色凌志轿车载他们三人驶向南山寺。回来的时候仍用这个办法，避免停车的困难。汪大海考虑周全，这样就可以在南山寺大门外下车直接进入园区。

转接他们的司机，是一位年轻小伙子，他长相英俊，短寸的头发，面无表情，一路上一言不发，规规矩矩地直视前方平稳地驾驶着汽车。汪大海坐在副驾驶，也没再说话，但是脸上始终充盈着微笑。坐在后面的赵彦默闭目养神，樊玫则看向车窗外，默默地等待汽车抵达近在眼前的南山寺。

10分钟后，汽车在南山寺大门旁的路边停下了车。

汪大海满脸笑容地夹着一个小羊皮手包立即下了车，他个头不高，短粗的腿，小颠着步子来到后车门靠马路人行道的这一边。他腋下夹着羊皮包的那只短小厚胖的手轻轻地打开了车门，一只手立即顶在赵彦默和樊玫即将下车的车门顶框上，殷勤地请他们下车。

司机小伙子手扶方向盘面无表情，仍目不斜视地直视着前方。

赵彦默和樊玫下了车，汪大海关上了后车门，轿车缓缓地移动着开走了。

他们三人缓缓地往寺院方向的侧门走着，汪大海便给园区内的朋友打了电话，很快从侧门走出了一位工作人员。

他们并没有相互介绍，园区的这位工作人员只是热情地祝贺新年好，便引领着他们走进了侧门。他们穿行在园区内拥挤的人群中，走向矗立在大海上的那尊高达108米的观音。

南山寺，临近午夜24点，大年初一。

前来上香的人们，围绕在海上观音的莲花坐下，上香叩拜。

汪大海目送园区工作人员离开，他在人群中，紧靠着赵彦默。他警觉地扫了眼周边的人，半垂着手拉开小羊皮包，从里面取出两个牛皮信封，瞬间塞进了赵彦默的裤兜里。

赵彦默会意地看了一眼满脸堆笑的汪大海。

午夜 24 点，那满是香火的香炉里，赵彦默和樊玫插上了半人多高、碗口粗的高香。

赵彦默和樊玫分别虔诚地叩拜，赵彦默起身走到功德箱旁，投进了用牛皮信封装的各一万元的两扎人民币。他们的金钱梦和未来国外幸福生活的愿望，随着徐徐燃起的青烟，飘向繁星点缀的夜空。

观音菩萨普度众生的微笑注目着每一个人，是否能将福报送给每个许愿的人，也只有观音菩萨知道了。

樊玫不信鬼神，但是跟着赵彦默一心向佛许愿幸福生活，觉得毕竟是一心向好，便认认真真地面对着。

汪大海随后也上了高香，仰望观音叩拜许愿着，也向功德箱里投进了一万元人民币。

临回时，赵彦默和樊玫又一次虔诚地仰望巍峨高大的观音像，双手合十，嘴里不停地念叨着。

而后，三人又一次穿行在拥挤的人群里，向寺外走去。

回程的路上，汪大海在司机的转换下，在南山寺附近的那家酒店停车场驾驶上了奔驰 R500，载着赵彦默和樊玫向亚龙湾驶去。

坐在汽车后座的赵彦默和樊玫，两手相扣。

赵彦默跟正在驾驶的汪大海说："年后，你来找我一下，我们聊一聊下一步的工作。"

汪大海驾驶着汽车，殷勤地笑着轻声地说："好的，年后我就过去拜访！"

赵彦默矜持地说："这几天你不用陪着了，好好在家里过年。我和樊处长在周边自由活动，初五我们回去，早餐后你再来接。"

"好的，你有需要随时联系我，回程的头等舱机票我会安排好。初五我来酒店接你们。"汪大海激动地说。

半个多小时后。

汪大海驾驶的黑色奔驰汽车，平稳地停在了酒店大堂门前。

酒店门童迎上来为赵彦默和樊玫打开了车门的那一刻，汪大海也快速地下了车。他小颠着步子，在汽车后备厢里，提出了一个黑色小拉杆箱。

赵彦默和樊玫此时已经下了车，门童将汽车的门礼貌地关上，并退到了一旁。

汪大海满脸笑容地走了过去，殷勤地将手里的黑色小拉杆箱交到了赵彦默手里，殷勤地说："一点儿新年礼物，不成敬意。"

赵彦默嘴角略扬，没有推辞，接过了拉杆箱。樊玫若无其事地伫立在他的身边，保持着矜持的微笑。

汪大海紧着说了几句贺新年的话，他们便相互辞别了。

赵彦默从容地拉着黑色小拉杆箱，微笑地看着樊玫，他们不紧不慢地走回酒店的独栋别墅。夜不传声，路边只有虫鸣的声音，他们清晰悦耳的脚步声透着新年的喜悦，两心默契，幸福地行走着。

他们走进挂着"樊宅"木牌的别墅。

他们推开了房门，两人四目相视地抱在了一起，几乎同时说："新年好！"而后迎上双唇亲吻着对方，赵彦默的手没有松开拉着的小黑皮箱。他们吻着，心照不宣地想着打开身边小皮箱里的新年礼物。他们的吻也更加热烈着。

此时，身体的生理冲动在利益面前处于下风，他们不得不先松开了彼此的热唇。赵彦默会意地看着迷醉的樊玫，将握在手里的黑色小拉杆箱一下提到了他们身边的超大双人床上。

樊玫沉不住气地笑了，笑得很美、很甜。

赵彦默又凑过去深深地亲了樊玫的热唇，便一下拉开了这个小黑皮箱的拉链。他翻开箱子盖的那一刻，满满一箱子人民币，一捆捆地排满在里面，看样子有50万元。

樊玫的笑容彻底绽放着，望着眼前一捆捆钞票。

赵彦默难掩内心的喜悦，微皱着眉头说："臭臭的味道。"

樊玫笑出了声，"嗯，真是臭臭的。"迎过去在赵彦默的脸上又亲了一下，一屁股躺坐在床上望着眼前的钞票和笑眼眯眯的赵彦默。

赵彦默一手抓出了两大捆钱，塞在了樊玫的身边，又拿出一捆掰开，一分为二，也塞了过去。

樊玫连忙笑着说："臭臭的。"

他们抱在一起滚在了床上，又是颠倒迷离，天色已经渐亮。

巴黎教堂停车场。

孟一丹终于停好了车说着："天哪，好不容易停好了，我们赶紧下车，时间不早了。"

樊玫一时混淆了是要上香，还是进教堂，便随着孟一丹下了车。

孟一丹边指着教堂，边用手臂挽着她的小臂，向教堂快步走去。

樊玫的意识在孟一丹的热情讲解中，回到了现实的法国。这是另一个世界，此时的樊玫在往昔回忆中彻底惊醒，眼睛里竟然浸着泪。

孟一丹没有察觉到樊玫的情绪。

此时，9点45分，崇拜10点开始，教堂大厅已是人头攒动。

大厅两边的桌子上摆满了基督教各类读物，可以免费取走。其中，还有一些教会活动的小册子，有负责人在桌子的后边站着随时为信徒解答。在另一侧长桌上摆着面包和饮水桶及一次性杯子，也都是免费。教堂大厅通向崇拜大堂有两侧开着的玻璃大门，里面的人们几乎已满。

人们进进出出于大厅,有的围在这些桌子前翻看读物,有的热情洋溢地交流着,还有的在一侧桌子前用早餐,并时不时地跟走过来的会友打招呼。

樊玫被热闹的场面触动着。

孟一丹引领者樊玫刚进门,就碰上了熟人弗兰克。

弗兰克,五十出头,宽厚的身体,高高的个头,金棕色的头发整齐地梳在脑后。他棕色的眉毛下,有着一双灰蓝色的眼睛,炯炯有神。高挺的鼻子,一张不薄不厚、有棱角的嘴唇,两腮修理整洁有型的金棕色短茬胡须延至咽喉部。

他上身穿着一件驼色短外套,里面是一件黑色粗线毛衣,毛衣里面露出洁白的衬衫领边。下身穿着一条深灰色裤子,脚上一双棕色磨砂面休闲鞋。在樊玫看来,他是一位很有味道的法国男士。

他一眼看到了孟一丹,便热情地走过来与她寒暄、拥抱。

在高大的弗兰克的拥抱中,孟一丹矮小的身子几乎被全部包裹。

樊玫因为自己不会法文,心里有些慌张,不知要如何面对寒暄?

随即孟一丹相互介绍着弗兰克和樊玫。

弗兰克好似突然被眼前的樊玫所吸引,伸出手来说:"嗨,很高兴认识你。"

原来,弗兰克脱口而出的是中文,樊玫万万没有想到。

她连忙伸过去手相握着说:"嗨,你好!你会说中文?"

弗兰克愉快地耸耸肩,温和地说:"一点点。"

孟一丹又热情地介绍:"弗兰克是一位杰出的家具制作和销售老板。他曾经在中国很多年,学习制作古典家具,他的中文说得也很好。"

樊玫顿时感到亲切,"是吗?怪不得中文这么好!"

"中国是一个很有魅力的国家,我非常着迷。中国古典家具有着很神秘的制作工艺,很了不起。"弗兰克兴致盎然地说着。

樊玫吃惊地说:"真的无法想象,你对中国文化的理解。"

弗兰克愉快地说:"我一直在学习,中国文化确实很了不起。"

弗兰克看了眼孟一丹又接着说:"很高兴遇到你的中国朋友!"

孟一丹笑了笑,"大家相遇是缘分,以后多关照"。

樊玫微笑着看着弗兰克说:"我也高兴认识你!"

这时,崇拜的时间已经到来了,大家陆续走进了教堂一排排的座位中。他们也一起走进礼堂内,站立了座位前,开始跟着牧师进行崇拜程序。

樊玫站在弗兰克的身边,孟一丹在樊玫的另一边。樊玫的身高,在弗兰克颧骨的位置。这位美人从年轻一路走来,没有因为岁月而变了身形和长相。她高挑曲线的身材,不失丰润。

整个崇拜进行了两个小时。

站在樊玫身边的弗兰克,全神贯注于崇拜内容,没有一丝杂念。

樊玫倒是一身不自在,也许是因为自己在今天之前根本就没经历过教会崇拜,在所有内容里都显得格格不入,神魂游离。只有弗兰克这个高大宽厚的男人,活生生地存在她的身旁,令她的每一根神经都像水草一样摆动。她甚至对弗兰克有种莫名的好感和吸引。

她觉得这个法国男人很有魅力,如果弗兰克不会讲中文,就是再有魅力,也只能是擦肩的路人。单单他就会讲中文,如果有持续联系,这也将是樊玫很难以抗拒的。

樊玫对自己这点儿微妙的心里感到心惊,怪自己自作多情,甚至是有些见异思迁和莫名的荒唐感。

两个小时后,终于又一次全体起立齐唱颂歌,结束了上午的崇拜活动。

孟一丹提议在侧面另一个活动区的礼堂大厅午餐,而后可以去礼堂里面观看一会儿演出。樊玫默许着,就算是消遣。一旁的弗兰克表示如果两位女士没有意见,他愿意一起午餐。

孟一丹热情地说:"没有问题。"

樊玫微笑着默默地认可。

他们随着向外涌动的人群走着,她们不断遇到熟人,孟一丹不断地介绍着樊玫和新的朋友。弗兰克也早已落在后面和他的老友说起了话来。

而后,她们就站在不远处等弗兰克走过来。

孟一丹跟樊玫小声地说:"刚才打招呼的那个瘦小女人,自从走进教会,她的精神面貌和性情改变了很多。之前,她险些自杀。她和女儿独自生活在巴黎,老公在国内有了女人,一直闹离婚。"

樊玫不由地说:"是吗?从她的脸上看不出来,看着她容光焕发的样子。"

孟一丹又说:"她是经历了一段挣扎走过来的,现在她在教会里做义工,心情为此也平静了不少。教会里有一部分人精神痛苦,人生不幸而寻求安慰和平静。"她话音刚落,弗兰克就走了过来。

樊玫听了孟一丹这么说,自己也是不幸的人。但是信奉上帝,目前却没有这个想法。在她的心里只有自己的心和人,是真真实实的存在。

餐厅里已是满堂信徒,餐桌几乎全部坐满。除了走来走去,或是站立交流的人们,在取餐区也排起了长长的队。这个大厅比起今早崇拜大厅的热闹程度更过一筹。在大厅的里面是礼堂内置大门,热烈的音乐声从不断打开着的大门内传出。

用餐区,除了免费的咖啡和茶,午餐是以比较便宜的价格出售着。食物品种丰富,冷热都有:意大利面、沙拉、炸鱼和薯条……

樊玫和孟一丹买了自己的食物,好不容易找到了一个和别人拼桌子的位置坐了下来。

孟一丹又给弗兰克找来了一把椅子,加在了餐桌边。她靠近了些樊玫说:"弗兰克是单身,离过婚。"

"是吗?这么帅的法国男人,应该不会缺女人吧?"樊玫的这些话一下溜出了口。弗兰克是单身，在她的心里顿时像挂了串风铃叮当作响。

这时，弗兰克端着食物走了过来。

孟一丹向他招手示意过来坐。

弗兰克愉快地走来，放下了餐盘，绅士地问两位女士："请问需要喝点什么？"

她们也没再客气，满足了弗兰克绅士的风度，两人说喝茶。

弗兰克从饮品台将两人的茶和自己的咖啡，放在餐盘上端了过来。

三个人边午餐，边聊了起来。

弗兰克不断地说中国是一个历史悠久的国家。他非常喜欢和欣赏。孟一丹也不时地赞扬着弗兰克的家具产业，樊玫也不时地迎合着恭维几句。

提到他的家具产业弗兰克满心欢喜，甚至显得有些兴奋，他欢迎以后樊玫来他的家具店看看。樊玫微笑着随口答应。

弗兰克的脸上始终挂着微笑，用餐中不时地注意着樊玫。樊玫眼睛盯在食物上，不断地小块分切着送入口中，心里却在看着弗兰克。

弗兰克看了孟一丹一眼，又看了眼樊玫，放下手中的刀叉，用餐巾纸轻轻地沾沾嘴唇后说："樊女士，如果你不介意，我们可以留个电话吗？"

樊玫心惊了一下，不由地看了一眼孟一丹。

孟一丹边咀嚼着食物，边随口说："嗯，很好，大家都是朋友，以后相互关照。"

樊玫心里的那串风铃摆动得更加紧凑了起来，她强忍着内心的喜悦，微笑着放下手中的餐具，取出了手机，"没问题，你有微信吗？我们也可以添加一下。"

"哦，我有微信，我有很多中国的客户，大家都习惯用微信联系。"弗兰克说着就打开微信和樊玫相互扫码，添加了好友。

孟一丹补充着说："以后大家多联系。"

樊玫欣然接受着这个令她好感的法国男人，也是她在法国第一个外国朋友。

樊玫的心，长期笼罩在沉重压抑的阴霾里。她在与弗兰克接触的这短短几个小时里，阴霾被这位法国中年男人的气息不断冲蚀。弗兰克给樊玫的是全新的感受。

此时，她喜悦的心情，多么希望不存在身后的不幸，那些追债的人能把她和张坚忘掉。自从张坚欠了巨款以来，她的脑子里像钻进了一个魔，不时地被缠绕。在法国生存的后续资金又没有着落，每花出去的每一分钱，都是本钱。她在中国的家欠债不敢回，这法国巴黎的家还不知能保密几天？

樊玫原本喜悦的心情，总会时不时地游离到自己不幸的世界里。不由地，她脸上机械地挂着微笑，咀嚼着盘底仅有的几粒食物默不作声，眼睛里渗透着难以吞咽的苦涩。

孟一丹看樊玫不怎么接话，餐盘中的食物也见了底，她便开了口说："如果吃好了，我们就去听音乐吧！"

弗兰克一听，兴致地说："这正是我想要做的，如果不介意，我们可以一起去吗？"

孟一丹爽快地说："当然不介意。"

樊玫从灰暗的眼神中跳跃出零星的愉快，淡淡地微笑着说："没问题。"

弗兰克绅士地说："谢谢！"

樊玫对弗兰克的热情参与，保持着高度的怀疑，一个才认识的人就这样黏糊，想必是有生意上的需要。她看得出弗兰克对中国朋友的建立非常在意，这应该是他做中国传统家具的缘故。

弗兰克是否因她而产生兴趣，她并不确定。她清醒地认为，弗兰克这样的风度俊男身后一定有女人。她对弗兰克的好感只是心里的那点愉悦感受，其他的不奢求，况且自己还有个赵彦默。

其实，她最关心的是跟赵彦默念叨念叨钱的事，她又不得不羡慕孟一丹有赵彦默婚姻保障。自己的丈夫张坚就是一个惹祸的人，是她的灾难。

演出的礼堂。

舞台上洋人在音乐演奏，台上灯光灿烂，音响效果十足，具有专业水准。场内也几乎坐满了观众，他们三人在靠后的角落坐了下来。

孟一丹跟身边的樊玫轻声说："这都是义务演出的信徒，他们是职业音乐者。你今天看到的所有工作人员，也都是义工。"

樊玫也轻声地回应："确实音乐演奏水平不错，很专业。"

坐在樊玫身边的弗兰克也凑近她说："听说一会儿有洗礼仪式。"

弗兰克说话时呼出的热流，随着他温和的话语涌向樊玫一侧的面颊和耳轮里，随之飘来淡淡的男士香水味道。

樊玫听他这么说，显得有些激动地小声回应着："是吗？我还从来没有看到过洗礼仪式。"

弗兰克又凑近樊玫轻声说："我是前年洗礼的，希望下一个洗礼的人中有你。"

樊玫微笑着，没说什么。

十几分钟的音乐演奏过后，全场静了下来。在舞台左侧一角的区域，走上来一些身穿深色衣裤的信男信女，还有插在队列中看上去10岁左右的几个孩子。在他们的前方有一个嵌在舞台下面的大木池子，里面已蓄了约有三尺深的水。池中有两个中年男人也身穿深色衣裤站立在里面，等待着新的信徒走进水池洗礼。

弗兰克又凑近樊玫轻声说："这些水是温和的圣水，可以洗去人们的罪，随着耶稣复活。"

樊玫微笑着轻声回应，"是吗？很有意思的洗礼。"

这两个人一来一往地轻声交流着，就像两个甜蜜的情侣。孟一丹笔直着上身，昂着脖子注视着舞台上洗礼的人们。

弗兰克身上淡淡的男士香水味道混合着他的体温，厚重雄壮地散发在娇柔纤美曲线的樊玫身边，不断触碰在她敏感的神经线路里，又隐隐地渗入在她的身体和心里。樊玫对弗兰克的感受，令她无法说得清楚，这分明是女人对男人喜欢的最真实反应。这种感觉是她和赵彦默之间从来没有出现过的感觉，但是两个人竟然好到了床上，难舍难分。

舞台上的水池中，已经开始走下去要洗礼的新信徒。

站在池中的两个男士手扶着信徒，请他跪在水中。他们扶着信徒的手臂和后背，然后请信徒上身向后仰，闭着眼睛屏住呼吸后躺入水面，又迅速地将信徒后背抬起重出水面。

就这样，一位位信徒经过圣水的神圣洗礼。

樊玫心想：如果圣水真能洗去自己的不幸，那自己会是下一批第一个排队洗礼的人。可是，目前自己确实无法信服这池圣水的力量，也佩服台上洗礼人们的虔诚。

樊玫的眼睛里除了新奇，就是难以掩盖的淡漠和灰冷。

此时，在她近似于麻木的思维中，心里不时翻卷的不幸，像飘来的一层层沙尘覆盖着她，令她憋喘窒息地暗自挣扎着。

第二卷

DIERJUAN

第六章
安顿下来

从教堂回来后的几个星期，孟一丹先是陪着樊玫给孩子办了入学，再就是帮助她去几个汽车销售点看了看，最后买了台二手的奔驰城市越野汽车。

开二手车对于樊玫之前的国内风光，简直就是脸面扫地。

买二手车，是孟一丹的建议。樊玫根据自己紧迫的经济情况，做了这个决定。

孟一丹不厌其烦、无微不至地帮助，令樊玫感动不已，甚至是过意不去。为此，樊玫说自己可以试着在法语培训班学习，以便今后应付生活基本语言需要。

孟一丹表示很愿意帮助她，同时又说学习法语也是有必要。

樊玫自嘲地说："年龄大了，担心很难记住这完全是天外语的法语，估计也是瞎子点灯白费蜡。"

孟一丹微笑着安慰她说："只当是解闷，也好打发时间，在学习班会交一些新的朋友。"

樊玫苦笑着说："是啊，在法国我也就只认识你和几位你介绍的新朋友。"

孟一丹笑了笑，接着她的话又一次强调地说："其实，我们刚来还不都一样，日子长了，朋友就多了。但是在这里交朋友也是要小心，特别是华人中介，新移民就是他们的进攻目标。还有就是不要随便合伙投资，一定要慎重。"

樊玫一听她说到投资，就想到了罗必夫妇两人。自打她来到法国还没有见到他们，现在正是自己缺钱的时候，还真得尽快约着见见他们。

虽说这点儿投资款对樊玫和赵彦默这两位见过大钱的人不算什么，可是眼下樊玫的处境，跟一个没有工作和基本收入的人没有两样。每当这时，她都会对往昔大把大把地花钱，挥金如土而感到无比后悔。花钱的时候，也是事业风光的时候，哪里会想到有今天这个走投无路、远走异国他乡没有钱的样子。

樊玫从来到巴黎的第一天，用人民币换来的欧元哗哗地被生活所需支出着，除了翘首等待赵彦默从中国走地下钱庄换汇过来的钱，目前是没有一点儿门路进账。

现在没钱，想入股孟一丹的海鲜酒楼，也是只有遗憾的心了。不过，按之前赵彦默的说法，因为和樊玫的特殊关系，最好不要跟孟一丹有经济上的合作，避免更复杂的后果。

孟一丹作为雇主担保协助樊玫携儿子移民法国巴黎，这已经是在利益关系中最大限度地支持了。

仅有的钱在巴黎生活，还得樊玫自己数着手指头过。

今天下午，双偶咖啡馆，樊玫约了孟一丹之前介绍的几位女友中的两位，一个是做房产中介的莱西，一个是做保险的吉娜。

下午1点。

樊玫提前来到了位于香榭丽舍大道的双偶咖啡馆，等待2点半赴约的吉娜。

秋日的中午，太阳暖融融地照耀着香榭丽舍大道闲散悠哉的人们。在双偶咖啡馆伸出屋檐的白色蓝边遮阳棚下，人们坐满在一个个小圆桌前。那连接遮阳棚的二层阳台，一朵朵红色的小花簇拥一片绵延下垂着。

法国人钟爱咖啡，一坐可以一个下午，消遣在这迷人的暖阳秋色里。

她看室外的座位几乎全部坐满，室内的客人并不太多，就决定坐在室内。

此时，一位帅气的年轻男店员向她走来，用法语询问她的需要。

樊玫根本听不懂，根据店员的神情和她的经验判断后，难为情地伸出来两根手指，表示两人。

店员明白了她的意思，并引领她走向靠窗的一个空位坐了下来。樊玫立刻取出手机，迅速地点开翻译器，要着咖啡。

店员看了手机翻译，微笑着回应了几句法语后走开了。

樊玫这才松了一口气，心里暗想："还是要先学习点基本法语，不然真的太难堪了。"

她又环视室内，那三三两两金发碧眼的法国人，个个漂亮，穿戴的色彩也较为艳丽。

室内最醒目的就数悬坐在房柱上的两个人物塑像，竟然都是中国清朝时期的。周边的墙壁上挂着历史名人相框，他们曾经是这个咖啡馆的常客。

樊玫不由地为自己能坐在这个咖啡馆而感叹：如果不是因为被迫提前随儿子来法国定居，自己还没有这个机会坐在这个著名的咖啡馆。

店员端来了她用手机翻译器点的咖啡，又一次礼貌地咕噜了几句法语走开了。

她客气地直微笑点头。

她小心地端起咖啡杯，深深地闻了又闻，浓郁的咖啡香味沁心入肺。她浅浅地品了一口，咖啡不放糖才是最好的味道。她羡慕清闲优哉的法国人，在秋日的中午享受这份清闲。

此时的樊玫看待人生最大的幸福，莫过于清静、悠闲。

她眼望窗外熙攘的人们和迷人的景色，愿时光定格在这一刻。她坐在靠窗的位置，思绪万千。

那往日的风花雪月、纸醉金迷的生活，那曾经即将实现金钱梦的幻想，使得她和赵彦默心中泛起幸福的浪花，多少次他们竟然幸福地笑出了声音。可是，万万没想到，这好不容易得来的钱却给自己的家惹了这么大的祸。

她在来巴黎之前的几个月里，有家不能回地在亲戚家里轮换小住。当她偶尔担惊受怕地回到家里的时候，发现家里好像有人进来过，东西被人翻动。张坚一直在香港，家里只有自己有钥匙，进来的人并不是贼，因为没有丢失财物。她想这一定是张坚欠新加坡赌债的人来骚扰的，孩子奶奶家也有这样的情况。

奶奶起初还以为家里出了鬼，还想着是死去的老头子回来了，又在老头子张福旺的相片前摆了食物，烧了香。这一切奶奶没有告诉一直与她同住的孙子张成，生怕影响孩子学习。此时，奶奶也不清楚儿子张坚欠赌债的事情。她因此还请来了看相的"明眼"，趁着孙子张成不在家的时候，在家里念叨，行法式。

樊玫担心孩子被绑架，赵彦默特意跟老板朋友提议，由公司派司机，每天接送孩子上下学，平时出门也有司机全程陪同。

樊玫知道这个赌债借的是新加坡放高利贷的华人，这些人基本是走黑道。因为是在新加坡的债务，债主不好跨国法律追索。他们也不知道张坚长期住在香港，只知道他和樊玫、老太太同城的家。

对于是否会绑架老太太，樊玫和张坚也担心过。为此，他们不断地提醒老太太不要走远，出门跟樊玫说，有车接送。老太太还真就是不爱出门，最多在小区的便民店买些东西，晚饭后在院子里遛遛弯。天好的时候，在院子里和一些老太太们晒晒暖、聊聊天，一聊起来就是大半天。自打家里有了动静，老太太心里也就不平静了起来，嘴里总叨唠着，一会儿是老头子想她了，一会儿觉得有些害怕。

樊玫父母家是在另外一个城市，并没有相同的情况，债主应该还没有找到樊玫父母家的地址。

最害怕和担心的除了樊玫，张坚提心吊胆的日子也不好过。他总会换新的电话号码打给她，问家里的情况。

樊玫和他的电话，基本上除了争吵就是挂断。

张坚同城住着两家表亲的妹妹，她们并不清楚发生了什么，樊玫小住的时候，跟她们说家里装修之类的借口。

现在樊玫和儿子张成移居法国生活，奶奶家里请了一个远房农村亲戚来照顾她的生活。张坚和樊玫时不时打电话，问候老人的生活。家里总有动静的事情始终存在着，老太太的日子从此蒙上了一层层阴影。

樊玫和张坚由此惶惶不可终日。

"樊玫。"

一个爽朗的声音出现在她的身边。

她猛然看去，原来是如约而至的性感吉娜。她连忙热情地站起身来，伸出手与她握手欢迎。吉娜在握手之时将脸凑过去，行了西方人见面时拥抱、贴脸、亲吻的礼节。

樊玫笨拙的西式礼节，几乎是将脸撞在了吉娜的脸上，为此她的表情显得尴尬。

她们随即坐了下来。

吉娜非常热情地跟樊玫继续寒暄着，并从手提包里取出来一个包装精致的小礼品盒送给她。

樊玫一边高兴地接受着，一边纳闷："刚认识，就送给我礼物。"

吉娜爽朗热情地说："打开看看吧！"

樊玫愉快地打开了包装纸，"哦，兰蔻香水，很漂亮的瓶子。"

"你闻一下，是否喜欢这个味道？"吉娜热情洋溢地说着。

樊玫打开外瓶盖，轻轻地在手腕上喷了一下，闻过去，"嗯，很好的味道，是花香。"

吉娜迎过去说："这是紫罗兰的味道，是给优雅女人最好的般配。"

樊玫不好意思地笑了，"我算是优雅的女人吗？谢谢你送给我的这款优雅的香水。"

"你当然是优雅的女人，我第一眼看到你就是这么认定的。"吉娜肯定地说着。

在樊玫心里，自己并没有那么优雅。

一位法国美女店员走了过来对吉娜说着法语，吉娜用流利的法语回应着。

樊玫听着她们的对话，不由地羡慕。她看着手里握着的香水，虽说对于她之前接受过的厚重礼物来说这是最轻的一个。但是，在异国他乡这也是她接到的第一个礼物。她觉得这个女人会做生意，听听她一会儿怎样介绍保险产品。

吉娜并没有开门见山地讲保险，她倒是开始说起下个月有一个很高规格的晚宴，希望樊玫一同参加。

樊玫还真没有参加过国外的晚宴，并好奇地询问："这是一次什么晚宴？"

吉娜的脸上荡漾着西人的神情说："这是一个高端的文化慈善晚宴，当晚会有很多有身份的社会人士来参加。晚宴后还有舞会，一定要穿晚礼服。"

樊玫来到法国是为了回避追债，不易在公众面前露面，以免暴露给追债人信息。

她显得有些不好意思地借口说："我还真没有一件晚礼服，也从来没参加过这样的晚宴。"

吉娜立刻接着她的话说："这个事情很简单，找时间我陪你一起去买。"

樊玫又接着说："我不会讲法语，去参加会很别扭。"

吉娜笑了笑说："我可以为你翻译啊！来的都是很有身份的洋人，有我在，不用担心语言问题。"

都是法国人，这对樊玫的安全是少了许多威胁。但是慈善晚宴，又是她的另一个负担。她明知自己是落魄，只差别人来施舍的人了，自己还有什么可以捐赠的，也会显得尴尬和难堪。

樊玫摸不清吉娜邀请的目的，她想也许是为了推票，便淡笑了一下接着又说："晚宴要收费吗？"

"哦，我已经支付了，就算是欢迎你移居法国的一个小心意。"吉娜耸了耸肩愉快地说着。

这时，法国美女店员将两个巧克力蛋糕和一杯咖啡摆在了她们的桌上。

樊玫心里纳闷："吉娜又是送礼物又是送票，到底是为哪般呢？——也许，这正是她做销售的交往方式。"

吉娜仍保持充足的热情说："来品尝一下这个老店的蛋糕，这一款蛋糕也是法国人非常喜爱的。"

樊玫边道谢，边拿起了蛋糕旁边精致的古典小叉子，在蛋糕边缘轻轻地挑起来一些放进了口里，"嗯。味道不错，也不是那么甜。"

吉娜也品尝着说："是的，我非常喜欢这一款蛋糕，店里还有更多的蛋糕都很有特色，以后我们再一个个品尝。"

"谢谢！"樊玫微笑着说。

樊玫今天约吉娜主要是问保险的事情，一会儿还约了莱西说买公寓的事。直到现在她们还没有提到过保险，她刚要开口，吉娜就又开了口。

"你说也真够巧的，我之前的一个朋友在我这儿买了大病保险，半年以后查出来患了乳腺癌，保险公司赔了她70万欧元。这人的命也是脆弱，好端端地突然就会冒出病来，之前没有一点儿前兆。"

樊玫也就接着她的话问起来保险具体类别的事情。

吉娜用了将近半个小时详细地介绍了大病和寿险。

樊玫虽说钱紧张，但是想到孟一丹说过越是没钱才更要购买保险，以防需要。她脑子里全是对自己大病或是终老，这样和那样的幻想。她基本上是决定要购买这两个比较重要的保险，至于吉娜还在不停地讲述着案例,在樊玫的听觉里却已经不重要了。

樊玫开门见山地提出可以签大病和寿险合同。可是,吉娜今天只是介绍产品,并没有带合同。樊玫又直截了当地跟她说下一次见面签合同。吉娜愉快地说她果断明智。她们愉快地吃了蛋糕,樊玫送走了吉娜。

10分钟后,莱西来到了咖啡馆。

比起吉娜,莱西显得传统,性格内向。她们简单寒暄了几句,莱西点了咖啡后,就开始进入房产介绍的话题。

她从大挎包里拿出了几本画册,有条不紊地向樊玫简要介绍了她公司旗下几个区的公寓。

樊玫边听边翻看着房子的画册,她觉得十三区的公寓可能更方便她以后租给中国客户。

莱西拿来的房源都是期房,要一年半以后交割,现在签合同只需支付首付10%的定金。可是,对樊玫来说,早点儿有房租,才是她和儿子在法国生活的基本经济来源。这些期房,显然不合适她的需求。

樊玫向莱西说明了购房要求,莱西这才明白今天拿的不是她需要的房源资料,只好说再给她几天时间找一下现房,然后约见给樊玫看。樊玫说不着急,先有个了解,因为还要等中国的钱来了之后才可以买。

樊玫觉得莱西过于内向,好像缺少商业技巧。在她看来莱西也许销售业绩不会太好。但是,看着她倒是忠厚老实。

樊玫好奇地问起她在法国从业的事情。

莱西一五一十地叙述了20多分钟,在她的叙述中,人生充满了艰辛。她说法国不是一个讲人情的国家,一切事物都是在制度和条件里。自己是夫妻团聚来到了法国,后来离了婚,她带着女儿生活。自己的法语水平一般,不能在法国人的机构工作,先是在华人饭店做店员,后来才去了中国人的房产开发公司做销售中介。工作压力很大,如果半年卖不出一套公寓,五周后还卖不出,就要劝离公司。她说话的神情显得无奈和黯然。

樊玫不由地同情她的工作压力,和单亲妈妈的艰难生活,决定以后就买她手里的房子。其实比起莱西自己也好不到哪里，在法国既没有收入，也没有丈夫在身边，还多一个逃债。

樊玫还在想也许以后自己也可以试试卖房子，成为她的销售团队伙伴。她心里这么想，嘴上却没有说出来。其实在她的心里最重要的是自己要学会放下身份，去面对自食其力的法国生活。目前，她还没有真正开始做到这一点。在中国好歹自己也是省厅的处级干部，分管项目招标，肥差流油，风风光光。在法国生活，日后被传出去卖房子做了中介，这脸面还不给丢尽了？

好在赵彦默还坐在厅长的位置上，樊玫的钱财还有中国来源的希望。难就难在巨额欠款负债累累，赵彦默有天大的本事，项目上再挣一大笔，那也难堵住一天天累计的高息欠款。

赵彦默和樊玫就此天涯各一方，临行前的海誓山盟，是否能经得起时间和距离的考验？这在樊玫心里就是一个事儿。

为了生存，缠住赵彦默也成了樊玫来法国那一刻的任务，除非有一个新的赵彦默出现在法国。

时间过得真快，转眼室外咖啡桌前的人们走了一多半，梧桐树上的阳光透出夕阳前的颜色。

她们也就此告辞，走出了双偶咖啡馆。

第七章
我在法国挺好的

樊玫自从离开中国去了巴黎,她的父母就成了她万里之外最揪心的牵挂。她八十岁的父亲樊涧新,是位不善言辞,为人正直、忠厚的老人。她的母亲赵淑兰性格内向,性情温和,待人厚道。

老两口退休后的日子,平和、安静。

平日里老两口的家,除了在厨房里做饭和电视里传出的声音以外,就是他们围绕女儿东一句西一句的话题。

之前,在老人的生活里,每天跟女儿通一个电话,是他们最开心的事,也是最重要的生活内容。

现在女儿远去法国,老人们除了相互静默,就是长吁短叹的担忧。

"老头子,你说,这女儿好端端的工作不要,去了外国人的国家,她一句外国话也不会说,这日子怎么过呢?"老太太坐在不大的客厅的沙发上,满面愁容地叨唠着。

老头子手拿着塑料喷壶,正往客厅一旁桌子上摆放着的一盆君子兰花盆里缓缓地、仔细地浇着水,"是啊,正是好年龄,出工作成绩的时候。她还不是为了成成去国外上学吗!"

樊涧新说这些话的时候,听着再平静不过的话语中,透露着对女儿失去省直工作的惋惜。

"老头子,你说现在的孩子们也是,好端端自己的国家不能上学吗?干吗就一定要去外国人的国家念书?"老太太说这些话的时候,苍老的眼神显更加黯淡无光。

她正对着的电视哇啦啦地播放着她根本没有关注的内容。

老头子浇花的水溢出了花盆底的托盘,向桌子蔓延着,"奇怪,怎么会溢出水来呢?我没有浇多少水啊!"他边纳闷地说着,边用喷壶接在桌边,用手往壶里抹着水。

"哦,我今天早晨浇了花,忘记告诉你了。"老太太说着就站起来帮他的忙。

"哎呀,咱不是说好了吗?我来浇花,你不用管。"

"哦,我怎么就忘了呢?我记得你说让我浇花,你做饭。"

"我是说,我来浇花,你做饭。你看看,这花苞都已经出来了,很快就要开花了。你千万要小心,不要再来浇水,水大了花根就会烂掉,这盆成成买来给我们的花就会没有了。"

"嗯嗯,我记住了,我来浇花,你做饭。"

"不是,是我来浇花,你做饭。你就记住,你只做饭可以吗?不要浇花。"

"好的,我知道了。"

"好了,你看看几点了,我们要跟女儿打电话了吧?"

"女儿不是刚打了电话了吗?怎么还打电话?"

"女儿刚才打来电话了吗?我怎么没听到你们说话了呢?"

"你这个老头子,什么都不记得了。我要去休息了,不跟你说了。"

老太太说着就向里屋卧室走去午休,老头子手拿着喷壶看着眼前瞎说八道的老太太,从他的眼睛里透出不安。他随后放下手中的喷壶,在老太太坐过的沙发上拿起了她的手机,颤颤巍巍,迟缓地在里面寻找樊玫是否打过电话或微信记录。他没有找到相关内容,又从口袋里取出自己的手机,在微信里点出了女儿樊玫的头像,拨通了语音电话。

"喂,爸爸,我是樊玫。"樊玫欣喜地说着。

樊涧新满脸的笑容拨动着一条条皱纹,"你和成成都好吧?"

"我们都很好。"樊玫愉快地说着。

樊涧新欣慰地说："嗯，那就好！"随即又蹙了蹙眉头说："玫儿，你刚才给你妈妈打电话了吗？"

电话那头樊玫立即说："没有，我想等你们午休后再打给你们，您现在就打来了。你们都好吧？"

樊玫说了这一通话，电话那头的樊涧新一点声音都没有，她又担心地问："喂，爸爸，您在听吗？"

疑惑的樊涧新被女儿的问话惊醒，面色紧张地说："我在听，你问问成成刚才跟姥姥打电话了吗？"

"成成今天跟同学一起聚会去了，他没有带手机，不会跟姥姥通话啊！怎么了爸爸，有什么事情吗？"樊玫此时也显得不放心了起来。

樊涧新意识到老伴的异常，又担心樊玫操心，话到嘴边又咽了回去，便掩饰着说："没有事，一切都好，你妈妈现在午休，我还以为她跟你们通过话了，随便问一下。"

樊玫这才松了口气，转而为笑，"好的爸爸，你们都好我就放心了。我在法国挺好的，你们放心！"

"好好，那就好。你一个人带着孩子在国外不容易，有时间就跟我们多说说话也好知道你们的情况。"樊涧新慈爱笑容的纹路里，浮动着牵挂，眼睛里闪着泪花说着。

父女两人来来回回说了十几分钟，断掉了语音通话。

樊玫心里一阵心酸，毕竟父母年龄大了，作为独生女的她不在二老身边，实在也是令她心碎。她多少次地幻想、恐惧，终有一天接到打来的国际电话，告知老人不在人世的消息。每想到这时，她两眼发酸满眼是泪。

她多少次地怪自己上辈子不知造了什么孽，此生遇到这么不争气的丈夫。

她除了牵挂父亲的身体，最不放心她的母亲。

她的母亲，八年前确定患上了严重的糖尿病和高脂血症，常年服用降脂和降糖药。母亲平日里吃饭不忌口，最喜欢的还是她这一辈子都没有吃够的主食，还有就是，偷偷吃点儿白糖。

越是不让她吃糖，她就越想吃糖，来解解馋。

老头子看到了就对她一阵地劝说，希望她不要对自己的身体不重视，不听医生的话。这个时候，老太太就会说，她看电视上健康教授说过，糖尿病患者往往会低血糖，应该适当补充点儿糖。这句话可一下成了她唯独可以依赖的科学依据，和有机会就偷着吃点糖解馋的心理安慰。

此教授的话，樊玫也是恨在心头。她不知道到底是哪位高级的教授说了这么一句话，使她的母亲，这位餐前血糖值为16的高血糖病人，还在找机会给自己补点儿糖。

母亲越老越显得固执了起来，她不但偷吃糖，有时候还偷喝饮料。

樊玫也没少劝母亲不要再吃甜食，可是这个健康教授的话就像注入到了母亲灵魂里的神圣指令难以剔除。

为此，至今樊玫和所有的亲人也没将母亲偷吃糖的事情更正过来。

母亲长期血糖高指标，诱发视力障碍。

之前，老太太总说电视出了问题，画面不清楚，有时候又说电视里演的都是大雾天。同时在看电视的老头子，并没有发现电视里出现她说的问题。他意识到老伴儿的病应该是严重了，除了跟宝贝女儿打电话时流露出这些，就是继续不厌其烦地告诫老太太一定注意忌口。

祖籍山西的老伴儿赵淑兰，这一辈也没有把香喷喷的麦香味儿吃个够。

她做的面食也是一绝，花馍馍、面条、包子、烙饼子、揪片、猫耳朵、面窝窝，只要是跟面有关的食物，样样做得可口。

说来也怪，她的面食做得好，这一辈子也没有把老头子养得白白胖胖，倒是一直干瘦。她却属于喝口凉水也长肉的体态宽厚的人。

樊玫在家里时候，母亲会变着花样做给她吃。樊玫遗传了父亲的体质，身材一直属于偏瘦型，皮肤像母亲，细腻且白如膏脂。

樊玫在父亲的眼里反射出无法掩盖的喜爱和幸福，在母亲的怀里她永远是长不大、撒娇的孩子。

远走异国，使得樊玫和父亲在亲情上的落空，日益剧增着彼此的牵挂。

樊玫人在国外，建议一贯的通话改成微信视频和语音。

老两口起初不太习惯使用微信，再加上两国时差的原因，他们的联系从频率上减到了一周一次，基本定在每周六。

樊玫除了每次问寒问暖，就是不断地告知父母自己和儿子在国外一切都好，要什么有什么，又不缺钱，还有很多朋友。

父母哪里知道，这一切好的说法，除了成成学习和生活的阳光、愉快，其他都是女儿编造的。

语言不通使樊玫的法国生活路路不通，除了得到孟一丹和儿子成成偶尔的帮助，她几乎全部利用手机翻译器。毕竟是手机翻译器，难免有不准确，又在面对面交流时来不及翻译而尴尬。

樊玫在巴黎的法语补习班也仅仅是开始，距离能开口用法语交流还不知是哪一天的事儿。为此，她想约弗兰克喝喝咖啡，也好有一些语言上的相互学习。自从在教堂遇见弗兰克，至今还没有见过面，只是在微信里，问候过几次。

对于樊玫，弗兰克是一位有魅力的法国男人。毕竟赵彦默是孟一丹的丈夫，自己虽说也有丈夫，但是已是名存实亡。她在心里对弗兰克有莫名的好感，甚至对自己会有移情别恋于他的担心。她有时候想想也觉得奇怪，弗兰克这样有魅力的中年法国男人，怎么没有新的爱人。凭他的外貌、手艺技能和商业成绩，应该有不少女人喜爱。当然，也不会缺情人。这也正是樊玫没好主动约他见面的主要原因。

语言障碍成了樊玫基本生活困难，特别是每个月的各种账单，她又不得不硬着头皮面对。法国人喜欢寄信的传统一直未因时代改变，除了电子邮件，樊玫家信箱里几乎全是需要支付的账单这一类信。而后，樊玫把这些付过的账单夹在一个大公文夹里，以便以后有需要时还可以对账。

这天，樊玫手拿着信箱里的账单，又是一阵心烦。她不得不想起立刻找巫岚两口子见面，聊一下投资款的事。她从手机里找出了巫岚的号码打了过去，对方竟然接听了。

"喂，谁啊？"巫岚沙哑着嗓子说。

"喂，是巫岚吗？"樊玫皮笑肉不笑地说着。

"我是，你是哪位？"巫岚不太耐烦地问。

"我是樊玫，好久不见了。我现在和儿子移居法国，找时间请你见面喝杯咖啡好吗？"樊玫直入地，又假惺惺地客套着说。

"哦，——樊玫啊！你们已经过来生活了，太好了，欢迎啊！只是，我这几天在外地，回巴黎跟你联系好吗？"电话那头的巫岚显得唐突但又表现着热情地说。

樊玫的脸色一下阴郁了下来，强打着热情继续说："是吗？我原本还想约在今天下午见面呢！你们现在还好吧？"

"好什么，之前美容院一直亏损，我自己垫付了很多钱。赶上那个时候周边开了一两家华人美容院来竞争，咱美容院的客人就开始减少，后来就亏得干不下去了……"巫岚沙哑着嗓子，叽里呱啦地说着。

"之前不是做得很好吗？回报率也高，有了竞争一下子就不好了，关了店也太可惜了。"樊玫显得不理解地说着。

"实在没有办法，也不能拉客人走进来啊！股东们后来按股份比例每人都追加了投资款，因为你之前不在法国，我们也就先垫上了。"巫岚强调地说着。

樊玫简直是说不过这个巫岚，磕磕巴巴地说："真不好意思，谢谢你们夫妻的照顾。我也确实没有多余的钱追加，等你们回到巴黎，我们一起见见面吧！"

巫岚立即回应："好的，我回来跟你联系，请你吃饭。"

樊玫强调着说："饭就不用吃了，回来联系我，一起聊聊。"

巫岚说话像擦了油，"好的好的，我给你打电话吧！"

她们相互假惺惺地寒暄了几句，挂断了电话。

樊玫心里一阵生恨，明知道这一切应该都是巫岚的谎言，可是面对她的这些说法，自己倒还欠她的钱。看起来要想搞清楚，只能彻底清查她的账目。但是，走到那一步，也就彻底撕破脸了。

樊玫的脸色煞白，她知道这笔钱是飞了，被巫岚夫妇给骗走了。

她顺手又给赵彦默发了微信：彦默，你那边的情况怎么样了，公寓的钱不知有没有着落？今天我给巫岚打了电话，她说不在巴黎，应该是借口。投资款的事，你看再跟罗必怎么问一问？

樊玫知道此时赵彦默还在中国与法国的时差间睡觉，等他醒来看到会回复信息。她翘首盼望赵彦默能早日汇来买公寓的钱，还有让罗必能退还一些投资款。

其实，巫岚就没有离开巴黎，她只是不愿意见樊玫。

樊玫心里想："无论巫岚怎么讲故事，都要尽快见到她，目前只能先等她主动联系。巫岚就这样使股东们的投资款烟消云散，她一点都不愧疚吗？自己家欠了人赌债的钱，怎么就像个三孙子，更像地窖里的老鼠到处躲掩。自己对欠的这个赌债怎么就这么怕呢？股东们的投资款，就这么轻易地被巫岚说没了、彻底赔了，就结束了？罗必虽说人老实，但是在他老婆巫岚面前更是大声不敢，就是一个没有任何作用的人。即便是赵彦默跟他询问，也问不出个情况，他敢多说一句，巫岚不剥了他的皮。"

樊玫的 800 万人民币，就这样消化在巫岚的生意故事里。她不由咬紧牙根，一阵阵地发痒。

今天巴黎下着初冬的雨，放眼窗外法国梧桐树的干枝上吊着寥寥无几的枯叶，在寒冷的微风中颤抖。听说法国巴黎冬季的雪很大，这是樊玫在巴黎的第一个冬季。她不由地又想到了赵彦默，那往日在中国工作的风光，和两人私下幽会满足身体上的慰藉。她越想心里越发感到现在的不幸和孤冷。

转眼一个月就要过去了，樊玫在孟一丹的帮助下将自己和儿子的巴黎生活基本安置好了。

她与赵彦默的热线电话，在两人的时差中交互着。

这么多年来，他们除了利益和身体的交互，就是日久增添了两人的亲情。在赵彦默心里，孟一丹是他不可改变的老婆，孩子的娘。樊玫则是他心头的爱，身体里的魂，是他未来国外生活的精神寄托。

如果说孟一丹是他巴黎的家，那么，樊玫是他一心的山花烂漫，绚丽的后半生。帮助樊玫安顿下来，抓住她的心，也是赵彦默通往未来幸福生活的一个决心。

第八章
慈善晚宴

　　樊玫和赵彦默的通话，除了隔海望月的甜言蜜语，就是现实生活中钱的事情。赵彦默后悔自己在得到那个环城大桥的大笔钱时，没有给自己留一个小金库，而是全部将资产转移到了老婆孟一丹和女儿的名下。他认为樊玫的那一大笔钱已经交给了她，自己也就放心了，没想到她的一大半却被挥霍，还又欠了债。

　　一直以来，樊玫跟赵彦默话里话外都是自己在法国生活没有进账，账户余款少得可怜的话题。这些压力不仅加剧了赵彦默对行贿来者不拒，还主动索贿。比如：在安排调任新人工作上，他竟然索贿500万至1000万人民币的数额。钱数是有了说法，工作起来还是需要时间，真正拿到全款一定是最后的结果。赵彦默为此还不能掉架子，而是摆出很难求的样子，不冷不热地撩着那些找上门来的人。

　　赵彦默急需给法国樊玫筹集买公寓的钱，这些工作调任之类的受贿是来不及解他燃眉之急。他不得不又将老朋友汪大海叫来，念叨了起来环城立交桥合作以后，将有新的大项目再让汪大海介入。其实新项目是没影儿的事，先有鼻子有眼地说给汪大海，以便汪大海立竿见影地大肆贿赂。

　　今夜，樊玫在巴黎香榭丽舍大道高档公寓，自家宽大的双人床上辗转难眠。未来法国生活里只有自己和儿子，好像是被囚禁在美丽公寓里的女人，黑色的夜晚几乎要把她吞没，甚至产生恐惧。她期待着，天快一点儿亮起来。

　　一夜没有拉上窗帘的卧室，迎来早晨射进来的阳光，刺在樊玫睡着的双眼。她懵懂地睁开睡眼，一切都是那么的寻常。

　　她像往常一样起身，洗漱，给儿子忙早餐，而后送他上学。

　　送孩子上学回来后的樊玫，坐在客厅的沙发上一阵发冷，她顺手拿起身边的羊毛毯子围在了身上。此时，她的手机来电。

　　电话里传来悦耳而愉快的声音，冲破了她的清冷，"喂，樊玫，早上好！我是吉娜。"

　　樊玫立即迎合着愉快地说："嗨，早上好吉娜！"

　　"樊玫，我之前跟你说的慈善晚会就要到了，你准备好参加晚宴的晚礼服了吗？"吉娜热情洋溢地说着。

　　樊玫顿时显得尴尬，"我，——还没有。"

　　"我猜着你就没有，你刚来巴黎不熟悉，我也一直想着这个事情，所以今天专门安排出时间陪你去买晚礼服，你有时间吗？"吉娜热情，毫不忌讳地说着。

　　"真是太谢谢你了，我有时间，——只是，我还没有确定到底去不去？"樊玫显得迟疑地说着。

　　吉娜不厌其烦地说："一定要去啊！这是很好的社交活动，来的都是高端客户。你刚来巴黎，应该多参加活动，对你有好处。"

　　其实在樊玫的心里，因经济紧张，她看不到自己在法国生活下去的希望。这些所谓高端社交活动是否能带给她幸运，还是未知的事情。况且还要花一笔钱买晚礼服，估计在巴黎这个费用不会少。去了慈善宴会，一定会有一些慈善内容，她目前这个情况和心境，是从心里不情愿去。可是，吉娜的热情像扑面的春风将她冰冷的人全然焕发着，使得樊玫好像一时也找不出更好地理由不接受她再三邀请。

　　为此，樊玫决定下午在吉娜的陪同下，去购买慈善晚宴的礼服。

她碍于面子没好问吉娜礼服贵贱，她希望礼服店里的礼服会便宜一些，以免当场不买显得尴尬。

以前在中国买衣服都是去名品店的樊玫，尽管随性试穿，有人买单。她即便是一个人去购买的时候，只要记得开发票，要买多少买多少，事后有老板报销。

她的身材好买衣服，加上皮肤白，穿什么款式和颜色都好看。名品的好包好鞋也是应有尽有，就是没有晚礼服。在国内的晚宴基本上没有机会穿洋人的晚礼服。来到法国巴黎，晚礼服倒是成了社交宴会的基本服饰。

樊玫心想："要知道会有这一天，在中国还不买上一二十套，也不至于现在掏自己腰包里仅有的那几个钱来购买昂贵的礼服。说实话，打心眼里不想去参加这个晚宴。吉娜送票邀请也确实太热情了，又不好不接她的人情，要不是想着在巴黎需要维系朋友关系，这晚宴还真是不会去。不过，——也许这身晚礼服的代价，还会在晚宴上遇到一个贵人，那也是不错的收获！"

樊玫想到这儿，心里不由地喜悦。她何尝不想在巴黎遇到一个倾慕她的权贵男人，拯救她后半生的灾难。赵彦默现在是天高人远，这么远的跨国距离，也不知两人的关系能撑多久。

樊玫心里也很清楚，自己除了身体需要男人爱抚，在巴黎生活更是需要赵彦默资助。她目前和赵彦默一样，对人生目标很明确，不遇到超过赵彦默实力的男人前，她面对赵彦默未来巴黎养老是雷打不动的计划。对于身体需要，樊玫也想得开，毕竟赵彦默也是有妻之夫，自己也不是他的唯一。只是，她在巴黎，除了之前见过一次，留有印象的法国男人弗兰克，其他男人还没有机会走近。法语辅导班上的男人，目前没有入眼入心的。在这一次晚宴的高端宾客中除了也有机会遇到权贵男人，交个顺眼的情人，以便解决巴黎生活的身体需要也未尝不可。

她越想，心里就越是痒痒的，她对买晚礼服的冲动也愈加地强烈起来。

下午，吉娜接着樊玫来到了一家晚礼服专卖店，橱窗内摆放着一个个身着华丽晚礼裙的模特。

樊玫将模特身上漂亮的晚礼裙看在眼里，价格却担心在心里，她硬着头皮跟着吉娜走进了礼服店。

漂亮的法国女店员热情地跟她们打着招呼，樊玫也随着吉娜的法语微笑应和着。

她快速地向一件件挂着的晚礼裙看去。

吉娜跟店员一直交流着，而后店员看了看樊玫的身材，从衣架上选出了两三条长裙，向樊玫示意请她到试衣间试穿。

走进挂好晚礼裙的试衣间，店员关上了房门在外面等候。

樊玫取过晚礼裙，找出了裙子领口处的吊牌看价格，这三件裙子的价格不菲，都在800欧元左右。她原本愉快的心，因昂贵的价格削减了一多半儿。

她心里嘀咕着："既然来了，就先试一试看看效果，一会儿找理由先不买，然后自己再找便宜的买。"

她边这么想着，边连续试穿了这三件，她看着镜子里的自己简直是换了一个人，分明是电影里出现的西方女人的华丽姿态。她纤细的腰肢和浑圆的臀部被裙子紧紧地包裹，她那对丰乳托举在收紧的低大领口处，像两个外露的大白桃，鲜嫩饱满，粉白诱人。

她看着镜中连自己都淡忘的性感身材，被这三套晚礼裙全部唤醒了。她幻想着佩戴上她带到巴黎的珠宝首饰，和细高跟的名牌鞋出现在晚宴上，将会多么光彩照人。如果再有男士敬酒，定是风光无限。她看着此时的自己竟然如此美丽，不得不佩服衣服给人带来的气象。她突然欣慰法国巴黎给她带来了另外的人生感受，这是在中国没有想到的生活内容。

"樊玫，试好了吗？出来我看看好吗？"吉娜在门外热情地说着。

樊玫连忙地说："好的好的，我这就出来。"

樊玫穿上了试衣间里的备用高跟鞋，打开房门走了出来。

"哇，太美了！"吉娜眼睛发亮地赞扬着，店员女孩也说着法语感叹不已。

"樊玫，真的太美啦，买下来吧！你简直要迷倒一大片男人，我都没有自信跟你走在一起了。"吉娜半开玩笑地说。

"哪里会，你的身材更美丽，人又这么漂亮。"樊玫自谦地说着，心里却矛盾地打着鼓，不知到底买还是不买。

"樊玫，就买这一件吧！因为我看的第一眼，就觉得不必要再看其他的裙子了。"吉娜兴致勃勃地说。

樊玫满脸牵强的笑容说："吉娜，我想——"

吉娜热情满面地又说："你不用想了，就买这一件吧！用我的积分卡可以打折，这个店是打折店，我是这个店的老客户又有会员卡，折上折。"

还没等樊玫回应她，她就跟店员又说起话来，好像在讨价格。店员走到结算台，在电脑里查看着，并打了电话。

樊玫趁此走进试衣间换下了这件漂亮的晚礼裙，将三件裙子重新挂在衣架上，穿好自己的衣服走了出来。

吉娜看她没有拿出来裙子，就让她拿出来。

樊玫心思复杂、紧张，一时不知怎么办好地走进了试衣间，拿出来了那条晚礼裙。她刚要开口说先不要了这样的话，吉娜就走来取过这件裙子交给了店员说："请包起来。"

她紧接着又说："这件裙子我送给你，我已经结过账了，算是你来巴黎我送给你的见面礼。"

"不行，这哪能行？你已经送晚宴的票给我了，哪能让你再送给我晚礼裙。"樊玫不好意思地说着。

"樊玫，你就接受吧！我们未来相处的日子还长，以后有机会你再送给我礼物，不是也可以吗？"

"可是，我确实觉得让你花这个钱不好。"

"没有多少钱，我刚才跟你说了这是折扣店，将近一半的折扣，我的会员卡再折上折。我的一点小心意，你就收下吧！"

樊玫看她实在诚意，就只好接受了。她心里又在纳闷：怎么才两面之交，吉娜就这么慷慨地对待我，难道她会另有所图。虽说是折上折，还是找机会还她这些人情为好。

这时，店员已经将包好的礼服，放进了一个系着红绸带黑色的大手提袋里，交给了吉娜。

吉娜将这个礼物恭敬地送到了樊玫手里。

樊玫嘀咕在心里，脸上欢喜地接过这个大礼袋，又是一阵感谢的话。

她们愉快地告别店员，走出了晚礼服商店。

慈善晚宴如期而至。

樊玫穿上了吉娜送给她的这条黑色，有着星光闪点的晚礼裙，从她的保险柜里取出了从中国带来的珠宝首饰。她选了一条钻石珍珠项链，戴在了她修长白皙的颈部，那颗沿着钻石链子坠下来的拇指大的黑色珍珠，躺在超大领口挤压外露的乳沟中。她左右转动着身子，光线折射下的黑珍珠散射着悠悠的珠光，足以将人们的眼球吸附和锁定在这个性感乳沟和夺目的珠宝焦点上。

她不薄不厚的双耳垂上戴着一对水滴形钻石耳坠，手指的无名指又戴上了在香港买的那颗三克拉钻石戒指。

她化了妆，不淡也不浓，但是嘴唇却使用了艳丽的正红色唇膏，在黑色晚礼裙和白皙皮肤的衬托下，相互增色，美轮美奂。

她审视着镜中自己的这番惊艳。

镜中，她欣赏地望着自己的身段和娇美的脸，在左右摆动着身姿中逐渐转变着神色。她越来越感受着，这身华丽的装扮下，包裹着华而不实的一个躯壳。华丽的服饰对现实中的自己，是一个极大的讽刺，而经不起抖搂。况且这些首饰又是受贿之物，更不易公然浮出水面。

她为华丽的自己感到难堪和心惊。

她不由地从颈部取下了那串钻石珠宝项链，又取下了那对水滴形钻石耳坠，还有那颗三克拉钻石戒指。

镜中的她立即素净在黑色晚礼裙的神秘里，她顿时感到一阵地轻松。

她甚至想脱掉这身不般配自己现状的礼服，不去参加令自己感到难堪的尊贵慈善晚宴。

在她的心里，这一切就是一个笑话。

这时，她的手机在化妆台上响了起来，她随即接听着。

"喂，樊玫，你收拾好了吗？我已经在你楼下等你了。"吉娜坐在汽车里，一手扶着方向盘，一手打着电话。

樊玫眼睛噙着泪，矛盾地应和着连忙说："哦，我准备好了，这就下来。"说完，她将取下来的首饰放回了保险柜里。

她在镜前简单补了一下妆，披着件乳白色的羊绒大衣，拿起了一个小手包，走到儿子的房门口，跟儿子交代了几句后就走出了家门。

当晚6点。

她们盛装来到巴黎第二区，布隆尼亚尔宫参加慈善晚宴。

这是个古老的建筑，绿顶灰体，罗马柱支撑于大殿一周，庄严肃穆，四四方方地坐落在与第一区巴黎皇家宫殿几乎垂直对望的位置。樊玫没有想到这个晚宴会选在这么庄重威严的宫殿里，她不由地看了一眼身边不以为然信步直前的吉娜。

她觉得吉娜还真是够意思，免费邀请自己参加这个高规格的晚宴，她如果不是另有所图，就是一位值得交往的慷慨之友。但愿她是后者，从自己目前的情况看，也没什么可以利用的，无非是买她的保险。这点小事，也是正常业务，不至于她慷慨解囊地对自己这个客户。对于吉娜的真实用心，也只能摸着石头过河，交往着看。

慈善晚宴的宣传海报伫立在台阶上的大门外。

她们随着稀稀疏疏的人们走进大殿内，跟着指示标记走向宴会大厅。

这是一个可以容纳 900 人的宴会大厅。

此时的大厅被淡紫色灯光交错辉映着，洁白的餐布铺满了一张张有编号的圆桌，摆着白色镂空靠背的椅子。餐桌上摆放着鲜花、晚餐烛台、餐具。座位前有一个精致的小卡片架，上面有嘉宾的名字，来宾只需要在进门处签到，就可以在事先安排好的位置入座。

大厅四周仍由圆石柱支起的一个个拱门洞环绕着，再往上是一个拱形的窗子，顶部是方形板块式浮雕，整体欧式风格，富丽堂皇。

正对着大门的顶端，是一个搭起的半圆形舞台，背景是一个大的投影主题展示屏幕。

今晚来的嘉宾一小部分是洋人，这使樊玫为此担心，甚至有些责怪吉娜。不过想想，吉娜也是好心，她并不清楚自己的情况。今晚也不至于就能遇到自己在中国的熟人，即便遇到了，说来法国玩几天，事情也就过去了。

吉娜和樊玫领取了餐桌编码，并没有直接落座。她们此时已经将各自的大衣脱了下来寄存。

吉娜今晚高盘着头发，浓妆艳抹，穿着一件金丝绒的暗红色晚礼裙，领口从两肩的边际敞开，直至丰硕坚挺的双乳间汇合在一起。她颈部没有佩戴饰品，仅耳垂上戴着一对格外耀眼的鸡血红宝石耳环。收紧的裙身勾勒出她纤细的腰肢，包裹出浑圆的臀部。顺直而下的裙摆，逐渐微撒的后裙片，拖在地面一尺多长，她像是一个妖艳的凤凰鸟不断地摆动，骚弄风姿。

樊玫在她的身边并不逊色，黑色星光闪烁的晚礼裙，配着她白嫩的皮肤，像是一朵散发着幽香、神秘的黑玫瑰，令人神迷。

吉娜在大厅进门处不断地与熟人打招呼，相互寒暄，并介绍好友樊玫。樊玫不断地应和着。吉娜又和朋友拥抱，合影。

樊玫在一旁四处打量着，这一切都是那么新奇。

她不由地向着大门望去。远处，走来一位西装革履的法国绅士。她定眼看去，这个人正是弗兰克。她一阵心惊，心想："怎么这么巧，他也来参加晚宴。"

此时，弗兰克已经走到了樊玫面前。

他看到樊玫，愉快地耸着肩绅士地说："哦，你简直是太漂亮了我的女士，很高兴再次见到你！"说着就热情地拥抱着樊玫，在她两侧的脸颊亲了两下，行了西式的见面礼。

樊玫强掩内心的激动，微笑着故作冷静地说："我见到你也很高兴弗兰克。"

弗兰克继续打量着眼前这个美丽的女人说："这是一个很有意思的晚宴，今天能在这里参加晚宴的嘉宾，也都是社会上有头脸的人。晚宴的主办方为此花了不少时间来准备这一切……"

樊玫根本没有太注意听他说什么，只是感受到他那潮湿温热的唇印还停留在自己脸颊。樊玫的眼睛在他看过来的灰蓝色眼球里，有意无意间地躲闪着。

随着弗兰克浑厚磁性的中文，在他性感的络腮短胡须间那开合的唇中不断涌出，樊玫的听觉才逐渐地被隐蔽的内心释放出听觉。

弗兰克兴致盎然、滔滔不绝地说："今天的慈善宴会将是圣诞节前喜悦的前奏。在中国人的新年前后，十三区有舞龙、舞狮、踩高跷、划旱船这样的热闹活动。"

樊玫从心里佩服弗兰克的中文竟然可以说这么多内容，特别是对中国文化如此熟知。她闪动着睫毛连忙接着他的话说："天哪，你竟然还知道这么多表演的名字，很了不起！"

此时，一位身着礼服的法国年轻男士侍者，手持托盘里的香槟和葡萄酒走了过来。

弗兰克微笑地说:"知道一点点。"并示意请樊玫取用酒品。

樊玫从侍者端着的一托盘酒中,小心地取过了一杯红葡萄酒,并点头致谢。

弗兰克也绅士地取过了一杯香槟,将手中的酒杯迎了过来轻声地说:"为再次见到美丽的女士干杯。"

樊玫从心里泛起愉快的浪花跃上了她的脸颊,便迎合着又说:"谢谢!为我们再次见面。"

两人的酒杯轻轻相迎,发出微小而悦耳的声音。

樊玫将深红色的葡萄酒送到朱唇边浅浅地抿了抿,杯子的边口留下了淡淡地唇彩印。

弗兰克绅士喝了一小口香槟,轻轻地抹了下两边的短胡须,微笑地看着眼前美丽性感的樊玫。

吉娜手持香槟酒,从樊玫身后走过来爽朗地说:"樊玫,我们进去吧!"

樊玫连忙说:"吉娜,我跟你介绍一下,这是我和一丹的朋友弗兰克。"

吉娜立刻愉快地用法语跟弗兰克寒暄了起来,行着西式礼节。她习惯性地从小手包里取出了一张小长方形,有着联系方式的深红色卡片,递给了弗兰克。

弗兰克欣赏的眼睛从吉娜身上移到了这张带着芳香的小卡片上说:"哦,非常精美的卡片。"随即他从西服内侧兜里也取出了一张名片,递给了吉娜又说:"认识你很高兴!"

吉娜接着递过来的名牌,非常吃惊地看着弗兰克会说中文,她微微地摇着头说道:"真是不敢相信,你到底是法国人还是中国人?你的中文说得太好了!"

弗兰克微笑着绅士地说:"是吗?我也经常会搞不清,自己到底是哪个国家的人?"

樊玫为此也被逗笑了，但是她的笑容里又隐含着更为复杂的表情。

此时，场内优美的音乐背景下，主持人抄着柔和的中文和法语，请来宾入席，晚宴即将开始。

这时，弗兰克突然想起来自己还没有签字确认座位，他耸耸肩幽默地说："对不起两位美丽的女士，我完全被你们迷住了。我忘记了还需领取自己的位子。"

吉娜和樊玫都笑了，吉娜也幽默地说："希望你尽快领取座位号，不要让我们今晚迷人的魔法无处可用。我们先进去了，一会儿见，弗兰克。"吉娜多情地看了眼弗兰克，转身引领樊玫向场内走去。

弗兰克微微地欠着下巴示意，迷人一样的眼睛看着走去的她们，便随即回过神来连忙签到领取座位。

宴会场内。

来宾陆续入席。

吉娜和樊玫走进了宴会大厅，坐在自己的座位。随后，弗兰克也走进来，坐在自己的位置上，他们竟然相隔不远。

舞台的背投屏幕上滚动播放着此次赞助商的广告，法国香水、酒庄、服饰、家具和装饰品等。

樊玫被大屏幕的画面吸引，不由地看去，竟然出现了弗兰克的照片和他的中国古典家具店及家具。她便指给身边坐着的吉娜看。吉娜也为之眼睛发亮，并不由自主地将目光投向隔了两桌，微笑端坐着的弗兰克。

此时，晚宴开始上了第一道开胃菜。

两位华人年轻男女主持人，请嘉宾上台讲话。

樊玫心不在焉地咀嚼着开胃菜，却不知其味，她脑子里都是弗兰克。心想："弗兰克不但一表人才，还有经济实力。这一次活动，他一定赞助了不少钱。这个异国的男人，对自己而言，无论是身体和生活需要，交往一下是很有必要的。"

坐在身边的吉娜，叉了两片菜叶，送进擦着艳丽唇膏嘴里的这一刻，她那双火辣辣的凤眼，不时地左顾右盼着。

舞台上继续活动程序，一个个嘉宾讲话间穿插着节目。

背投上的中式古典家具不断循环播放，从照片和视频上看到这些家具做工精致，样式内敛高档。还有两个高端而具有中型规模的分店，一个是在市中心，一个是在华人区。

弗兰克的脸上保持着温和的绅士微笑，用餐和饮酒间显着从容仪态。

此时主菜上桌。

吉娜仍旧对菜品沾沾嘴，除了看大屏幕，她在不时地左顾右盼间，多次端起香槟酒杯做出饮酒的模样。

樊玫吃东西不太忌口，虽说胃口不大，但是一个也没落下。她看身边的吉娜不怎么吃，也没好提醒她用餐。她看得出今晚吉娜的腰身比之前见面看到的要瘦得多，她猜想今晚吉娜一定穿了紧身内衣。

吉娜看似只有一尺八九的腰部，哪还能容下今晚的五道菜点，也难怪她几口就吃到了顶。

舞台上节目多样。

主菜下桌，点心上桌的这一刻，拍卖开始了。

樊玫原本就不是很轻松的心，一下收紧了。她为自己美丽的装束在这场拍卖中显得不般配而难堪。

舞台上，一大幅中国画捏在男女主持人的手里。

风趣幽默的洋人拍卖师，身边站立着一位男士翻译。

洋人拍卖师抄着浑厚的声音，用法语开始说着拍卖规则，并不断幽默地煽动气氛，将场子的热烈从哄堂大笑，随之又烘托到不断欢呼的程度。

樊玫这时才注意到自己的桌面有着一个中国古典团扇，圆圆的绸扇面中间写了粗黑的号码，这是供待嘉宾举牌叫价使用的。

现场拍卖热烈，叫价中吉娜和弗兰克也举起了牌子。

樊玫内心尴尬，表面保持矜持地端坐着，紧闭着的朱红小嘴表现着微笑。每一次叫价，都使她的心受到刺激和羞辱。

最终，这幅画以8000欧元被弗兰克拍到，并上台拍照，领取了画作。

吉娜丹凤眼散射着犀利的光色，注视着台上风度翩翩的弗兰克。

樊玫的眼睛半垂在自己纤细白皙的双手上，她眼前的这双手是摸过大钱的手，现在却两手相握，缩卷在餐桌下这件星光闪烁的黑色晚礼裙上。她感到一阵阵地自卑，自己这个年龄，又没有钱，唯有这点儿姿色也将随着时光散去。弗兰克这样有味道又有事业的中年男人，怎会选择自己，成为救命贵人。

此时台上拍卖不断，樊玫的心思早已游历，所有的欢呼和拍卖师风趣幽默的叫价，已经不再清晰地收进她的耳道。

"樊玫，想什么呢？来喝一杯。"吉娜一旁兴奋地说着。

"哦，没什么。"樊玫连忙举起了酒杯，强掩伤感地说。

吉娜满面红光，眼球闪烁着兴奋的光色，将酒杯与樊玫迎过来的杯子轻轻相碰，随即深深地喝了一口。而后，她又凑过来跟樊玫说："那个弗兰克还真是有实力，他连续拍了三件。你看，现在他的家具也拿出来拍了，是一把紫檀椅。"

樊玫将恍惚、迷离的眼睛望向舞台，这把紫檀木椅已经摆在了舞台中央。

拍卖师又是一阵介绍和吊胃口，紧接着开始叫价。

此时的场内已经沸腾，这把椅子的起步价竟然是3万欧元。

吉娜在樊玫一旁只见咋舌，"这个起步价确实不低。"

樊玫默默无声、强颜微笑地端坐着。

餐桌贵宾开始有人举起来扇面，拍卖师高声喊着价格，边上的翻译也用中文喊着价格。随即又有一个贵宾举起了扇子，拍卖师显得兴奋地强有力吆喝着价格，翻译用中文喊出5万欧元。

这个高涨的价格引起台下一片哄闹声。

拍卖师也显得更为兴奋地连续两次叫价，在第三次叫价后，场下没有人再举起扇子。拍卖师风趣幽默地恭喜这把椅子被台下的贵宾以 5 万的价格拍下。

这位上台领取紫檀椅的竟然是一位华人,吉娜兴致地说:"这是我的一个客户,是很有实力的大老板。"

樊玫望着台上这位五六十岁的华人老板,自己不认识这个人。她向弗兰克看去,他满脸笑容地正举杯跟同桌的贵宾碰杯,大家像是在为他祝贺。

吉娜抿了口红酒,凑到樊玫的耳边说:"这个老板有性功能障碍,她曾经追求过我。"

樊玫似信非信地看了看吉娜,"是吗?"

"是啊!"吉娜僵着鼻子说着。

此时,餐桌上来了最后一道冷点,冰激凌。

片刻,宴会到了舞会阶段。

全场灯光渐暗,餐桌上燃起了蜡烛。

舞台下方有一大块空场地,嘉宾已经陆续随着悠扬的音乐成双成对地走进舞池,舞了起来。

吉娜此时显得兴奋,虽说人还在座位,她等待男士邀请跳舞的心已飞进了舞池。

"请一起跳支舞好吗?"

一个浑厚的声音出现在她们之间。

她们同时抬起头望过去,原来是绅士的弗兰克。

弗兰克蓝色的眼睛注视着樊玫,一只手伸出做着邀请姿态,微笑地等待着。

吉娜顿感不适地耸耸肩,微笑着看着樊玫。樊玫被突然而来的邀请,显得不知所措。

"可以吗?我的女士?"弗兰克微笑着,绅士地做出手姿,再次示意邀请她跳舞。"

"哦，可以。"樊玫连忙站起了身，看了吉娜一下，和弗兰克一起走进舞池。

吉娜满脸地尴尬，强颜欢喜地坐在位置上。

樊玫走进舞池的那一刻，向吉娜这边又看了一眼，吉娜正被一位洋人男士邀请。

弗兰克一手持樊玫纤细的玉手，一手拦在她纤细柔软的腰肢翩翩起舞。弗兰克身上仍然悠悠地散发着男士香水的迷人味道。被绅士弗兰克邀请的樊玫，原本跌沉的自信心，慢慢得到了回升。她的眼睛里闪动着往昔的光色和柔媚。

她纤细柔软的腰肢在弗兰克宽厚的大手中，随着音乐柔柔地摆动。

弗兰克着迷地望着眼前的樊玫，温和地说："你的舞跳得好，身材很美。"

樊玫含蓄地轻声回应着："谢谢！"

弗兰克又接着说："好久没有联系，希望以后能有机会共进晚餐。"

樊玫微笑着继续轻声地说："你很忙吧？你的家具做得那么好。"

弗兰克接着樊玫的话说："是的，有些忙，欢迎你能来我的店里看看。"

"好的，谢谢你的邀请。"樊玫轻柔地说着。

樊玫渴望自己和弗兰克的这场遇见，他能成为日后的异国情人，甚至能够轰轰烈烈地相爱，以致在法国的生活有所依靠。

伴随着优美的旋律，弗兰克旋转着樊玫轻盈婀娜的身子，又将她收到自己的怀里。樊玫的心和身体随着弗兰克潇洒的舞姿，天旋地转地沉醉在巴黎这座古典殿堂梦幻般的舞池里。

第九章
靠 山

晚宴后的第三天。

吉娜来到双偶咖啡馆跟樊玫签订了保险合同,并希望以后樊玫能给她介绍一些中国的高端客户。她表示可以从自己的佣金里分给樊玫一半。

樊玫觉得吉娜做人不小气,对介绍客户的事情也动了心。

吉娜满心欢喜,期待着这位中国社会关系根深的樊玫,能给自己带来更多的收益。吉娜的交往方式,很容易建立朋友关系,樊玫觉得她是一个不坑人,又会销售的人。

樊玫为这份慷慨的收益感到欣慰的同时,切断中国朋友交往信息,逃债出来的事实又浮现在眼前。她望着吉娜兴奋的模样,自己又很难实现中国客户的联络,不由地又觉得欠她的人情债,但是嘴上却没有否定不能拉客户。

转眼又过去了一个月,樊玫像往常一样地面对生活琐事,弗兰克的电话和信息没出现。

赵彦默和樊玫的电话热线仍然保持着。

樊玫无时无刻不盼望着,赵彦默从中国汇钱过来。这期间樊玫也给巫岚打过几次电话,她都是说在外地忙业务,回到巴黎会主动联系。赵彦默也多次打罗必的电话,总是无人接听。无奈之下,樊玫多次驱车前往之前罗必夫妇提供的美容院地址,远处窥探。美容院竟然是正常营业状态,这与巫岚说已经停业完全不同。但是，也不是起初巫岚发给她兴旺的营业照片的模样，现在看起来就是无心经营的景象。樊玫也不知道其他股东都是谁，也没有开过股东会，一切都由巫岚夫妇经营。

巫岚夫妇给她的这个坑，真是给挖大了。

樊玫在巴黎高额的生活成本，使她喘不过气来，只花不进，一天天地消耗着她仅有的钱财。由此，她对赵彦默的金钱依靠就更加迫切，也不断地向他施加压力。

为此，赵彦默跟汪大海的新项目故事，交合在各种受贿中，加剧地上演着。

赵彦默有意加重了在求他办事的人面前的摆谱、掉脸子，使得他们不断塞给他钱财。但是，办成一件事还真不是一朝一夕，赵彦默心里也有压力。

汪大海除了请赵彦默吃喝、洗浴、塞钱，就是安排他享用女色。这一条龙地活动，像打起旋儿的提溜。

转眼近百万人民币藏在赵彦默家的大衣柜顶上了，他计划着凑齐一个整数就给樊玫。走地下钱庄，人民币不过境，在法国巴黎樊玫就可以收到相等值的欧元。

汪大海知道他和樊玫的关系，但是，现在樊玫在法国，赵彦默的老婆又不在身边，他没有女人哪能行。汪大海就试探着给赵彦默在饭场上叫来一些颇有姿色、有韵味的女人。可是，赵彦默怕甩不掉，一个都不动心。他宁可玩一下高级的小姐，或是青涩的大学生，图一夜之欢。

过路出现的女人，对于多年蓄意谋划法国养老梦的赵彦默，如同途经酷暑解渴，喝了也就结了，然后继续往前走。

汪大海在与赵彦默合作的环城立交桥项目上，爆赚了一笔。他对下一笔钱的欲望就像热粘皮，又一次紧紧贴在赵彦默的身上。

正如汪大海常常沾沾自喜的成功秘诀：不一起嫖的，不是兄弟。

这也正是汪大海在赵彦默身上做到的关系深度，他从殷勤献媚，好言相加的毕恭毕敬，到兄弟鬼混，不分彼此。

玩归玩，在赵彦默心里惦记的却是随时找机会向汪大海开口，要出樊玫在法国买公寓的钱和更多的生活费。可是总感觉时机不到，因为项目的事情确实连影子都没有。这虚构的项目，会在公寓的钱要出来之后，汪大海对接项目中出现问题。

在赵彦默眼里，汪大海就是一块肥溜溜的肉，使他闻味舔油，恨不得一口吞进腹内。

在汪大海眼里，赵彦默就是他又一次开凿的金山，令他兴奋不已。

初冬巴黎，一层层地披上了寒凉。

樊玫在家里燃起了壁炉，披着羊毛披肩靠在阳台的玻璃门边远望冬景。她不断呼出来的哈气在玻璃窗上形成了一片雾，她不由地用指尖在雾气上打一个个圆圈，或是胡乱地抹画着。每当这时，她的眼角都会渗出眼泪，只有清冷、孤独和无助陪伴着她。

平日里，她除了接送孩子上学，隔三岔五地去上语言补习班，就是给赵彦默打电话。她的生活琐碎而单调。

来到巴黎数月，赵彦默在中国是否有了新的女人，成了樊玫通话时必聊的话题。赵彦默不但一口否定，而又百般表示对她朝思暮想，如饥似渴。他当然也更不放心地询问樊玫是否能守住？樊玫嘴上说一定等他，自己没有任何人。他们每次都会说几句刺激的性语言，满足生理渴望的心理需要，撩逗得樊玫火烧火燎。她决定，圣诞节孩子放假送他去香港看爸爸，而后去深圳跟赵彦默见面。

赵彦默满口答应。

樊玫总不忘提起钱的事情，赵彦默会说心急吃不着热豆腐，此次深圳见面会准备一些。

远水解不了近渴，樊玫和赵彦默的相聚，在未来的日子里也是屈指可数，翘望相聚度日如年。

今晚，樊玫躺在床上翻看着手机。

她看到房产中介莱西的留言：玫姐你好，我找了几个位于十三区的公寓，看哪天您有时间一起去看看？

樊玫买公寓的钱还没有，看的又是要出售的现房。她只好回复：莱西，我想再等等。

莱西回复：有时间我们再见见面，我向你介绍一些巴黎房产信息，以便多有了解。

樊玫回复：感谢你的关心，近期有点忙，有时间再约。

莱西回复：好的，随时联系。

而后，樊玫继续翻阅微信，无意中看到了弗兰克的留言。

这是他五天前发来的信息：美丽的女士你好，如果你有时间，欢迎来我的家具店看看中国古典家具，并一起共进晚餐。

樊玫的心惊跳起来，心想："奇怪，自己怎么就没有注意到这条信息呢？"

弗兰克能主动邀请，正是她渴望的。樊玫虽说没有足够的信心跟弗兰克走近，可是猎奇心却是一个隐藏在自己心里的另一个人，驱使着她往弗兰克的身边走。

她看此时已晚上9点，不再是合适回复信息的时间，但是自己冲动的心又很难等到明天。

她决定，只管给他一条信息：你好弗兰克，对不起，我才看到你的信息，谢谢你的邀请！

她的手指轻点发送了出去，又怪自己在这个时间发信息实在不妥，心里一阵地不平静。

钱和性，乱了樊玫的阵脚。

弗兰克很快就回复了信息：哦，很高兴你来信，欢迎你随时来我店里参观。

他随即又发送了家具店在十三区的地址。

樊玫心里一阵欢喜。

至于他的家具店和家具，樊玫在晚宴的大屏幕上已经领略了。去参观，看店是假，见到弗兰克是真。

樊玫突然又想，弗兰克毕竟是买卖人，也许请自己去就是拉一个客户，自己也未免太自作多情了。樊玫按目前的经济情况，不会添置一件家具。如果弗兰克是为了推销家具，自己去他的店里，岂不是自找难堪。

可是，樊玫隐在身心里的另一个自己，已经等不及太多怀疑，仍驱使着她走向弗兰克。她不由地回复了信息：我明天上午有时间，不知你是否方便？

很快，弗兰克回复：我10点到店里，欢迎你来。

樊玫欣喜回复：我大概11点到店里。

弗兰克回复：好的，明天见。

放下手机的樊玫，心扑通扑通地要跳出了胸口。她想：自作多情也好，找饭票也好，反正豁出去了。

次日上午。

樊玫略施粉黛中藏着精心。

她在衣柜里又特意挑了一件中式墨绿色的真丝薄夹袄，外搭一条黑色羊绒大披肩，下身一条黑色紧身裤，配上一双中筒黑色皮靴。她的这身衣着，中西搭配的很有时尚感。这些衣服是她从国内带来的，每一件都是高档的国际品牌，陪伴她一路风光地走到巴黎。

樊玫看着穿衣镜中的自己，美丽、古典、风韵犹存。她今天选的这身衣着，也是有意配合弗兰克的中国古典家具去的，当然也希望弗兰克喜欢。

在巴黎的生活确实需要一个弗兰克这样的男人来依靠,这也是樊玫在巴黎巧遇会说中文的弗兰克,而感到无比庆幸。至于是否可以如愿,那就要看看两人交往的情况了。

樊玫除了有中国的靠山赵彦默,在巴黎也不放过为自己谋利益的一丝机会。

初冬巴黎,街道两边的法国梧桐树落尽了所有的叶子,留下风骨有型的枝干。在冬日阳光的照耀下,光光亮亮,放眼望去犹如一幅幅版画。塞纳河的水面在一天的光线变化下,变换着颜色。岸边流动的艺人,无论春夏秋冬,悠闲自若地展现着他们的演奏、绘画和表演。走过的行人不是驻步观赏,就是随手投上一两个钱币于放在地面上的盒子、琴盒,或是帽子里。那一对对闲游,或坐在长椅上的人们,总给人温馨和美的样子。

心怀希望的樊玫,驱车经塞纳河畔边的街道,眼前的景象,反射出她难得的幸福感受。

上午11点,樊玫在汽车导航的引领下,来到了弗兰克位于巴黎十三区家具店前的停车场。樊玫希望不要碰到中国朋友,随手取出墨镜戴上便下了车。

在十三区这个中国人聚集的地方,就好像回到了中国。她走在商业街上,眼前满是写着中国字样的商家,有茶叶店、生活用品店、服装店、面包店、理发店,还有中药店等。她很快就在众多商店间,寻找到了曾经在晚宴大屏幕上看到的弗兰克中国古典家具店,便信步走了进去。

樊玫看到的店内和晚宴大屏幕里的画面是一样的,装潢时尚、简约。中国古典家具和西式饰品混搭的布置,彰显着摩登和传统的融合之美。店里的灯光柔和,空气中竟然还散发着淡淡的清香。

樊玫在没有几个客人的店里,摘下来墨镜放在了包里。她在舒缓的背景音乐中浏览着,好似走进了温馨的家。

这些看着质地高档的中国古典家具,在樊玫眼里并不新奇。她在中国的家里有几件价值不菲，收藏级的红木、紫檀家具。赵彦默家里的家具，每一件更是古董级别。这个店铺，吸引樊玫的是商店品味和高端商业架势，还有店铺主人弗兰克。

"嗨，欢迎光临！"

一位满身香水味，看着有二十八九岁，圆脸大眼，朱唇皓齿，漂亮且身材性感的中国女店员。她抄着标准的中国普通话，出现在樊玫的身边。

樊玫侧身看到了她，随口温和地回应："你好。"

这位漂亮性感的女店员继续热情地说："请问有什么可以帮到您的吗？"

在樊玫看来，她的神情和语气，不太像是女店员，而更像是店主人。

樊玫带着女人第六感觉的敏感，略有戒备和怀疑的态度，面对眼前这位性感漂亮的女店员说："哦，我是你老板的朋友，可以帮我找到他吗？"

性感漂亮的女店员仍保持热情，也略带戒备和怀疑地问："请问你们约好了吗？"

樊玫显得气傲、不懈地说："是的，我们约好的。"站在她眼前的像是个情敌似的。

这个性感漂亮的女店员，耸了一下肩，淡笑了一下，不冷不热地说："稍等。"

她话音刚落，便扭过头，一扭一扭地向店铺深处走去。

樊玫不由地多看了眼这个有着雪白的皮肤，穿着紧身黑色体恤，一条黑色超短裙，长发披肩的女店员。她突然心感自嘲，怎么会有这个莫名地敏感，甚至妒意，自己和弗兰克八字还没一撇。她一边又突然感到自卑，也许是从心里认为自己不再年轻。

这个往昔被单位领导盯在眼里，被权贵男人宠爱在手里的樊玫，此时好似落花流水般地浮游在异国的角落里。

樊玫此时神色显得凝固，她黯然地散视着眼前跟她没有关系的一景一物，等待着店主人出现。

室内空调很暖，樊玫揭下来披肩，好在超薄的真丝中式夹袄和脚上的中筒皮靴还不足以使她热出汗。与她相比，那个性感漂亮女店员的超短裙，也过于凉爽了些。

性感漂亮的女店员进去找老板，10 多分钟还没有出来。

樊玫突然想到，自己怎么没有想到给弗兰克发微信告知已到了店里呢？她便立即取出手机，随即看到了弗兰克的信息：请在店外右边的咖啡馆等我，我这就过来。

樊玫预感见面不顺利，回复：如果你有事，我们可以改天再见。

弗兰克回复：我们咖啡馆见。

樊玫在弗兰克指定的咖啡馆窗外看了眼室内的人并不多，便走了进去。

她选择了一个靠窗的位置，要了杯咖啡，等待弗兰克到来。

5 分钟后。

弗兰克神色匆忙地走进咖啡馆。

他一眼就看到了靠窗坐着的樊玫，走过去像往常一样跟樊玫热情地行了西式见面礼，又向走过来的店员要了杯咖啡。

他坐了下来，定了定神说："哦，对不起，今天上午店里有点儿事情。"

樊玫表现着若无其事的样子回应："没关系，希望我没打扰到你的工作，坐一会儿就走。"

弗兰克耸耸肩连忙微笑着说："你能来我很高兴，不影响我的工作，店里天天都会有这样、那样的事，处理完就是了。"

弗兰克欣赏地打量着眼前的樊玫，接着又说："衣服很漂亮，你就像是一幅中国古典画里的美人。"

樊玫被他夸得从心眼里感到高兴，眼睛里散发着柔波。

店员端上来弗兰克点的咖啡。

弗兰克看着眼前这位古典美人的樊玫，灰蓝色的眼球五光十色地闪烁着。

樊玫找话地说："你的家具店很有品位，家具也很经典。"

弗兰克喝了一口咖啡，手抿了一下嘴边的胡子微笑着说："谢谢！"

樊玫竟然投其所好地开始更多地评价，并不断称赞着弗兰克的家具店。樊玫说的这些弗兰克感兴趣的话题，燃烧着他的兴奋和热情。为此，也给他们之间的生疏拉近了亲和。即便樊玫的语言里有恭维的成分，但是，在她的心里确实对弗兰克这样一个外国人，能做出精湛的中国古典家具而钦佩。

弗兰克被樊玫夸耀得兴奋不已，便讲起在中国学传统技艺的事。樊玫在他流畅的中文表述中，跟着走进了他的那段故事。

他说那是一段非常着迷和快乐的时光，在中国福建的一个城市，中国朋友的引荐下，拜访了久闻大名的中式古典家具技艺大师。走进师傅深宅大院的那一刻，他的内心充满着好奇和难以按捺的激动。

那是一座依山傍水，占地2000多平方米且极其古典的中式宅院。房屋建筑灰砖灰瓦，植被茂盛的花园，楼台亭阁，小桥流水，简直就是世外桃源。

当他走进师傅宅院的紫檀木仓库，那数以百计的一棵棵紫檀整木静静地摞满了库房，他整个人震惊了。他激动地扑在地上，向着这些昂贵珍稀的紫檀整木膜拜。

之后，在大气开阔的展厅，参观了师傅亲手制作的紫檀家具。古典家具和文化环境呼应，渗透和彰显着中国传统文化的精髓。

弗兰克听师傅讲解着每一件家具的制作工艺，从样式到图案雕刻，都反映出中国哲学、美学思想，是人文精神的产物。他觉得简直是太深奥的一门技艺，更是为之陶醉。他无法安奈自己的激动之心，当场向师傅叩拜，请求拜师学艺。

师傅面对这样一位痴心好学的外国人，为之感动。他希望中国文化能在更广阔的世界呈现它的异彩,因此弗兰克就成了中国师傅的第一个外国徒弟。

后来,他陆续来到中国,累计学徒时间长达三年。

他说今天樊玫看到的大部分家具是出自师傅的制作,自己所制作的也仅有几件工艺简单的家具。这些工艺和材料购置确实不易,能做出现有的几件已是很难得的事。

樊玫对他的技艺很认可,一个外国人能做中国古典家具实在是很不简单,而且竟然做到了销售级。樊玫对他拜师学技艺的事业心很欣赏,并对他再次称赞。

弗兰克自嘲地说:"我也是学了点儿皮毛,中国古典家具的精华太多了,只有师傅可以做到。"

樊玫人欣赏地说:"你做得挺好的,我竟然看不出师傅和你制作的家具。"

弗兰克面带自嘲地说:"谢谢你对我的赞赏,其实,两人的家具仔细看有很大差距。就拿师傅做的神仙椅来说,客人躺在这把躺椅上,随着人的呼吸,这把椅子就会前后慢慢地摇起来。我做的神仙椅,坚决不随着人的呼吸摇动。"

樊玫吃惊地望着他说:"是吗,有这样的椅子?太神奇了,我还是第一次听说。"

弗兰克微笑着肯定地说:"我试了不知道有多少次,可是椅子好像就是跟我作对,它一定要我摇动它才肯动。"

樊玫被弗兰克的这个说法,逗得禁不住地笑出了声。

弗兰克也跟着笑了,随后略微矜持地说:"师傅很信任我在法国的销售能力,授权我作为在法国销售总代理商。"

"是吗?是总代理。"樊玫欣赏地说着。

弗兰克的眼睛里透着亮地答道:"是的,除了我自己的两个店经营,还分发给其他商家销售。"

樊玫的脸上透着新奇，又试探着问："这些家具的价格一定都很昂贵吧？"

弗兰克满脸兴奋地喝了口咖啡，接着樊玫的话说："师傅制作的家具价格很昂贵，一把椅子人民币数万元以上，神仙摇椅要十几万元人民币。大件家居就更贵了，一件都在二十几万元以上。这些价格再折合成欧元在法国销售。我制作的家具，遇到行家会砍一半的价格，不懂的客人，也就混在师傅的价格里出售。"

樊玫心里估摸着弗兰克如果一年卖上几件家具，加上师傅给他的代理提成、总代理分销费，去掉店面租金和人员开支，这钱还不赚大了。

她不由地又问："在法国的店面租金应该很贵吧？"

弗兰克毫不避讳地说："这两个巴黎的店面是我买下来的物业，已很多年了，生意还不错。"

"哦，那你应该是很有实力的产业了，恭喜你。"樊玫微笑着由衷地说，心里又暗喜，怪不得弗兰克在之前的晚宴上作为赞助商，还有勇气在拍卖会上频频举拍。

弗兰克喝完了杯子里的咖啡，微笑着深沉地说："遇到中国师傅，是我的幸运，我很珍惜。每过一两年我都会去中国看望他。"

樊玫觉得弗兰克不但有事业心、有经营头脑，事业有成，还很重感情。她心里又一阵庆幸与弗兰克相识，但愿他能爱上自己。樊玫此时的神情在幻想中游离了。

弗兰克礼貌绅士地又说："哦，对不起，我要回店里了。遗憾不能跟你一起午餐，找时间我请你共进晚餐吧！有需要我可以为你订制家具，请不要犹豫联系我，我愿意为你效劳。"

樊玫听他这么一说，立即回过了神来，"好的，你先忙，我们找时间再约。"

咖啡馆外。

弗兰克匆匆地跟樊玫道了别，免去了西式礼节。敏感的樊玫感受着他的慌张。

樊玫看着弗兰克走进家具店的背影，期待再次跟他见面。寒凉的微风拂面，樊玫决定尽快离开这个华人密集的十三区。

她驾驶着汽车，有意途径十三区孟一丹的海鲜酒楼。只见酒楼在午餐时间，竟然是关闭状态。

她不由地担心，并随即给孟一丹拨通了车载电话："大姐，我是樊玫，有阵子没联系了，还好吗？"

"樊玫你好，我这段时间也忙，没顾得上联系你。你和孩子都好吧？"

"我们都好。你生意还好吧？"

"生意最近出了点事，还是之前卫生检查发现的一只蟑螂，又是媒体通报，又是罚款。更严重的是停业3个月，我一直忙着处理这些事。"

樊玫之前知道这个事，她关心地说："停业3个月，大厨和员工能留住吗？"

孟一丹淡笑了下说："大厨正常发工资，员工愿走愿留随缘了，走了就再临时招。没事，我都习惯了，开饭店就是杂事多。哪天我们一起带着孩子出去玩一玩，散散心。"

樊玫看她这么想得开，心里也踏实了些，说道："好的大姐，你多保重。——哦，忘了告诉大姐，我跟吉娜已经签了私人保险，跟莱西也有联系，大姐放心。"

"我已经听她们说了，你在巴黎一天天会熟悉起来，朋友也会慢慢多起来。照顾好孩子和自己，我们随时联系。"孟一丹热情地说着。

樊玫满脸感激地说："好的大姐，我们保持联系。"

第十章
圣诞节前

圣诞节前。

张成已放假,樊玫答应带他去香港看爸爸。

之前儿子总会问到爸爸,樊玫也总会回答爸爸工作忙。

在樊玫心里很清楚是戴焱焱对张坚的控制,加上张坚的错误,无颜面对儿子和自己。

现在张坚的处境也是一塌糊涂,乱七八糟,无路可走,

张坚在跟樊玫的电话里,多少次沉默无声,或是零星抽泣,后悔不已。

香港的圣诞节不小于西方国家的热度,大街小巷,家里家外无不充满节日的气氛。

每一个节日都在张坚痛苦的人生里如期而至,他近似于盲目、无奈地面对着。

香港高档公寓张坚和戴焱焱的家。

客厅里,那棵高达两米仿真圣诞树上挂满了装饰。此时他的小儿子萌仔,正坐在满地都是玩具的地板上摆弄着一个小汽车,小嘴里不断地念叨着。

张坚此时微锁眉头,在沙发里拨弄着手机。

家里看上去凌乱不堪,在阳台的衣架上,皱皱巴巴搭满了晾干已久的衣服,就像风干的咸菜干。厨房里的锅碗朝天,灶台上满是残渣和油腻。

几个卧室床上推着一天到晚都乱作一团的被子,他们是早上一撩被子起床,晚上又一撩被子即睡。主卧卫生间的洗漱台上堆满化妆品的瓶瓶罐罐,镜子上溅的全是干在上面的水点。

现在这套房子室内凌乱不堪,失去买来时的光亮、洁净和品味。

张坚仅有那点生活所用的钱,眼看也要见了底。之前用的保姆因没钱继续支付,只好辞退了。

他现在像缩头的鳖,不敢轻易在社会上露头,生怕暴露自己,债主会追到香港家门上。在香港的日子,每天只花不进,眼看就要将他的生活逼到尽头。他甚至含泪想到用自己年轻的性能力,卖身给富婆,赚取生活费。可是,因躲债主眼目,又不能大摇大摆地出现在高端公共场所,去哪里找挣钱的机会呢?这些不人不鬼的现实生活,使得他生不如死。

三个小时前,戴焱焱让张坚看孩子,自己去跟闺蜜购圣诞节物品。

临出门,戴焱焱跟张坚打闹了一场。

张坚希望她不要再多买东西,除了家里仅剩的几个钱,就是家里的东西多得已经到了没有地方存放的地步。

戴焱焱大发雷霆,"我瞎了眼找了你,原本以为你可以使我和儿子衣食无忧,依靠一生的男人,没想到日子竟然过成这个样子。凭我的姿色,什么成功男人找不到?因为跟你有了孩子,使我失去了所有的机会!"

张坚一跃而起,气愤地说:"你可以去找,孩子我养就是了!——婊子!"

"你说谁是婊子?你再说一句,看我不打烂你的头!"戴焱焱说着就将手里的世界名品LV背包向张坚的头扔了过去。

张坚一躲闪,LV包"嗖"的一下擦着他的头边飞了过去,落在靠窗的花盆里,砸断了盆里的绿植。

坐在地板上玩玩具的儿子萌仔,在两人的打骂中,像夏天树上的知了一样发出吱儿吱儿的尖叫。萌仔号哭着,使得那胖乎乎的圆脸憋得红红的、亮亮的。他那满脸的泪水和不断淌下来的鼻涕流进哭喊着像个小瓢似的小嘴里。

张坚愤怒地骂着，随手将沙发的靠垫砸向了戴焱焱。

戴焱焱看到张坚竟然动手砸她，便疯了似的将手边的餐椅一下举过头顶，嘶声喊着："你竟敢打我，我跟你拼了！"

她的喊叫使地板上坐着的孩子哭得更厉害了。

张坚被她的这个举动震惊而不知所措，边指着她，边颤抖着声音大声说："——你，——你竟然敢抄大家伙，真够狠啊！——你，你把椅子放下，我看在儿子的份上不跟你斗。"

"有本事，你再骂一句，看看我怎么让你的脑袋开花。"戴焱焱仍举着椅子，瞪着充血的眼睛，嘶声地喊着。

"好好，——你厉害，我认了行了吧？——你打我是小事，不要砸到了我的儿子。"张坚仍颤抖着声音大声地说着，从他的眼睛里透着绝望和怯懦。

地上的孩子哭得像要断了气，他那张胖乎乎的圆脸，此时已成了紫色。哭喊声已到了撕裂的程度——

戴焱焱看到儿子已哭喊得不成样，这才重重地放下手中的椅子，走到孩子面前一把抱起萌仔。她又向张坚吐了一口唾沫，转身重重地踏着脚步，向主卧卫生间走去。

张坚怒视中带着怯懦地看着她走向主卧卫生间的背身，心想：那个曾经令自己迷惘、漂亮、年轻、妩媚的女孩，如今怎么一下成了泼妇。

戴焱焱重重地关上了洗漱间的房门。

张坚的眼睛里透着绝望，精神崩溃地一下瘫卧在沙发里。

他一只手捂在额头上，闭着的眼睛里渗出一条泪水。他颤抖着发白的嘴唇，吐着气哼说着："作孽啊！"

主卧卫生间的水流声中，戴焱焱一边气呼呼地自言自语，一边勉强地、没好气地哄着孩子。

逐渐，孩子的哭声也慢慢平静下来。

客厅花盆里的包里，戴焱焱的手机响了起来。

张坚仍捂着头，一动不动地瘫卧在沙发里。

戴焱焱带着气地走出来，她一把将孩子放在张坚的腿上，走到花盆边拿起了包。她边取出手机接听着，边左右查看世界名品的 LV 包是否被绿植划坏。

"焱焱，你在哪儿呢？我已经到了。"闺蜜电话那头说着。

"来了来了，临出门又忙了会儿孩子的事，你先在旁边逛着，我马上就到。"戴焱焱接电话的情绪转化很快，刚才的打骂就像没发生一样。

她挂断了闺蜜电话，又恶狠狠地对着张坚说："家里的钱不能没有，你尽快想办法吧！"说完摔门而出。

张坚抱着孩子，一阵怜爱地看着儿子说："都是爸爸惹的祸，都是爸爸不好，不该有了你，——爸爸对不起你。"

儿子萌仔很聪明，好似听懂了似的，小胖手在爸爸的脸上摸着，红肿着眼睛悲伤地看着爸爸。

戴焱焱出去没多会儿，哭累了的萌仔在爸爸怀里睡着了。

张坚难过地看着熟睡的儿子，深深地叹着气，将儿子抱到了卧室，他又轻脚地回到客厅瘫坐在沙发里。

他散视着眼前的家，还有窗前被戴焱焱的包砸断的绿植和乱糟糟的客厅，他心灰意冷地闭上了眼睛。

他皱着眉头，脑子里全是刚才戴焱焱打骂的画面，心想：戴焱焱这样对待自己是做梦也没有想到的，如果不是有了萌仔，便一走了之。樊玫比起戴焱焱不知要好多少，无非是自己不如她的工作成绩，不甘示弱才落得今天闯荡江湖，包养女人，非婚生子的这个下场。戴焱焱爱钱如命，以后没有了钱，无法想象跟她的日子怎么过得下去。自己的老母一个人孤寡度日，自己不能回去尽孝。眼看快要到春节，从老家来照顾老母的远方亲戚也要回家过年了，老母一个人的春节该怎么过？自己上辈子做了什么孽，今世遭遇这样的人生境地？

他想着年迈的老母，眼睛缝隙中不断地渗出了泪，他深抽了两下鼻子，坐了起来决定给老母打个电话。

为了防备被新加坡债主窃取他的手机号码，所致号码换得很勤。之前，他嘱咐母亲只接听他的电话，不用打来。如果有急事可以给樊玫或是赵彦默打电话。他离开大陆前给老母买了一个手机，费了好大工夫教会母亲使用。

此时，他拨通了母亲的电话。

"喂，妈，我是张坚，您好吗？"

电话那一头，老母颤颤巍巍、激动地说："坚儿，妈好，一切都好，妈想你，你这是在哪儿啊？"

张坚眼睛里的泪水再次从他那不大的眼睛里刷地流了出来，他强制自己控制着情绪说："妈，儿子现在很远的地方工作，我一切都好，很想念您。"

老母站在家里的客厅，握着手机的手颤抖着，眼睛里全是期盼地说："儿啊，你什么时候回家里来？妈做梦都想你和孙子成成，还有樊玫。好端端的，你们怎么都走得那么远？你说也怪，你爸这个早走的老头子怎么就总回来呢？我想是他怕我孤单吧？我请了好多次'明眼'给看过，也给他烧了钱上了香，一段时间家里安静了，可是过一阵子他就又来了。这个老头子！——儿啊，我怎么还有点怕，不会是他要带我走吧？"

张坚知道这是新加坡的债主上门作怪，不是去世父亲的魂魄回来了。此时，他的小眼睛里透着仇恨，不厚的嘴唇紧紧地闭着，鼻翼撑得硬硬的。

他吭了吭嗓子，眼睛里转换着坚定的神情，扬起了些声音说："妈，不要怕，我父亲想我们，他舍不得带您走，他知道您爱儿子，要陪伴儿子。妈，再过一段时间我争取把您接过来跟我一起生活。"

张坚说这些话的时候，连自己都不敢相信会有跟母亲一起生活的这一天。但是，这些话就这样一溜烟地顺着他的孝心说了出来。

他眼神在话语中颤抖，话音刚落的嘴唇闭得更紧了，脸上的泪痕还挂在他清瘦暴着骨骼的面颊上。

老母亲听他这么一说，那皱纹满面、干枯无光的面颊绽开了笑容，她眼睛里噙着泪说："好，我的儿，妈等你回来，跟你一起走。"

"嗯，等儿子接您。"张坚眼神坚定，声音显得虚幻，没有底气。

"樊玫和成成都好吧？妈也很想他们，以后我见了你们多做些好吃的。"老母仍眼噙着泪，满脸笑容地说着。

"嗯，他们都好，也很想您。"张坚越发地显得言不由衷地说着。

"儿啊，妈想把箱底的那几件银首饰给樊玫打个镯子。咱家穷，你们结婚时妈爸也没送给你们值钱的东西。"老母说到这些，原本喜悦的神情透着黯然。

张坚的眼睛里裂变着更为复杂的神情，语言尽可能平静、温和地说："妈，您不用给她打镯子，结婚的时候，您和父亲已经尽力了，还借了亲戚们的钱。父亲用了几年的时间，还清了我婚礼的钱，儿子已经感激不尽。"

"儿啊，爸妈托你和樊玫的福，不然你爸厂子里分的这套房我们也买不起，还有这些年你们不断地给生活费。这日子越过越好了起来，老头子没福气，却早早地就走了。"老母说着抹着泪。

"妈，这都是儿子和儿媳应该做的。儿子这些年常在外，也没能在您身边尽孝，都是儿子不好。"张坚又一次流下了两行泪，扑嗒地落在地面上。

母亲含辛茹苦把他拉扯大，父亲在机械修理中打掉了两根手指头，这辈子的收入也是勉强糊口。在贫困家庭长大的张坚，从小看尽了父母清苦的生活。

他清楚地记得在小平房的家里，母亲总围坐在一个大木盆前搓着洗也洗不完的衣服和被单。

在冬天的时候，母亲在冷水里洗衣物的手指会红肿起来，她总会洗一会儿，就挠一挠被冻得红肿奇痒的手指。成人以后的张坚才知道，那时的母亲，除了给自己家洗衣服和被单，还给别的人家洗。这样可以有一点微薄的收入，好像洗一次五件以内衣服，或是一个大床单，只有三分钱。

冬天，在父母不大的家里，屋中间有一个铁煤炉，铝皮管子从炉子的一端的出气口，通向屋外排放着煤气。

这个煤球炉子除了烧水和煮饭，在炉火边总会烤着馒头，和摆放着鞋垫。

冬天母亲洗的衣服起初晾在外面，衣服和被单会冻成冰板，下面还会有一些刚挂上去渗下来的水，结成的一个个小冰柱。衣物干起来要好多天，还会因冰冻变硬变脆，有被折断的可能。还有，赶着急要干衣物的人家，是等不及在外面晒干衣物。为此，父亲在不大的家里，两面墙之间敲上钉子，拉上一条条铁丝，供母亲将洗好的衣服和被单搭在上面，室内有炉子，一两天就会干。

这个时期，年幼的张坚是这些悬挂在屋里的衣服和被单中，端着小木棍的作战员，或是躲猫猫的人。有时候，他跑来跑去蹭掉衣服，会遭到脾气不好的父亲训吓，妈妈总会袒护着他。

因父亲脾气暴躁，难免在淘气的张坚身上拍打两下，母亲则袒护地跟父亲多次争吵。

母亲常年给人洗衣物，手指关节变了形，成了日后张坚心酸的记忆。

后来日子好了些，母亲去了一家服装加工厂蹬缝纫机，再后来在父亲的厂子里做了后厨勤杂工。

生活不断地好转，父亲的脾气也跟着慢慢好了起来，竟然成了话不多，有着满意脸儿的老好人。

张坚和樊玫婚后给父母拿钱买了厂子里分的福利房，老两口住上了居民楼。父母的房间里有了暖气和空调，厨房也安装了天然气灶台和抽油烟机，再也不是张坚童年记忆中那口小煤火的家了。

儿子和儿媳妇给二老的新房子里整体换了新家具，安装了加带纱帘的布艺窗帘。樊玫还带老两口去看了席梦思床垫，他们试着躺在上面，竟然转不过身来，也起不来身。他们再三说不方便，睡惯了硬板床，席梦思也就没有买回家。

好房子、好环境，父母终于过上了稳定的幸福生活。

父亲要儿子帮着请来装修工人，在不大的阳台上安装了半封闭式的玻璃窗。

之后，父亲在这个半封闭的小阳台上摆满了花盆，栽种了绿植和花。父亲有手艺，他制作了铁丝吊篮和高高低低的花盆架，还用多个饮料瓶接在一个通向自来水龙头的软管，做出了多个喷淋壶。当植物需要浇水时，父亲只需要微微打开自来水龙头，水经过软管，从这些用饮料瓶做的喷壶中喷洒出来，淋到花叶上，又流进花盆里。

其实用喷壶可以完成的事，父亲却用这样复杂的工艺来完成，不断地维修，他的乐趣也就在其中。

春夏秋冬，父亲的阳台总是绿油油的。

父亲的幸福生活没过多少年，在儿子张坚婚后的第五年查出了肺癌。

令张坚想不通的是，父亲不抽烟，怎么会得肺癌？也许是他以前脾气不好，或是修理打磨飞出的金属尘，这些怀疑始终未能考证。从查出病，一年半的光景，父亲撒手人寰。

父亲文化不高，只读过两三年书，修理工的技能是跟师傅当学徒学出来的。修理竟成了他这一辈子养家糊口的看家手艺。

父亲得了癌症以来，一直不清楚自己得的是什么病。他从来没有问过儿子，更没有问过医生，只是在儿子的陪伴下不断地去医院。

在患病后期，儿子陪着他到医院。

治疗室里，身穿大白褂，面无表情的医生，从消毒蒸锅里取出一个直径二十厘米，半尺长的大针管。他又打开消毒蒸锅里的一个铝饭盒，取出了又长又粗的针头，装在了大针管上。他拿起蒸锅里的镊子，夹起一块酒精棉球，在父亲的背后一侧擦拭消毒，随即将又长又大的针头刺了进去，连续抽出了一两管淡黄色的液体。

父亲每次抽积液，都紧闭着嘴，一声不发。

医生说以后一周来一次，肺部积液长得很快，根据情况逐步增加抽液。

就这样往返医院抽积液不到十次，父亲住进了医院，再也没能出来。

父亲病逝的那天，虚弱地躺在病床上，声音微弱地问儿子张坚，"我到底得的是什么病？"

张坚一下哭出了声，哽咽着说："爸，——您得的是，——肺癌。"

他没有想到父亲是那么冷静，老人无光的眼睛里透着坚定。他望着痛哭的儿子，微微地挥动着手让儿子过来坐在床边，眉头紧锁了几下，眼睛里满是不舍，"不要难过，人都是要死的，毛主席和周总理那么伟大的人，也没有免过一死。"

张坚哭泣颤抖着，"——爸！"

父亲坚定的眼睛里隐含着泪花，无色的嘴唇颤抖着微弱地说："我死后不要办场面，一切从简，火化后把骨灰撒掉。——我，——就是放心不下你妈，她辛苦了一辈子！——以后，你要，——好好照顾她。"

张坚点着头，痛哭流涕地说："爸，您放心，儿子一定尽孝，照顾好妈！"

这时，孙子张成和樊玫走了进来。

老人望着站在床边的孙子张成，他缓慢颤抖地从衬衣的上口袋里摸出了仅有的十元人民币，又将自己手腕上的海鸥手表摘了下来，放到了张成的手里。

张成一阵哭泣，"爷爷——"

樊玫眼泪扑打扑打直往下掉，"爸！"

老人颤抖着声音，带着哽咽说："不要难过。"而后蹙着眉头，闭着眼，他紧闭着的嘴角强烈颤抖着。

病床边哭声一片。

为了不让爷爷过于难过，樊玫哭着把儿子张成带出了病房。

父亲缓缓地睁开了满是泪水的眼睛，他认真地看着儿子张坚，说道："扶我下床，我起来坐着。"

张坚感到意外地说："爸，您不要起身，手上还扎着点滴的针。"

父亲仍然坚持地说："扶我起来。"

无奈，张坚将木凳子放在床边，扶着老人起身。他手上的吊针随着身体的移动，开始回流出血。张坚一边扶他下床准备入座，一边责怪父亲干吗一定要下床。这时父亲好似有意地用力往下一坐，坐在了床边的木凳子上，就再也没起来。

老人就这样地走了。

老人在世上的最后一刻，还是坐着走的。他一辈子的个性里透着坚强，无论生活多么困难，也没有看到父亲落过一滴泪。

张坚现在想想，父母这一辈子也没有见过大钱，没有真正过上富贵的日子。父亲走了以后，他也没能跟母亲朝夕度日，直到把母亲一个人彻底撇下。他对不起父亲的在天之灵，怪自己不孝！他更后悔环城立交桥的这个项目，没给母亲多存些钱。自己除了赌钱，又将大把的钱花给了婚外的女人戴焱焱，这简直就是昏了头。

张坚的母亲身体不好，有先天心脏病，此生也只有张坚这么一个儿子。由于母亲体虚，张坚看上去先天气血不足，长得瘦瘦弱弱。这让母亲总是挂心，担心他的身体，不断地提醒他不要熬夜，注意三餐的规律。

父亲和母亲给爱子取名张坚，正是希望儿子的生命坚强有力。

张坚现在的身体，仅有的那点儿精气神，和年轻旺盛的雄性荷尔蒙，被戴焱焱高浓度地使用，甚至是挥霍着。

此时，母亲电话里不断地问寒问暖，说前道后着。

张坚一边听着、应和着母亲，一边想："此次把母亲接来过圣诞节还不是时候，等跟戴焱焱商量好了，再把母亲彻底接来。如果先来，母亲回去就会无意跟邻里间透露儿子的情况，这样会给新加坡债主带来了解情况的机会。"

母亲在电话里，说这说那地没完没了。

张坚的儿子萌仔醒来的哭声，终止了他们的通话。

挂了电话的老母，还奇怪怎么会有小孩儿的哭声，也许是旁边其他人的孩子，也就没再多想。她期待的是儿子能尽快回来，接她团聚过日子。

巴黎的冬日比较寒冷，今天迎来了第一场大雪。

张成和妈妈站在家里客厅的窗内眺望窗外的雪景，张成激动地说："妈妈，您看大雪覆盖的屋顶多美，还有树枝上积的厚雪，我以后要把这些画到画布上。"

"好啊，妈妈等着看到你画的雪景油画。"樊玫说着，欣赏地看着儿子。

"妈妈，再过几天我们就要去香港见爸爸了，不知道奶奶会不会也去香港，我好激动啊！我们一起出去给他们买点巴黎的圣诞礼物好吗？"张成愉快地说着，眼睛里透着幸福。

"好啊，我们去买一些。"樊玫迎合着儿子的幸福说着。

其实，樊玫的心里对此次去香港有经济负担，知道张坚的日子也不好过。不是为了儿子见爸爸，不然她是一步都不愿动，每一步走动都是钱。唯独的好事是到深圳见赵彦默，能带回来些钱，这也是樊玫心里最大的动力。

樊玫对于见不见自己的父母，她和张坚的心思不谋而合。

她想："几个月前才跟父母分开，此次去香港就不再惊动二老。以免他们知道张坚的情况太多，对大家的安全都不利。巴黎的私密生活同样重要，只能以后找时间和机会跟父母团聚。"

儿子很快穿戴好了厚厚的衣服,等待跟妈妈出门。

樊玫和戴焱焱一个在冬日的巴黎,一个在艳阳烈日的香港,分别采购着圣诞节前的物品。

香港的铜锣湾商业街,戴焱焱和打扮得珠光宝气的闺蜜没有放过一个商店地狂逛。

商店里的商品琳琅满目,戴焱焱比起之前疯狂购物倒是收敛了很多。她试穿试戴的多,刷卡购买的少。她对这些卖也卖不完的物品,喜爱在心里,不合适却挂在嘴上。平日里一手五六个购物袋,现在逛了大半天,要回去了,手里仅有一两件。

闺蜜奇怪地问:"怎么买这么点儿?"。

戴焱焱挤着笑说:"家里名牌东西堆成了山,放都放不下了。"

闺蜜笑着说:"那就让你老公给换更大的房子,不就放得下了吗?"

戴焱焱皮笑肉不笑地说:"是啊,我们一直在看房呢,还没看得上。"

闺蜜紧着说:"香港有的是刚开发的、好位置的房子。要不要我推荐你几处?"

戴焱焱连忙淡笑着,话里带着话地说:"不用了,我都清楚,只是在选。你家的房子也住了几年了,不换换更好的?"

闺蜜眯着眼睛笑着立即回应:"哦,忘了告诉你,我老公给我在美国旧金山买了一栋大豪宅,还带游泳池。"

戴焱焱假惺惺地表现着惊奇说:"是吗,那要恭喜你了!"

闺蜜脸上荡漾着自在的亮光,"我们有时间就去住。"

戴焱焱瞟了一眼身边洋洋得意的闺蜜,心想:"谁信呢,一个没有名分的小三怎么可能拥有美国的豪宅。我有她都不会有,她的姿色比起我还差那么一大截子呢。"

巴黎香榭丽舍大道两旁的名品店一个接一个,樊玫只看,未试未买。

她和儿子在一家巧克力商店里，竟然购买了多种口味的黑色、白色和彩色的巧克力，一边说："这个送给奶奶，那一盒送给爸爸，这两盒到香港和他们一起吃。"

张成心里奇怪：妈妈怎么不像在香港和爸爸一起购物时那样疯狂采购？

樊玫在商店里只看不出手，并不断地跟儿子嘟囔着："现在的商品全世界都流通，香港更是世界名品齐全。买些巧克力也是图个节日的喜庆，加上圣诞节西方人是互送巧克力来表示节日祝贺和关系亲近。我们带这些巧克力回去见亲人，是最合适不过的礼物。"

张成微笑着应和着妈妈："是的，我想他们一定喜欢我们准备的巧克力。"

赵彦默正准备将已有的现金，趁在香港与樊玫相聚的几天里，亲手交给她。他所得的受贿款，从不通过贿赂人走银行汇款，都是现金。他之前汇到国外的钱，基本上是用女儿的名义走地下钱庄，女儿在巴黎换汇公司提现钞欧元。以后给樊玫的钱，赵彦默都会当面给樊玫现钞，然后樊玫去香港的汇丰银行存起来，以便离开香港时汇到巴黎。如果数额较大，樊玫会选择走地下钱庄。

赵彦默随身带钱乘飞机不方便，托运又不放心，于是让汪大海亲自驾车带他去深圳。

这个倒腾钱的老套路汪大海轻车熟路，他不但一口答应，还为赵彦默订好了深圳希尔顿五星级酒店的总统套房。

赵彦默借机又让他给樊玫在香港预订了五星级君悦酒店的两间海景豪华套房。期间所有消费由汪大海全包了，除了酒店内的消费结账，其他的消费汪大海又拿出了20万人民币塞到了赵彦默手里。汪大海大肆贿赂，放大着赵彦默的贪婪。短短几个月，汪大海在赵彦默的身上大肆贿赂近百万人民币。

这点儿钱对赵彦默虽说不是大钱，但是新项目确实是没影的事。

汪大海对赵彦默日积月累的贿赂，像一块块筑坝的石头堆压在赵彦默的心上。

这是赵彦默第一次和樊玫一起过圣诞节。

西方人的新年是圣诞节，樊玫在巴黎上学的儿子，圣诞节的假期长达一个半月。

赵彦默以病假为由，实现和樊玫在深圳寻欢的假期。

为此，汪大海对赵彦默的私会，当然是守口如瓶。他从环城立交桥的项目开始，已是赵彦默肚子里的蛔虫。在项目的钱上，两个人成了一个人。

这几天赵彦默和樊玫的通话，也更加密集了起来。他为见樊玫准备好了一切，就等启程了。

走在冬日巴黎塞纳河畔的樊玫，暖阳洒在她被微微寒风吹得冰凉的脸颊，好似赵彦默温暖的大手抚摸着似的暖在心头。河畔仍旧熙熙攘攘，她和着艺人的音乐旋律，脚下的步子也变得轻盈，像是要跳起舞来。她一想到即将与赵彦默寻欢和要拿回的钱财，就又忍不住地要笑出声。

第十一章
我来了

母子两人顺利地登上从巴黎准备起飞的中国航班。

樊玫和儿子又一次坐在了宽大的头等舱座位，激动的心在他们各自的心里沸腾着。

头等舱机票是赵彦默在中国给她们母子订的。启程之前，赵彦默告诉樊玫安排好了香港的一切消费，樊玫的心里别提有多温暖和幸福。

张成愉快地张望着机窗外，幸福的神情在他的眼睛里跳动说："妈妈，我们和爸爸又可以住在香港的五星级酒店了。"

樊玫激动的眼神里流露着复杂的光色，"是的儿子，你又可以去山顶看瞭望镜了。"

除了要见赵彦默的喜悦，在樊玫的心里，就是很不愿意跟张坚同住。可是，在香港这十个晚上，又要给儿子看他们夫妻和睦幸福的模样，想想都别扭。她希望张坚能像上次香港见面一样，晚上总不在酒店住。

次日中午。

飞机顺利着陆在香港国际机场。

张坚驾驶着灰色保时捷卡宴城市越野汽车，来到机场接樊玫母子。

这台当时承载着张坚的尊严和成功的汽车，如今坐在里边的却是一位走投无路的躯壳。那时，他给戴焱焱买的是一台红色保时捷轿跑汽车，简直使她风光无限。他们哪里想得到，转眼间生活过成现在这般光景。

张坚手握方向盘，满脸灰冷地想着樊玫母子来香港的食宿行，自己口袋里的钱哪能撑得起这个圣诞节的欢聚。他此时的脸色更为难看，甚至泛着青色，眼睛里满是绝望。保时捷汽车载着他的苦难停在了机场的停车场。还没下车的他又增添了新烦恼，在人头攒动的机场到港大厅，一旦被人认出来，更是遭殃。

机场到港大厅。

樊玫和张成推着行李已经走了出来，他们没有看到张坚。樊玫取出手机要跟张坚打电话。张成在一旁激动地说："妈妈，您看，那是爸爸！"

张坚在帽檐的掩饰下，一双单薄细长的小眼睛盯着地面，脚下的步子显得急匆匆，一个个人与他擦肩而过。

"爸爸！"儿子放开手中的行李车，向张坚跑去。

樊玫看着儿子跑向张坚的背影，眼睛里噙着泪。

"爸爸，是我，成成！"他边说着便跑到了张坚面前。

张坚猛然抬起了头，看到了面前的儿子，激动地闪动着泪花，双手扶在了儿子的肩上。"我的儿子，——真是我的儿子。"他拥抱着儿子说，"可把爸爸想死了。"他的眼睛快速警觉地扫视了一下周边的人。

他的脸掩藏在帽檐下，回过身来又打量着眼前的宝贝儿子张成，爱和内疚混合在他心里，钻心地疼。

"爸爸，妈妈在那里，我们过去吧！"张成兴奋地说着。

"好的儿子！"张坚边跟儿子走着，边不断地打量着儿子。很快，他看到了出港大厅的樊玫。他难言的笑容浮现在脸上，向着樊玫微微地挥动着手。

樊玫勉强地上扬着嘴角，做出微笑的姿态，也挥动了一下手。

儿子看着爸爸灿烂的笑容，将张坚的心瞬间温暖。

儿子走到了樊玫的面前，张坚和樊玫在儿子面前拥抱了一下。张坚跟樊玫说："一路辛苦了！"

樊玫笑了笑没说什么。

　　张坚转而看着儿子，又跟樊玫说："儿子又长高了，瘦了。"话音刚落就将手抚摸到儿子的头上，怜爱地前后呼啦了两下。

　　张成有些不好意思地看着爸爸说："晚上几乎不吃主食，这样就会瘦下来，也更健康。"

　　张坚的眼睛里透着惊奇地看了一眼樊玫，又看向儿子说："真是长大了，对自己的生活和健康有自己的规划了。好样的！"

　　樊玫看了眼张坚难掩酸楚，又欣赏地看着儿子说："儿子不但生活自律，学习也不错，没想到他很快适应了在巴黎的学习，这学期考试都是优秀。"

　　张坚欣慰地看着儿子说："爸爸为你感到高兴！"

　　张成不好意思地微笑着说："还可以吧，没有妈妈说的那么好，只是每门考试都合格。"

　　樊玫微笑着看着儿子，又看了眼张坚说："我们走吧！"

　　"好的，我们走！"张坚说着就推起行李车，他们三人向停车场走去。张坚边走边肯定地跟儿子说："爸爸真为你的好成绩感到高兴！——儿子，画画学得怎么样？"

　　张成还没有来得及张口，樊玫就接过张坚的话说："绘画课总会得到老师的赞扬，私下又给他请了一位法国的绘画老师，教得还不错，儿子也画了一些作品。"

　　……

　　他们三人你一言我一语地说着，走进了机场停车场。

　　张坚载着母子两人向市区驶去。

　　儿子一路不断地跟爸爸问这问那的，可是张坚除了应和着儿子的话，心里是猫抓火燎，不知道到底怎样安排他们母子的住处。

　　就在驱车即将进入市区的这一刻，坐在后座的樊玫不紧不慢地说：

"去湾仔岸的君悦酒店。"这是樊玫和儿子喜欢的酒店之一,近邻万豪酒店,位于香港湾仔海岸,面对维多利亚海港的五星级酒店。

张坚心里一紧,君悦酒店是五星级,自己哪能负担得起。他看了一眼后视镜中的樊玫,支支吾吾地勉强地解释着说:"我,——还没有订酒店房间,就是想听听你们的意见。"

樊玫明知张坚无能为力,她心存怨恨,脸上又带着淡淡的笑容说:"我这边订好了,这些天的吃住你都不用管。"

张坚揪着的心,一下落了地。

他看着前方的脸绽放出由衷的笑容,又故意解释着给儿子听,牵强地说:"我儿子回来了,当然要住最好的酒店,没想到你先订了。"

樊玫对他的脸面心知肚明地继续保持着勉强的微笑。

20分钟后,他们到达了香港君悦酒店。

酒店大堂中央的圣诞树高达10米左右,上面布满了装饰物和滢滢烁烁的小彩灯,树的下面是大大小小、色彩各异,系着绸带的礼物盒。

酒店的背景音乐圣诞曲环绕,节日气氛浓烈。

樊玫到服务台办理着入住手续,张坚和儿子在大堂的圣诞树旁等候。

这个酒店的预定,让张坚减轻精神压力的这一刻,自尊心又受到了严重挫伤。他确定自己冥冥之中无法和命运抗衡,注定他这辈子在樊玫身边永远是站立不起来的男人。

樊玫拿着两间豪华海景大套房的房卡走了过来,交给儿子一张门卡,她和张坚的门卡则握在自己手里,做着夫妻团圆的模样给儿子看。酒店服务生推着行李车,随着他们一起走向电梯。

服务生将行李放在了他们的房间,樊玫随手取出小费给了站在身边等待离开的服务生手里。戴着白手套的服务生接过樊玫给的小费,在礼貌的致谢中离开了。

他们和儿子约好,20分钟后在酒店的餐厅见。

樊玫和张坚在儿子的注目下关上了房门。

张坚信步走到客厅的单人沙发坐了下来，眼睛望向窗外，做出休息和等待樊玫一起下去的悠闲姿态。

樊玫默然地打开行李箱，将随身带的衣服一件件地挂在衣柜里。她从衣柜里取出了拖鞋换了上去，又取出浴袍。

张坚见此，显得一身的不自在。

他们之间除了默然，就是在早已没有丝毫的性吸引中，显得极为尴尬。

在张坚心里，樊玫也只剩下名分。他完全能想到樊玫和赵彦默的情人关系，只因男人的面子和尊严，没有把这个"秃子头上的虱子明摆着"的事说出口。从钱的角度想，赵彦默又使他们家发家致富。甚至现在，替樊玫解决经济困难的人还是赵彦默。这些也是张坚在男人面前立不起来，尊严扫地的痛点。

之前，他好歹在戴焱焱起初的依赖中挺直了腰杆，可是好景不长，落到了在戴焱焱嘴里不是个男人的下场。如今，在樊玫嘴里自己也更不是个人。

张坚在这两个女人中，成了"风箱中的耗子，两头受气"。

他看樊玫冷漠的神情忙着梳洗，就吭了吭嗓子说："你慢慢洗，我在中餐厅等你们。"

"行，你先去找个靠窗边可以看到海景的位子，我们一会儿就下去。"樊玫冷漠地说着，走进了浴室。

张坚答应着，打开房门走了出去。

豪华浴室大花洒的温水，喷淋在樊玫性感而富有弹性的白嫩肌肤上。她的手抚着秀发，抚向光滑的周身。此时，她满脑子都是和赵彦默即将见面，如饥似渴的欢愉情景。她幻想的大脑使得心里更为兴奋和愉悦着，不由地甜蜜笑着。

赵彦默让汪大海给樊玫在君悦酒店开了10天住房，在最后两三天，樊玫去深圳希尔顿酒店和他会合。

樊玫心想："坚持一下，再有几天就见面了，到时候好好亲热亲热。移居巴黎简直就是对自己残酷的折磨，以后怎么办呢？"

洗完澡的樊玫，站在靠海景的窗前给赵彦默拨通了电话，他们电话里热热乎乎，兴奋不已。此时，儿子从房间打来了座机电话，中断了他们的对话。

5分钟后，母子两人前后来到了酒店中餐厅。

这一餐，樊玫点了最昂贵的粤菜，找到了往昔在中国的惬意和风光生活感觉。

张坚在儿子面前始终挂着微笑的脸，暗藏着最为难以言说的内心世界。他甚至在想："如果此次樊玫回来能向赵彦默借些钱，也好转给自己急用一下。"

他本能地安慰着自己的那点儿残留的自尊心，又想："眼下自己的处境，屈辱在赵彦默和樊玫的暧昧关系之下，实在也是没有办法的办法了。好在，赵彦默还在位置上，可以呼风唤雨。"

张坚让樊玫向赵彦默借钱是最可靠，也是最有可能的。为了躲债，张坚断了所有朋友的联系，包括项目合伙人汪大海。即便是樊玫见到汪大海，也不会提起张坚的去向和自己在巴黎生活的具体情况。

赵彦默更不会跟汪大海深入讲这些敏感的话题。

张坚逃债躲避之前，试着向他私下交往的几个商人朋友借钱，都没能如愿，得到也只是一两个朋友给的一两万人民币的同情款。他为此也看到了自己的社会功利不够，和在位的赵彦默、樊玫没有可比性。

此时，香港君悦酒店的中餐厅，海鲜大菜陆续端上了铺着洁白餐布的餐桌，饮品和香槟酒也都斟在三人的杯中。

樊玫举杯示意，说道："祝儿子在香港圣诞假期愉快！"

张坚一边应和着："祝宝贝儿子假期愉快！"

"谢谢爸爸妈妈！"儿子愉快地说。

三人的杯子轻轻相碰，发出悦耳的声音。

夫妻摆出最幸福的姿态和儿子愉快地享用着海鲜大餐，洋溢着祥和的家庭时光。

他们边吃边聊着在香港的假期计划。

他们决定白天满足儿子游玩，晚上回到酒店享受休闲项目。儿子阳光朝气的脸上，反射着满足和幸福，并不断地谢着爸妈。

张坚不断地夸儿子懂事。

在这个圣诞节假期外出的这些天，张坚尽量在着装上掩盖自己，总会戴一顶不起眼的太阳帽，眼睛上架着墨镜。其衣服的色彩暗淡，款式都很普通。他尽可能不在人多的地方多说话，即便说也是很小心地，尽可能地压低着声音。樊玫为此也有收敛，他们相互不直呼名字。

儿子并没有察觉到爸妈有什么不同，他的注意力全在游玩中。

晚上回到酒店大肆消费，张坚陪儿子游泳、健身、按摩等。樊玫则在酒店的世界名品店，满足自己在巴黎高端社交场合所需的物品。

张坚和樊玫对周边的人，始终高度警觉着。

戴焱焱知道樊玫母子来香港，更是百倍烦感，又不得不为了张坚陪儿子，无奈吞怨。但是，除了白天，晚上是坚决不允许张坚与樊玫过夜。张坚和樊玫原本就没有一丝夫妻生活的兴趣，因此也就顺水推舟着。

从樊玫入住酒店的第一天晚上，张坚选择在与儿子道晚安之后，离开酒店。次日一早，他又赶回酒店，陪儿子一起早餐，做出没离开酒店的样子。

樊玫和张坚默然地接受着一去一来，上演给孩子幸福团圆的家庭模样。

7天的香港时光很快就要过去了,樊玫跟儿子说自己要去深圳和好友见面住两三天,爸爸会陪着你。儿子欣然答应妈妈,并祝她有愉快的聚会。

张坚心里明白她一定是和赵彦默见面去了,钱财是他们目前最迫切的需要。

这晚,他在樊玫的房间和儿子道了晚安,儿子回自己的房间去了。他在准备离开房间的这一刻,难忍对金钱的渴望,向樊玫张了口:"我想,现在你我的日子确实很不好过,你看找机会能跟赵彦默借点钱怎么样?"

张坚话音刚落,樊玫皱着眉头,眼睛里透着绝望,像两把利剑要冲出眼眶,向张坚刺来一样,"你还好意思说借,你借了多少钱你好好算算?你没有别的本事,借钱的本事和胆量倒是大。你的高利贷怎么还得起,你借的时候想过吗?你现在还要继续借,你有什么资格借?"

张坚面红耳赤,"我是没有资格,但是,当时借高利贷,是有信心赚回来才借的。"

"你有什么本事赚回来?靠赌,还是靠做生意的能力?你就是井底之蛙没见过天,无知无畏、异想天开!"樊玫此时的声音提高了,脸也越发地涨红了起来。

张坚极力地说:"你不要这么说,我也一直在努力做自己的事业。"

"事业,你懂得什么是事业?你不懂得社会游戏规则,不懂商业和社会交往关系,只知道你自己的存在和头顶上的一线天,怎么可能有事业?"樊玫此时气得嘴唇发紫,声音颤抖地说着。

张坚也竟然被她的话刺激得不甘示弱地说道:"什么规则?男女勾结的规则!"

樊玫气愤地说:"你说谁勾结呢?就算是勾结,能挣大钱也是本事。"

张坚冷笑着狠狠讽刺着说:"是啊,谁让我没有这个机会呢?"

樊玫强势地愤怒强调："你遇到我就是机会，可是你却一心往外求，你知道多少人来求我吗？就你这样不明白社会，不懂人心的人还会有事业成功？竟然胆子还挺大，又赌又借！我遇到你就是灾难！"

张坚在樊玫唇枪舌剑的刺痛中，像个憋足了劲儿的弹簧一样一跃而起，摔门而去。

樊玫对着房门近似于疯狂地骂着："蠢货！"

而后，她气呼呼地坐下喘着粗气。

她想到明天就要去深圳，跟张坚还要交代陪儿子住在酒店的事，她就又拿出手机给张坚发着信息：你明天必须陪儿子在酒店过夜两个晚上，第三天下午我回到君悦酒店。其他的不再说了，你是男人，自己的事情自己解决吧！我和儿子不跟你要钱已经可以了。

10分钟后，张坚回复信息：我自然会陪儿子。

张坚满目沮丧，步履蹒跚、行如浮木，推开了他和戴焱焱家里的门。

家里静得可以听到母子两人熟睡的呼吸声。

圣诞树上的小灯还在微微地一明一暗地交映着，地板上仍散落着小儿子的玩具。他为自己制造出眼前的这个家和活生生的一双母子，感到万般负罪。

深圳希尔顿酒店。

樊玫和赵彦默缠绵在一起。

他们的晚餐是送到房间里来的，披着睡袍的他们围在铺着洁白餐桌布的圆桌边，享用着美食和美酒。

他们整晚纠缠在床上，直到凌晨3点以后，终于疲惫不堪地睡着了，两人竟然鼾声如雷。

第二天上午10点半，他们醒在彼此的怀里，两人又是一阵亲吻。随后，赵彦默用手指轻点床头的电子遥控按键，厚重的窗帘布缓缓地向两侧移动打开，内纱帘仍然是合着的，隐现着高层窗外的光色。

"玫，起来吧！我给你看样东西。"赵彦默看着怀里的樊玫懒散地说着。

"是什么？"樊玫眼里透着亮。

赵彦默看着樊玫这张仍然年轻漂亮的小脸儿，宠爱地在她的头脸上亲了几下，"跟你在一起太美妙了，此生足矣。"

他并没有直接回答樊玫的发问，而是起身披上床边椅子上的睡袍，走到大衣柜取出了一只中号的黑色皮箱。

樊玫基本猜到皮箱里的东西，她喜悦的心触动着每一根神经，放射到她的周身和脸颊。

这个在以往是寻常的事情，在此时却格外地不寻常。

樊玫坐起了身，也披上了浴袍，难掩兴奋地等待赵彦默打开这只带着魔幻引力的箱子。

赵彦默将箱子提到樊玫面前，又一把放在了床脚。他看着眼前的樊玫，又在她的小嘴上使劲地亲了一口，顺势拉开了皮箱。

满满一箱子人民币呈现在樊玫的眼前，散发着纸币油印混合的纸臭。

樊玫久违了这个味道，几乎被这个油纸的臭味而陶醉着，看着彦默的眼睛里冲着泪，僵着鼻子说："臭臭的！"

赵彦默将嘴亲在她的耳垂上，轻声地说："臭臭的！"

樊玫侧过身来一下搂住了赵彦默，在他性感的厚嘴唇上亲了一下，娇媚地望着他说："彦默，你对我真好！"

赵彦默脸上浮现着发自内心的笑容，吭了吭嗓子说："玫，你是我的最爱，我不对你好对谁好？你是我的心头肉，咱还等着在巴黎养老呢！下午，我让汪大海陪着你去存款，走地下钱庄，等你回到巴黎就可以顺利拿到欧元。这些钱够你和儿子花一阵子了，只是买公寓的钱还要等一等。"

樊玫眼含深情由衷地说："彦默，这么短的时间，有这么多钱已经够不容易了！"

香港。

樊玫在深圳这两个晚上，无论张坚怎么向戴焱焱解释他必须住在酒店陪儿子，戴焱焱仍旧坚决不同意他在酒店过夜。

戴焱焱对张坚又打又骂，寻死觅活地又闹了个天翻地覆，小儿子萌仔又尖叫哭喊不止。戴炎炎口口声声说张坚要和樊玫重归于好，甩了她母子两人。

张坚无奈只能为小儿子张萌又一次忍下戴炎炎的无理要求，不得不在大儿子张成入睡后回到自己和戴焱焱的家。他唯独的安慰是大儿子张成已经长大，在酒店可以独立面对应急事情，或是会给爸爸打电话。为此，张坚的手机两夜都放在枕边，电池充得足足的，随时接听大儿子张成的电话。

深圳。

樊玫在汪大海的陪同下，办了地下钱庄汇款，其中留出了十万人民币没有汇。

她不放心儿子，好在他有爸爸陪着，自己又舍不得赵彦默。这晚，她和赵彦默度过了深圳的最后一夜。

次日下午，没睡几个小时的樊玫，疲惫地回到了香港君悦酒店。儿子和爸爸还没有回来，她借此又休息了一会儿。躺下来的樊玫，满脑子里都是赵彦默嘱咐她的声音和神情。

晚餐。

樊玫母子和张坚又坐在了酒店的中餐厅，靠海景的窗边餐桌准备用餐。这是他们三口人在香港的最后一个晚上，他们在美味佳肴上桌的这一刻，再次举杯相互祝愿，尽显着和谐与幸福。

香港的假期不知不觉地过去了，张坚载着樊玫母子向香港国际机场驶去。一路上，张坚不断地嘱咐儿子学习和生活的话题。樊玫则眼望着窗外，复杂的心在她身体里敲打着，她想："这一走，又要一个人面对巴黎生活，下一次回来见到彦默还不知何时。可怜孩子缺少父爱。"

汽车来到了机场进港口，张坚去停车，樊玫带儿子先进去办理登机手续。

樊玫刚托运完行李，带着那顶檐帽的张坚，低着头从远处走了过来。

张坚再次拥抱儿子的眼里全是泪水，哽咽着说："儿子，爸爸在香港随时等你来，等爸爸忙好了工作就去巴黎看你们。"

儿子此时也眼含泪水，"好的爸爸，希望您多保重身体！我会努力学习，我和妈妈等您来。"儿子一字一句，像模像样地说着。

樊玫的眼睛里也潮湿了，她看了张坚一眼说："时间不早了，我们也要进去了。"

张坚送樊玫母子到入港口岸，儿子再次跟爸爸拥抱。

樊玫从双肩包里取出一个酒店的洗衣袋，在儿子与爸爸松开的那一刻塞进了张坚的手里，便扯着儿子走向入港口。

儿子一走一回头地跟爸爸挥着手。

张坚泪流满面，手拿着这个沉甸甸的洗衣袋，强颜微笑地望着儿子微微地挥动着手，目送他们走进入港口。

张坚抹了一把泪，此时才意识到手里的这个洗衣袋。他随手打开一看，里面是一扎10万人民币。他顿时抽泣了起来，压低了帽檐合上袋口攥在手里，走向机场停车大楼。

第十二章
有我没她

樊玫从参加工作以来，除了正常领取工资，受贿的大钱都是跟赵彦默在单位的项目和社会功利中得到的。这些钱财对于樊玫这个出身知识分子家庭，有着良好教育背景的她，有时候会感到自责，甚至害怕。

她为此曾多次询问赵彦默："会不会出问题？"

赵彦默总会城府深厚地说："没有问题。"

在赵彦默心里是否真的害怕，也只有他自己最清楚。樊玫获得金钱的喜悦和担惊受怕，就像一对孪生姐妹，总会同时出现在眼前，令她心神不宁。

今天，在返回巴黎的飞机上，躺在头等舱位的张成看着电影，樊玫在一旁的位置上闭着眼睛躺着，长长的睫毛微微颤动着。她想："回到巴黎就可以取到赵彦默给的，已转换成欧元的钱。"

她一边欣喜，一边担忧着，显得焦躁不安。在她脑海里叠映着父母和蔼、慈祥的样子，正微微地挥手目送自己和外孙子返回巴黎。

此时，在樊玫闭着的眼睛缝隙中，透过黑密的睫毛渗出了眼泪。她为了不让儿子看见，侧过脸轻轻地抹擦着。

往昔的时光，浮现在眼前。

"玫，你好好学习，以后做老师也可以像你的爸爸一样教书育人。"妈妈总会在樊玫学习的书桌前走过时，唠叨一两句这样的话。

正在读中学的樊玫学习一直都很优异，是班里的学习委员。她在学校经常帮助和监督同学学习。

班主任很认可她的协调能力，有时候会说："樊玫，以后应该是当校长的料。"

樊玫总会笑着谦虚地说："谢谢老师的认可，我还需要倍加努力。"

其实在樊玫心里，除了以后可以做一名教师，还想当医生。她从小就欣赏穿白大褂，口袋里插满圆珠笔的医生。她觉得这是一个很高级的学科，具有文理科思维。在病人的心里很神圣，是生命的救星。

她觉得医生和教师都是非常有意义的工作，是她的两个考学理想。

她除了文科好，理科也格外优秀，这源于作为中学数学老师父亲的精心辅导。她在中学的成绩中，数学竟然在学校尖子班多次赢得第一名。老师希望她以后考理科，或是考文理相兼的工商管理，以后可以在金融方面发挥广泛的作用。

她觉得老师说得对，除了教师和医生之外，工商管理也是很符合时代需求。

她的父母认为，一个女孩子，当个老师和医生挺好，对于是否选择工商专业，希望她再好好斟酌。

樊玫最后还是选择了工商管理专业，竟然以全省第一的考试成绩，考取了中国名牌大学商学院工商管理专业。她在大学期间学习成绩优秀，又是学习委员。毕业的时候，教授希望她再读硕士，以后读博。可是，她认为家境一般，父母年龄也大了，希望守着家门早日参加工作。

樊玫不考硕博士，也跟母亲的影响有关系。

母亲说女人不可学历太高，那样的女人婚姻生活幸福的不多。女人眼界高了，就要找更高学历的男人，可是高学历的男人多数都是书呆子，女儿读个本科就行了。

母亲是会计，她的人生定位就是在父亲工作的中学，做这个看似很普通的会计工作。父母一生关系和谐，家庭生活稳定。

樊玫大学毕业后就返回了家乡，成了省交通厅的一名公职人员。

由于她人长得漂亮，没有错过单位领导赵彦默的关注。她和丈夫张坚婚姻不和谐，也促使她跟着赵彦默迅速发生了两性关系，并不断走向钱色道路。

他们在钱色的道路上步伐越走越大，关系交合就像藤缠树，在千丝万缕的缠绕中，越缠越紧，难拆难分。

此时，躺在头等舱位里的樊玫，做梦也没有想到自己竟然以逃丈夫赌债远走异国。同时，也总为自己和赵彦默受贿而忐忑不安，有时候想着竟然会出一身冷汗。

此时，她又一次地心惊肉跳，忽一下坐了起来。

儿子看妈妈突然起身，摘下耳机关心地询问妈妈是否有事情。

妈妈故作微笑地跟儿子说："没事，去一下洗手间。"

……

洗手间里。

樊玫看着镜中焦虑、恐惧，复杂神情的自己，像是面对一个陌生人。她心里默念：——这，还是樊玫吗？

她深感从开始工作，就身不由己地走向人生的魔咒。

官场、名利场、情场、酒场、娱乐场的画面交错在一起，她被权利的使用感到畅快，被恭维托举在了空中，被享乐迷惑了意志，被金钱铸造着欲望。她呼风唤雨、纸醉金迷、花天酒地、飘飘然，神乎其神地在社会上尽显着权利带来的尊贵和名利。

这些围绕着权利，交错着吃喝玩乐和情色，好似一条条美丽丝线编织着她的美好人生，且不知竟然将她层层地缠住，难以挣脱。

在现在看似无功、无名、无利的巴黎隐居生活，却又被无钱生存而延续着与国内的权钱交易。她感觉这个魔咒的漩涡很黑、很深，越陷越深。

她看着镜中的自己，好像一个魔鬼，瞬间苍老的面容煞白。

她将洗面台水龙头的水扑在脸上，飞机的轰鸣声触动着她敏感的神经,她希望所有的厄运被丢在飞行起点的那块土地。

可是,现实的生活却怎么也摆脱不了她与中国的联系。如果说之前在中国的那些事是一场噩梦,那么现在的巴黎生活又是噩梦的延续。

站在洗手间,满脸水珠面向镜中的自己,樊玫浑身打战,冷汗一身。

洗手间的门被人轻轻敲了两下。

樊玫意识到自己在里面确实待的时间过长了些,她立即又洗了脸,用面巾纸擦干后走出卫生间。门外等待着三四个要进洗手间的乘客,对樊玫投来不友好的目光。

樊玫只当没看见地从他们的目光下走了过去,回到了仓位。

儿子还在看电影,看到妈妈回来就问:"妈妈,没事吧?"

"没事,儿子!"昏暗的夜灯下樊玫保持微笑地跟儿子说着。

她躺了下来,精神疲惫地很快睡着了。

回到巴黎的樊玫,继续和儿子面对异国生活,一转眼又是几个月过去了。

在香港度日如年的张坚,日日夜夜思念着母亲。

他在找时机,跟戴焱焱提让母亲来帮助照顾孙子。张坚认为,这是戴焱焱唯一有可能同意母亲来的理由。但是,生活费紧迫又是一个严峻的问题。母亲来了也要有基本生活条件,香港消费高,每个月不进账,母亲来了也是遭罪。樊玫临回巴黎在机场给他的钱,很快就补了经济窟窿,消耗得差不多见了底。

张坚总会在对母亲的思念和紧张的生活费间撕扯着,他想用最快的办法赚来钱,把母亲接过来,颐养天年。

还有一件事折磨着张坚,那就是他怎么跟母亲讲戴焱焱和私生子的事。

他不断宽慰自己想,即使是跟母亲说了戴焱焱和私生子的这档子事,母亲也会转弯接受。毕竟是她儿子惹出来的事,带回家的也都是自家人。

在樊玫这一关面前，母亲孤寡一人，来跟儿子生活也应该可以理解。但是，从情感上讲，多出个戴焱焱和私生子的家庭和母亲同住，樊玫一定是不能接受。张坚恨自己，将人生走到这个局面。

张坚没有了钱，戴焱焱除了带孩子，就是没完没了地抱怨、发火，摔打东西。

戴炎炎至今都不知道张坚赌债的事，张坚因被追债不能公开出去找工作，在戴焱焱面前更是有口难言。

张坚决定把自己的汽车卖掉，即便作为二手车卖掉，也能收回来些钱，为此他来到了保时捷销售门店。

他进了店，销售小伙子正在跟一位中年女士介绍着几款新车型，其他两位销售也有客户。

他被接待小姐引领到靠窗的休息位，等待销售人员。

眼前是位穿着华丽，身材高大丰满，浓妆艳抹的看不出难看或好看的一张大脸的中年女士。她正在跟销售小伙子比画着好像在说喜欢这台，不喜欢那台车的样子。她扭动着笨拙的身体在几台汽车间走动着，她那条连衣花裙子几乎拖在脚面上，猛地一看就像一个圆筒的大灯笼。终于，她选中了一款保时捷城市越野汽车，当场说："我支付全款，马上就提车。"

销售小伙子满脸笑容地说："没问题，请跟我来，我们办理购车手续。"

她走过张坚的身边时，扫了他一眼，脸上竟然挤出了笑容，礼貌示意了一下。张坚连忙也回应着笑容，看着她一扭一扭地走进大厅一侧的开放式办公区。

张坚像是被她的笑容电击了似的，浑身麻嗖嗖的，不只是刺激还有不适应。他的脑海里顿时展开了想象：如果跟这样的女人混，伺候满足她的身体需要，就她这体态和长相，自己的那点儿冲动都没有。挣这个钱，也不是见母的就能上的。如果要是给她开个车还行，不然，一会儿只管搭搭话认识一下，眼下自己也是一个无路可走的人。

这时，他的手机响了起来，便随手接听了。

"喂，你死哪了？儿子发烧了，你赶紧回来。"电话里，戴焱焱气势汹汹地说。

张坚惊慌地一边听着，一边立即按手机的减音键，尽量压低声音说："你先带儿子去医院，一会我给你电话好吗？我现在有点事。"

电话那头，儿子的哭声撕心裂肺，戴焱焱更是声嘶力竭，"什么事能有儿子重要？你必须马上回来！"

张坚不得不立即回应："好，你不要着急，我马上回去。"

他挂了电话，又看了一眼那个丰硕体魄的大姐正向这边走来。

他决定搭讪，便迎了过去，做出擦肩搭话地说："大姐买的车很棒，是新款城市越野，恭喜您！"

大姐脸上又堆满笑容，眼睛里放射着明亮的光色，打量着眼前瘦瘦高高的张坚说："谢谢！"

张坚鼓起勇气又接着说："您需要司机吗？我可以为您服务。"

这位女士的眼睛仍旧明亮地闪烁在他的身上和脸上，她慢条斯理地张开那擦着明亮鲜艳唇彩的厚唇说："倒是可以考虑，留个电话吧！我需要会通知你。"

张坚心里惊喜，却保持着平静说："添加您微信可以吗？我微信发给您手机号。"

"好吧！"这位女士乐滋滋地说着，涂着闪亮鲜艳甲油的手取出手机，扫码添加了他的微信。

张坚觉得自己简直是太幸运了，他又想到家里生病的儿子萌仔，心里一阵不安，连忙说："大姐，我现在要先走一步，我们微信联系，希望尽快能帮您驾驶。"

这位女士仍旧保持热情地说："好的，我们再联系。"

就在张坚告辞扭头走出敞亮的玻璃大门，回头看向大姐的这一刻，大姐的身边出现了一个身穿黑色西服，魁梧身材看似保镖的人，正严肃地盯着他。他一回头，大门外还溜达着一位穿着同样且满面横肉的保镖。他心里一阵紧张，怪自己轻视了这个满身是肉，华丽富贵的中年大姐。于是，迅速地走向了自己的汽车，他在汽车的后视镜里看到，那个门外的保镖一直盯着他走远。

张坚驾驶着汽车，一路眉头紧蹙，心想："这个大姐水太深，还是远离比较好。"随即，他在等红灯的时候，将这位大姐的微信删除了。

他不大的眼睛里透着绝望，不厚的嘴唇闭得紧紧的，显得更为单薄。他的牙齿在少肉的两腮内，一松一紧地咬着。车窗外，香港的繁华和车水马龙，像是要把他分食掉似的，使他在这个繁华、忙碌的城市喘不上气来。

张坚心急火燎地推开了家门。

戴焱焱抱着孩子坐在沙发上，仇视地看着走进来的张坚。儿子坐在妈妈的腿上拨弄着手里的玩具，看着不像生病的样子。

家里的客厅杂乱不堪。

张坚看到家里杂乱，一阵心烦地又蹙上眉头，并着急地说："儿子还发烧吗？——看着没事儿啊！"

戴焱焱没好气儿地使性子说："我不说儿子发烧你能回来吗？不过刚才哭的时候头是挺热的。"

张坚听戴焱焱这么一说，心里的火就往头上拱，他不大的眼睛里透着恼怒，但是语气又像少了一把火似的有气无力地说："希望你以后不要再做狼来的事，以免误事。"

他说着走到儿子面前，伸手抚摸在儿子圆溜溜的大脑门上又说："还偏凉呢。"

戴焱焱没好气儿地一把推开了张坚抚摸在孩子头上的手说："这两天你神出鬼没的，也不知到哪儿鬼混去了？"

张坚有口难言，心想：真服了戴焱焱，还会这么放心不下一个没有钱的男人。眼下，自己还有什么资格幽会女人，除非卖身。

他眼睛里渗透着绝望，强忍着对戴焱焱的不满说："你以后最好不要拿儿子生病来说事，不吉利。"

戴焱焱变本加厉地说："这一段时间你魂不附体，家里也待不住，就是怀疑你外面有人了。你想甩掉我和儿子，没门儿！"

张坚满脸沮丧地说："听听你说的什么话，我哪能甩掉你们。我出去还不是想挣点钱吗。"

戴焱焱抱怨不停地说着："你挣什么钱了？这么久以来你给家里拿回来一星半点儿的小钱了吗？这以后的日子可怎么过啊？我也是命苦，我爸去世早，妈又改嫁了个没钱人。好歹我嫁给你，还以为你是个成功的有钱人，怎么就突然没钱了呢？你的公司还运营吗？之前的项目做得那么大，现在怎么就没了呢？"

张坚一屁股坐在了餐桌椅上，唉声叹气地说："有好多事，——不是你想的那么简单，项目也不是可以一个接一个做的。我现在还在努力找机会，你不要总疑神疑鬼就是最大的支持。"

戴焱焱满脸怒气地说："我天天带着孩子，基本上没有时间自己出门，更没有找工作的可能，你说我能不烦吗？"

戴焱焱说到这里，张坚突然觉得这是个让妈来的机会。他起身坐在戴焱焱沙发的另一头，试探着说："焱焱，我也是想，如果你去工作会更开心，总在家里一定心情也不好。我倒是有一个办法，你看，——我把孩子奶奶接过来，让她帮你带孩子怎么样？"

戴焱焱顿时撩起了眼睛，扬声说："什么？让你妈带我儿子？那还不带出一口地方老土话，我儿子是要说英文的阿姨带才对！"

张坚听戴焱焱这么说自己的母亲，眉头蹙紧，恨不得起身打她一个耳光。但是，他确实也怕戴焱焱不依不饶地打闹，那样会使事情更糟。

他强忍心头的怒火，眼睛里透着压抑地又说："现在请阿姨也不是时候，妈来也可以先让你有时间做自己喜欢的事。孩子让奶奶先带着，这是她的孙子，会尽心尽力，比交给外人好。"

"你不要说了，我不同意！现在我和儿子的生活状况已经够委屈了，还要把儿子交给乡下人的奶奶，我坚决不同意！"戴焱焱说到这的时候，情绪更为激动，声音也抬高了很多。

她腿上坐着的儿子看着妈妈的样子，圆胖小脸儿上，那厚嘟嘟的小嘴开始往下撇着嘴角，想哭的样子。

戴焱焱把儿子放在了沙发上，站起身子走向卧室，重重地摔上了门。门内只听到戴焱焱生气地大声说："我告诉你，休想把我和儿子的生活拉向农村，不要逼着我从这个楼上跳下去。我再告诉你，有我没她，有她没我！"说完，她在卧室大哭了起来，哭声中夹杂着含糊不清地说叨。

客厅沙发上的儿子两条眉毛随即红起来，圆胖的脸儿也变红着，恐惧地瞪圆了明亮有神的双眼，哇的一声又哭了起来。

张坚连忙抱起儿子，又拍又哄地在客厅里走来走去，又到窗边指着外面让儿子看。

戴焱焱大喊大叫的吵闹声，和儿子吱吱哇哇地哭声，张坚像是一头扎进了鸡鸭棚和猪崽圈，使他头晕目眩。他强忍着这满屋都是高分贝的哭叫声，不断哄着满脸是泪、口水和鼻涕直流的儿子。

此时，戴焱焱冲出卧室，一把抢过去儿子。她嘴里不干不净地辱骂着张坚，又走进了卧室，重重地关上了门。

卧室里，哭声一片。

张坚无力地走到客厅的沙发前瘫坐了下来，紧紧地闭着眼睛和嘴巴，一言不发。

张坚母亲来香港的事情，在戴焱焱要死要活的哭闹中就此截止。但是，张坚仍然抱着希望想尽一切办法，要把母亲接来一起生活。

数日后，张坚还是把自己的汽车卖了，拿回来了30多万港币维持香港高消费的生活。

他怕戴焱焱知道卖了车会大吵大闹，就告诉她自己的车租出去了。

这个话并没有减掉戴焱焱的怒火，而是发疯地说："这个家眼睁睁地就要败掉了，先是租车，以后再租出去自己的房子，这日子是没指望了！"

他们又不断地争吵，夹杂着孩子吱儿吱儿的哭叫。

张坚除了反抗式的争吵，就是沉默和忍耐，任戴焱焱的语言鞭打，只能活一天是一天地往前走着。

今后的日子，张坚就数着这30万卖车的钱过了，再往后的钱不知道在哪里可以寻到？他无脸跟樊玫再提借钱的事，他明知道樊玫在巴黎的开销不小，自己也没有任何资格再刮她母子两人的钱。他除了暂时缓解举步维艰的生活，隐在身后的赌债和日积月累的高额利息，和随时出现在眼前的债主，会要了他的命。

每想到这儿时，他就想一死了之。

他幻想过无数次死，但是，每一次都会叠现出自己年迈，需要他照顾的母亲，还有他的两个儿子。因此，站在死神面前的他，连死的资格都没有，而是挣扎地活着。

巴黎的初春，太阳开始从寒冷的冬季透出温暖，也显得更为明亮似的。自从樊玫从香港回到巴黎，日子在赵彦默给的钱里轻松了一些。可是，花出去的仍然是本金，没有收入。这样的局面，使得樊玫背后凉凉的。如果没有赵彦默的钱财支持，樊玫和儿子在巴黎的日子将无法持续。

樊玫给罗必夫妇的投资款，就像扎在她心头的刺，令她心痛。这个钱不该就这样不明不白地不见了，她为此不死心。

樊玫想跟孟一丹商量一下，依靠她对当地的熟悉，对罗必夫妇有个对策。

春季的巴黎，法国梧桐树都长出了嫩绿色的小叶子，合着暖阳的照耀泛着亮，一片欣欣然的样子。

这天下午，樊玫约了孟一丹在双偶咖啡馆见面。

樊玫提前来到了咖啡馆，还是在靠窗的位置坐了下来。她先点了一贯要的咖啡。店员对她，也好似成了老熟人，多了超出语言交流的默契。

樊玫每次坐在这里品味咖啡，欣赏着窗外惬意闲坐着金发碧眼的人们和永远看不够的景色，再想想自己，心里更是酸楚。

圣诞节以后，回到巴黎的儿子在课后和以后的假期上绘画课。她和赵彦默说总会见面，可是见一次也不容易了，最快也要下个圣诞节再见。

樊玫在巴黎要苦苦地等待和赵彦默一年一次的见面，这对她是极其残酷的。她每次看到巴黎街头一对对情侣，都会羡慕不已。她总会在独自闲坐，或是散步时，幻想擦肩而过的法国中年男士能成为她在巴黎的朋友。可是，毕竟自己法语不行，连搭话的勇气和信心都没有。她的眼睛投向外国人雕塑一样标志的脸上时，在对方还没有对视过来之前，就立即躲避闪开注视的眼睛，缩卷在自己的世界里。

今天约孟一丹来，除了聊聊向罗必夫妇追款的事，也顺便打听一下那个不温不火弗兰克的情况。到目前为止，在樊玫心里还就隐藏着这个有味道的法国中年男人。

孟一丹穿着一身干练职业套装，出现在樊玫的眼前。

她一边风风火火地道歉自己来晚了，一边跟走过来的店员说着流利的法语，点了自己喜欢的咖啡。

樊玫也一边说没关系，一边夸她今天穿的褐色套裙和褐色的头发很般配，很有气质。

孟一丹坐下来就开始说个没完，说自己近来太忙了，也没顾得上联系和关心她们母子。酒楼之前停业了几个月，生意也受到了严重的经济损失。圣诞节后开业，又是招工，又是找大厨，忙得不可开交。

樊玫说自己的能力有限，也没能帮上她的忙。她心里倒是想：如果能在孟一丹店里帮帮忙，也能有个收入。可是自己的法语根本不能正常交流，即便是放下身份，自己也没有语言资格去工作。

此时，孟一丹亲切利落地说："樊玫，我有一个小时的时间，一会儿还要赶回店里。你有什么需要我帮助的，尽管直说。"

"哦，你真忙啊，你有需要让我做的，也只管说。"樊玫客气的语气中透着不自信。

孟一丹诚恳地微笑着说："没问题，有需要的一定告诉你。"

樊玫顺手端起了眼前的咖啡，向孟一丹祝贺地说："以此代酒，祝大姐开业大吉。"

孟一丹连忙也端起了店员刚送过来的咖啡杯迎了过去，"谢谢你的祝福，也祝你和儿子巴黎生活愉快！"

她们愉快碰杯，并喝了一口咖啡。

樊玫放杯子，便开门见山地跟孟一丹说起了罗必夫妇的事。

孟一丹也觉得这两口子，这么多年在巴黎生活，一定有一套生存手段。她印象中，巫岚是一个很不好惹的商业混混，善于利用法律空子。之前，她跟赵彦默说过自己对巫岚的这些印象，可是赵彦默觉得这是女人之间的敏感。

赵彦默认为罗必是老实人，找的老婆应该也不会有大的反差，不然也不会成为夫妻。罗必不是生意人，加上法语不好，找个会法语，做生意的老婆正好互补，也好在国外生存。

为此赵彦默和孟一丹争论过多次，孟一丹表示，无论赵彦默怎么信任他们，自己不会跟她合作，这是底线。除此之外，不妨碍表面交往。

孟一丹看着樊玫一脸愁容和无奈，温和地说："我找时间摸摸他们现在的实际情况，也会在网上查一下他们公司的注册动向。"

樊玫听孟一丹这么说，脸上透出了微笑，眼睛里散发着感激地说："真是谢谢大姐的帮助了。"

"不要跟我客气，能帮上你就好。在国外，一些华人的心态很复杂，一是因语言障碍很难挣到钱，二是语言差不多的，就想尽办法挣新移民的钱。我看这个罗必的妻子巫岚，就是挣新移民钱的人。彦默就是不听我的，我也不清楚你竟然跟她有合作。"孟一丹带着不满，不紧不慢地说着。

"大姐，也怪我当时投资心切，求赵哥帮忙。他们夫妻在巴黎的生意，估计赵哥也不清楚。毕竟也是我自己的决定，我谁都不怪。只要能搞清楚情况，追回来一些投资款就是我目前最大的心愿了。实在追不回来，自己选择的投资，走到了这一步也要认。"樊玫尽可能地解释着说。

孟一丹面带歉意地说："你也不要自责和灰心，我们先搞清楚他们的情况，再想下面的对策。这么多钱也不算是个小数，当然不能轻易放弃。哦，对了，那个弗兰克后来你们经常联系吗？我也好久没有见到他了。"

樊玫原本正要询问的弗兰克，被孟一丹一溜嘴儿地说了出来，她的脸顿时觉得像无数个小针尖扎似的麻麻的。她的心收紧了起来，保持面目平静地说："我们只见过两次，一次是跟吉娜去宴会上遇见，一次是他邀请我参观他的家具店。单独见面的那一次说话也不多，他店里挺忙的。"

樊玫担心自己的心思被孟一丹知道，会告诉赵彦默，所以就故意伪装着又说："我整天忙着接送儿子上下学，又要去法语班学习，生活得忙忙碌碌。"

孟一丹淡淡地笑了笑说："你还年轻，也不要太苦自己。其实，我觉得弗兰克是单身，条件也不错，倒是可以走近。我对他更多的情况也不是很了解，最早跟他在教会认识，之后又买过他的家具。我感觉他这个人还是很有亲和力的，事业做得也算可以。"

樊玫又故意地开脱着说："弗兰克这样优秀的中年男人，应该不缺女人吧？说实话，我现在精神压力大，也没这个心思。"

樊玫心口不一地跟孟一丹说着，原本想知道弗兰克更多的个人情况，孟一丹也不清楚。她决定近期找理由，约一下弗兰克。

第十三章
深红的玫瑰

夜晚,樊玫的卧室还亮着微弱的灯光,儿子已在自己的房间进入了睡梦。

她跟孟一丹见面后的半个月来,仍然没有收到过弗兰克的信息和电话。今晚,她在想找理由跟弗兰克单独约见一下,而不是再次光顾他的家具店。

樊玫和赵彦默的海誓山盟,也只是两个人未来巴黎生活的一个坐标。远水不解近渴,时间长了赵彦默是否有其他女人也是未知数,随着时间推移,樊玫也不总挂在嘴上了。他们两人打电话时,也开始有意无意地不再提到这类的话题,剩下的就是实际生活关心和未来憧憬。

在时间的流动中,弗兰克成了樊玫渴望得到生理需求的对象。但是,她心里也知道弗兰克不缺女人。她甚至觉得弗兰克也许对中国女人不感兴趣,加上自己也不是年轻姑娘了。

可是,越不是姑娘年龄的樊玫,对性的渴望就越是强烈。她无法摆脱长期无性生活,在深夜独自躺着的大床上,越发地陷入生理和精神的挣扎与折磨。

她对弗兰克的性幻想,不可克制地出现着。她想:"也许自己主动一些,也难说就没有可能。正好儿子后天去野营5天,何不约他来家里,生米做成熟饭。"

她越是这么想,心跳就越发地加快了起来,令她兴奋和冲动。

她由不得自己再犹豫和思索,根本等不到明天再发信息的她,立即拿起手机直截了当地给弗兰克发起信息:嗨,你好弗兰克,希望不要打扰了你的休息,近来一切还好?

　　数分钟后。

　　弗兰克回复:嗨,樊玫你好,我很好,很荣幸收到你的问候。好久没有联系,你好吗?

　　樊玫欣喜地回复:我还好!

　　几分钟过去了,樊玫的手机里没有弗兰克的回复,她一时间也不知再发些什么内容好。

　　好似一时间,时空凝固成更为难堪的尴尬。

　　樊玫正在纠结自责自己的不妥,弗兰克的信息就跳了出来:你是我见到的有品位的中国女人,你的家一定也很温馨。

　　一说到家,这个说法距离樊玫的邀请,简直就是嘴边的话题,她立即回复:谢谢你的夸奖,欢迎你有时间来我家里喝中国茶。

　　弗兰克回复:哦,太好了,我很喜欢中国茶,已经很久没有在中国朋友的家里喝茶了,我很荣幸你的邀请。

　　樊玫回复:我两天后有时间,欢迎你来。

　　弗兰克回复:哦,谢谢你的邀请,我想这应该是一个很有趣的下午茶。等我看一下自己的备忘录。

　　几分钟后。

　　弗兰克回复:两天后的下午,我有时间,可以去你的府上喝茶。

　　樊玫回复:好的,欢迎你来!你的中文能力确实很棒,还用了中国的传统语言表述。我们就定在下午2点见好吗?我把地址发给你。

　　弗兰克回复:好的!谢谢你对我的表扬,我对来自任何方面的表扬从不拒绝,我非常愉快和你的对话!期待这个时间的到来。

　　他们顺利、愉快地进行了对话。

　　放下手机的樊玫,深深地吐了一口气,心里顿感轻松和满足。

此时，赵彦默莫名地涌现在她的头脑里，她原本如花的笑容，犹如掺和着突如其来的雾气，变得含糊不清。

她紧闭住双眼，往日跟赵彦默的两性交欢浮现在眼前，甚至出现着丈夫张坚冷漠的脸。还有赵彦默不断打开着一个个皮箱，里面全是人民币，和弗兰克绅士风度的举止……

她不由地辗转，紧蹙的眉头在台灯的照射下显得更为烦躁不安。

她顺势熄灭了床头灯，将自己淹没在漆黑一片的夜里，不再去想错乱的人和事。

两天后的下午。

樊玫轻轻地推开了一半阳台通体的玻璃门窗。

窗外下着毛毛雨，放眼一排排嫩绿的法国梧桐，将巴黎的春天装点得清清爽爽。窗外带着点凉意的空气隐隐地游了进来，给人清新的感受。

她化了淡妆，松挽着秀发偎在颈部，没有佩戴任何首饰。一条黑色薄羊绒紧身连衣裙，包裹出她精巧凸起的双乳和不大不小浑圆的臀部，使她显得精致而神秘。

她特意在颈部和双乳前，喷洒了法国香奈儿香水。

原本就很洁净的家里，在她的特意布置下显得更为温馨。客厅茶几上的花瓶里插着一束粉色的玫瑰花。餐桌上摆好了中国茶和精致的白瓷茶具，并没有传统的茶台，而是将小功夫茶杯摆放在一片棉麻质地深蓝色的茶巾上。

她准备了一款中国野生乌龙茶，放在了小巧的白瓷盖碗里等待冲泡，茶碗下面铺着长条形的深蓝色棉麻茶巾。茶碗的一边蓝牙音箱滚动播放着舒缓的中国民族乐器长箫系列乐曲。

下午2点。

弗兰克面部的短胡须修剪有型，身着墨绿色休闲粗线毛衣，一条黑色的粗条绒休闲裤和黑色帆布休闲鞋，手捧着一把用报纸包裹的深红色玫瑰花如约而至。

弗兰克深棕色的头发、短胡须和毛衣上浮着一层蒙蒙的雨水，他却不以为然。他手捧带着湿气和蒙蒙雨水的深红色玫瑰花，绅士地微笑着站在樊玫的门前，按着门铃。

樊玫打开了门，看到迎面怀抱着鲜花的绅士弗兰克。

他们相互寒暄间，弗兰克将花递给了樊玫，并行了西式礼节。

樊玫接受着满脸短胡须的弗兰克对她贴脸和亲吻，接过了带着春雨的玫瑰花，她微笑的脸颊隐藏着更为强烈的喜悦，"谢谢！欢迎你的到来，请进！"

"谢谢美丽女士的邀请！"弗兰克绅士地回应着，走进了樊玫的家。

他被眼前简洁温馨的家触动着，显得有些兴奋地说："哦，我走进了一个能够忘记繁忙的家，在这里生活就不用再吃保健品了。"

樊玫被他幽默的表述逗乐了，"谢谢你的评价，希望这个下午茶带给你轻松愉快。"

弗兰克仔细地听着背景音乐，缓缓走动着，继续幽默地说："我现在已经快乐得像是梦境中的王子，你一定是浮在我眼前施魔法的仙子。"

樊玫一边难掩内心的愉悦，问："是吗？"一边轻轻地揭下玫瑰花外包装的报纸，将花插进一个一尺多高的水晶花瓶里，摆在了餐桌茶具的旁边。

樊玫很佩服外国人的幽默，在她的内心中自己是一个不幽默的人。也可能是之前的工作性质原因，或是文化习惯。她认为严肃才是尊重，是身份的象征。幽默给她的感觉就是不严肃，甚至是嬉皮笑脸不入流。可是，今天弗兰克的幽默，并没有使她烦感，反而觉得很惬意。

弗兰克走到客厅的阳台，在半开着的落地玻璃窗前，缓缓地推开了一些跨了出去。他远望巴黎的春色，不由地感叹："很美——"

樊玫将准备好的小零食摆上了桌，一壶刚烧好的水也放在了茶碗边等待弗兰克坐下来开始冲泡。

弗兰克感叹地说:"我很喜欢小巴黎这个区域,有真正的法国味道。"

樊玫听他说着便也走了过去,瞭望阳台外的景色,应和着说:"是啊,小巴黎很迷人,无论是塞纳河,还是这些标志性的古典建筑群,还有来来往往的人们,就是一道道不断上演的风景。特别那些法国梧桐树和一棵棵花树,在一年四季里变化着颜色,即便在冬季只留下枝干,也是那么美。"

弗兰克满脸惬意地说:"是的,四季都很美!但是,我最喜欢秋季的景色,树叶是多色的。在深秋的时候,大片的落叶落在草地上和小路边,踩上去松松软软。秋季的空气和细雨,使忙碌的我变得清爽。"

樊玫由心地接着说:"我们有同样的感受,我也很喜欢秋雨连绵的季节。"

弗兰克从远处回过神来的灰蓝色眼睛,落在了樊玫黑色的眼球里。他们在瞬间的注目中,散发着难以掩饰的好感。

弗兰克的身上仍然飘来法国男士香水的神秘味道。

这些气息和感受唤起樊玫初恋时候的幻想,使此时不再是姑娘的她,有着姑娘般微妙和敏感的心境。

樊玫的心一次次地收紧,脸颊散发着麻热。她看着弗兰克水晶球一样漂亮的灰蓝色眼球,开始躲闪着。

弗兰克不回避地,温情地望着樊玫,轻叹着说:"很久没有这样轻松的感受了——"

樊玫闪动着眼睛,随即问道:"是吗?你一直很忙吗?"

弗兰克微笑中显得有些无奈地说:"其实,我不喜欢忙碌,但是自己却很不容易轻松下来。"

樊玫看着这位事业有成的法国连锁家具商人,也有不为人知的烦恼,"茶准备好了,我们一起喝茶聊天。"

"哦,是的,一定要品你泡的中国茶。我之前去中国就喜欢到茶楼品茶,欣赏中国茶艺,令人享受。"弗兰克说着就随着樊玫走回客厅,在摆好茶具和鲜花的桌前坐了下来。

樊玫开始了她自认为还好的中国茶艺，配上背景音乐，她的一举一动简直是出神入化。

弗兰克在她唯美的茶艺和耐人品味的茶香中陶醉着。

在樊玫的心里，希望借此机会多了解一下弗兰克，能跟他做一个长期的情人。

樊玫一边给弗兰克斟茶，一边聊了起来，"你能喜欢中国茶，又会做中国古典家具，应该也算是在法国屈指可数的中国通商人了。"

弗兰克喝了一口茶，将手中的白瓷功夫杯小心地放下微笑着说："我的师傅家里收藏了很多茶，每次去拜访他，除了教我品茶，还会送给我一些。"

"你学得真好，家具和品茶都很出色。你在法国的连锁家具店做得也很有起色。你说很忙，就是不要太辛苦了。"樊玫倒着茶说着。

"我的生意很忙，是因为有很多订制的家具，大部分都需要师傅做出来，这里面有很多需要联络的事情。还有其他代理销售的事情，也需要付出很多时间。我已经选择了这个工作，不得不面对。当然，这也是我喜欢的工作。"

樊玫微笑着倒着茶说："可是，过于忙碌会失去太多的生活享受。"

"是的，为此我也有烦恼。"弗兰克说着，他原本兴奋的神情转显出了些无奈，甚至渗透着难以说得清的神情。

樊玫似乎感觉到弗兰克的个人生活并不如意，不然不会这么投入工作。她边饮了一下口茶，边试探着说："我印象中的外国人，在工作和生活两者之间的选择是平衡的。"

"法国人是很注重家庭生活，我也很喜欢，只是我的客户太喜欢中国古典家具了，使我过于忙碌。"弗兰克喝了口茶微笑着牵强地说。

樊玫故意装着不知道他离婚的事情问："你在中国学家具技艺很多年，

145

你的妻子一定也很支持吧？"

弗兰克微笑着耸了耸肩，便直言地说："哦，那是很早以前的事情了，那时我30岁，和妻子有一个漂亮的女儿。我去中国学技艺，妻子起初跟过去一段时间，后来就不愿意总长时间地留在那，因为她希望女儿在法国成长。但是，我没有改变计划，这使我失去了和妻子的婚姻。"

樊玫一边倒着茶，一边显出吃惊和遗憾地说："是吗？真是太可惜了。我之前了解西方人不太接受长期分居，你竟然可以这样选择。"

弗兰克淡笑着毫不避讳地继续说："我跟我的妻子关系原本就不好，只是我们也没有想着去离婚。她是德国人，很有个性，很固执，不够浪漫，我结婚前没有发现。"他笑容中透着释然地又说："这应该是我和她的解脱。"

樊玫放下手中的茶碗，淡淡地说："是的，不幸的婚姻是一份煎熬。"

樊玫心里明白自己的生活已经不是常规的生活，不知何时人生的轨迹早已悄悄地在繁杂交错中扳动了新的岔道。她羡慕可以闲聊家常生活的人们，在这些人的所谓复杂家事，包括离婚的话语和神情中，却显得那么寻常。这份寻常的家事，远远简单于樊玫和张坚的婚姻生活。

弗兰克释然地淡笑着品了一小口茶，确定地轻声说："是的，一定是煎熬。"

樊玫复杂的神情中带着试探地又轻声问："那这么说你是一个喜欢浪漫的人了？后来遇到自己喜欢的浪漫女人了吗？"

"哦，人生总是有很多不如意，我喜欢浪漫中的美好感受，可是现实和浪漫在婚姻中就像两个决斗的人。"弗兰克话里巧妙地回避了樊玫的问话。

他微笑着深情地看着眼前的樊玫。

樊玫倒上茶，抬眼撞上了弗兰克深情似海的蓝眼球，她内心一阵紧缩，没来得及回避地相互注视着。

弗兰克放下茶杯的手，一把握住了樊玫放在茶碗边的手。

樊玫的眼睛里竟然激动地渗着泪水。

弗兰克没有松开手，而是站起身来转身到樊玫的身边，用手将她的身子引领了起来。他注视着眼前的樊玫，在她黑色的眼球里确定着对自己的好感，便不可克制地一把将樊玫抱在了怀里……

樊玫和弗兰克就这样有了第一次性爱。

弗兰克没有问过樊玫的婚姻情况，樊玫也没有提起这难以说得清楚、僵死并持续着的婚姻背后的那些个事。

在他们之后的交欢中，樊玫也不再顾及询问弗兰克是否有其他女人的事。她知道自己生理的需求已经离不开他，至于关系的深浅发展，那也是以后的事情了。

樊玫复杂的钱财来源和情感纠葛，像一团麻缠在她的心里。她觉得弗兰克能成为她在法国的情人，足以。

第四卷
DISIJUAN

第十四章
庞氏骗局

樊玫和弗兰克的关系就这样时聚时散地存在着走过了两年。

两年间，樊玫又去香港和深圳了两次。

赵彦默继续给樊玫攒着受贿的钱财，供她和儿子巴黎生活所用，买公寓的钱还是没能一步到位。

赵彦默不敢在没有项目下文的时候，在汪大海那里大肆索取上千万的贿赂。

樊玫跟弗兰克试探着念叨几句自己在巴黎没有固定收入的精神压力。

弗兰克在表示同情之余，说自己同样没有太多的钱，钱财也都投在了生意里。他还说，希望樊玫能尽快学习法文，以后可以在他的店里做点工作。

樊玫觉得弗兰克很现实，在钱这方面，他没有浪漫中的忘乎所以。这也是弗兰克与她只停留在肌肤之亲，很难走到血肉里的事实。

樊玫跟弗兰克在一起的时候，他很少提起自己的私生活话题。一旦樊玫提起的时候，弗兰克的神情总会或多或少显得灰暗。弗兰克对于樊玫来说，也没有更深的感情奢望。樊玫的第六感觉告诉自己，弗兰克店里的那个女店员，应该跟弗兰克有亲密关系。每当樊玫问到那个女人时，弗兰克的眼神很不稳定，好像有不可告人的故事。

樊玫可以肯定的是，她正和弗兰克面对着多角性关系。

当樊玫又问到弗兰克，是否考虑过此生再婚的话题时，他淡淡地笑着说："婚姻是一件很可怕的组合关系，好像是一张网，我是被网住的那条鱼。"

樊玫不理解地说："是吗？在我的印象中，外国人很重视婚姻和家庭。"

弗兰克辩驳着："不是每一个外国人是你认为的那样。"

樊玫力求改变他，又强调着说："不一定有一次失败的婚姻，就要放弃一生的婚姻选择。"

弗兰克显得有些不耐烦地说："我是一个喜欢自由的人，婚姻实在使我窒息。"说到这儿时，他绝望的眼睛像要窒息似的。

樊玫看他如此不耐烦和绝望，也就没再把话题进行下去。

其实，在樊玫的心里，多么希望弗兰克只属于自己。

两年里，樊玫关于弗兰克与其他女人的关系，甚至还怀疑过他和吉娜有染。

吉娜会不定时地约樊玫喝咖啡，顺便送给她一点小礼物。她们会说到拉中国高端客户的事情，还会总提起弗兰克及他的家具。

当樊玫试探她是否对弗兰克有意思的时候，吉娜一口否定了。她说自己现有的情人是孟一丹的老朋友，是一位法国人。这位法国人是做首饰设计的，吉娜会经常戴着情人专门为她精心设计的饰品在朋友面前炫耀。

可是，这个做首饰设计的情人年纪颇大，是一个没有大产业的小作坊主。他在吉娜的人生追求中，牵强地存在着。听吉娜说这个人很浪漫，也很会讨女人欢心。最初，就是因为他不断地给吉娜设计饰品才取得了她的欢心，很快两人就滚在了一起，但并没有同居。

吉娜住在十三区的一所公寓里，按她的话说，安全，省事儿，不用整花园。她说喜欢一个人独自生活，从来也不想真正结婚生子，一个人自由自在。挣够了钱，到老了，住私立养老院。

樊玫可能是第六感觉作怪，她和吉娜约见时，总能闻到从吉娜身上隐隐地飘来弗兰克身上的香水味道。

她们的聊天，随着熟悉的气味，樊玫感到脸部发麻，神经紧张，使她和吉娜间貌合神离。

在吉娜放荡的笑声中，樊玫好似被刺痛着神经，浮想联翩地展开了她和弗兰克偷欢的画面。

樊玫清楚地记得那次晚宴，她看到吉娜递给弗兰克了一张精巧的名片，上面是吉娜的联系方式。席间，吉娜对大屏幕上的弗兰克赞赏有加。

在樊玫看来，吉娜和弗兰克八成有事儿。

两年里，张坚还是坚持把母亲接到了香港。

那天，张坚接到母亲，他们在机场的一家餐厅坐了下来。张坚告诉了母亲，戴焱焱和小孙子的事情。

母亲满脸木讷，一言不发。

"妈，——都是儿子不好，跟樊玫婚后在香港又有了这么一个婚外的家。戴焱焱当时很关心在香港创事业的我，我也为此感到温暖和感动。后来，我和她日久生情地走到了一起，没想到很快就有了您的小孙子张萌。"张坚在母亲面前编造着他的爱情故事，来取得母亲的同情和接受。

母亲面色灰暗间怜惜地望着儿子，微颤着声音说："我儿一个人在外面受苦了。"

母亲没有说到戴焱焱和小孙子。

张坚又进一步地说："妈，儿子事业很低谷的那个时期，是戴焱焱接纳我住在她的家里，还给儿子买了汽车，使我衣食无忧。我确实很感动会遇到这样一个帮助我的女人。"

母亲眼睛里仍然灰暗的光色，略带生硬地说："你为什么就不回来呢？咱家没钱，但是一般日子是过得去。还有樊玫和你的家，条件应该比一般工人家庭好得多，回来也是个过日子的模样。"

张坚眼睛里透着无望地说："妈，儿子想回去，可是事业不成又不想让樊玫看不起。"

母亲耷拉着眼皮说:"两口子有什么脸面可以过不去的,既然是夫妻,就应该亲如一人,无话不说。我想,樊玫不是嫌弃你的人。如果嫌弃,当初她就不会来咱家,不嫁给你了。"

张坚沮丧地说:"妈,我知道,但是,儿子就是不愿意在她面前站不起身来,想闯出个样子给她看。"

母亲仍耷拉着眼皮,颤颤巍巍地说:"现在你倒是闯出了事,你早这么说我就不来了。我在家守着你爸的照片过日子,也算是个伴儿。"

母亲说到这时,苍老的眼神显得更为失色,皱褶的眼角渗出了泪。

张坚见状双手扶在母亲干瘪无肉的双手上,不大的眼睛顿时红了起来,鼻子一酸,两行眼泪唰地从他的眼缝间淌了下来。

他声音低沉嘶哑着说:"妈,儿子有罪啊!儿子对不起您和爸对我的期望,也对不起樊玫和儿子张成。"一把抹着泪,呲溜了一下红涨发硬的鼻子,哽咽着又说:"妈,千错万错都是儿子的错,事已至此,您就原谅儿子吧!"

母亲老泪纵横,声音颤抖地说:"你不应该难为妈,让妈无法跟樊玫和孙子成成交代。"

张坚一边递给母亲餐桌上的餐巾擦拭眼泪,一边也声音颤抖地说:"妈,我实在是走错了路,但是您的小孙子都出生了,这个事实我永远都不可否认。只要您不跟樊玫和成成透露,我是不会让他们知道的,戴焱焱也不会说出去。好在樊玫母子在法国,事已至此,也就只能这样了。"

母亲皱着眉头抹着泪说:"儿啊,你还是把妈送回去吧!妈知道你的一片孝心,可是妈不能跟你们一起过日子。"

张坚两条眼泪又流了下来,说道:"妈,儿子求您了。您按儿子说的做,就不会有问题。您既然都来到了香港,我们就先住一段时间,实在不行我再把您送回去。"张坚嘴上这么说,心里却明白母亲既然来了就不会让她再回去。

此次母亲来香港,赵彦默也帮了不少忙,不然张坚也只有无休止的思念了。

张坚心里清楚戴焱焱根本不接受自己的母亲，而坐在眼前流泪的母亲却全然不知。即便是母亲同意和没有名分的儿媳妇一起生活，往下的日子确实也很不好过。但是，不把孤寡母亲接来香港同住，张坚实在是对不起母亲和不在人世的父亲。现在的这个局面，也是没有办法的办法。

新加坡债主的人时常去母亲家骚扰，引起母亲和张坚恐慌的背后，存在着有朝一日母亲被债主绑架不堪设想的后果。无论怎样，母亲能平安活着，就是张坚最大的心愿。

在接母亲来的前一天，张坚已经竭尽全力地跟戴焱焱哀求，希望她看在儿子萌仔不失去爸爸的份上，不要再逼迫。同时，再三告诉戴焱焱，母亲年纪大了不能一人孤寡生活，不然会被人举报他不赡养老人，对他法律追究。

说到法律责任追究，戴焱焱还是有些担心。为了张坚不被法律追究不赡养老人，使她和儿子的日子更不好过，就只能先忍下，先暂时接纳她。戴焱焱决定，在以后相处日子里再找机会迫使她自己走开。

此时，张坚在机场餐厅再三地恳求着母亲。

母亲心疼儿子，看儿子是铁了心的要自己留下来。她自己又何尝不想跟儿子一起生活，为此勉强答应留下。至于以后怎样面对樊玫，那也只能走到那一步再说。

张坚喜忧参半地将母亲接回他和戴焱焱的家。

当老太太看到萌仔的第一眼，她原本不能接受的心，被眼前的骨肉全然融化了。她疼爱地将小孙子抱在怀里亲了又亲，眼含着泪花直让萌仔叫她奶奶。

戴焱焱在一旁面和心不和地看着眼前的这个土包子奶奶，一肚子厌恶。当她看到那张老嘴亲在自己宝贝儿子香喷喷的小圆脸上的那一刻，忍无可忍又强颜笑意地从奶奶怀里抱过了萌仔。

"奶奶一路辛苦了，不要让奶奶受累，妈妈抱！"戴焱焱说着就在抱过来的萌仔被奶奶亲过的小脸上抹了一把，又接着说："萌仔要去小便了。"随即走向主卧洗手间。

母亲看到戴焱焱擦抹萌仔被她所亲的脸蛋儿，和转身抱着小孙子走开的戴焱焱，脸色从温暖变得灰冷地呆坐在沙发上。

张坚见状掩饰着心里的不悦，跟母亲温和地说："妈，您一路累了，先休息一下。"

母亲无力、灰暗的眼神望了张坚一眼，便站起身来跟着拖着自己行李的儿子走进了客厅一侧的北屋。

就这样，母亲无奈地接受着张坚这个非婚的家和小孙子萌仔，开始了香港生活。

巴黎。

两年来，樊玫没有见到罗必夫妇。

赵彦默跟罗必的电话，也一直处于失联状态。

如今，靠在自家阳台上眺望初夏景色的樊玫，眼睛里全是迷茫。微风吹起她淡黄色的碎花纱裙，秀发不时地轻扫在脸颊。这个黑色铸铁雕花阳台和眼前的景色，伴着樊玫走过了一个又一个春夏秋冬。

她清楚地记得一年半前的秋日下午，孟一丹约她去了海鲜酒楼，告诉她打听罗必夫妇的事情。

孟一丹的海鲜酒楼经过卫生检查整顿后，再次营业的数月来，使她在管理上亲力亲为，一天到晚地盯在那里。

下午2点半，酒楼午餐的客人陆续散去。

孟一丹忙完手头的事，跟樊玫在小包间喝起了茶。

孟一丹喝着茶，直截了当地说："樊玫，无法相信，你是彻底上了巫岚的当，应该还有其他股东。"

"怎么讲？"樊玫有所预料地问。

"华人圈子就这么大，在市面上做事的华人，今天不认识，没多久也就认识了。你说也真巧，我正打听着，这消息就自己找到门上来了。"孟一丹一字一句缓缓地说着。

樊玫有些等不及地迎着问："怎么个情况？大姐您讲。"

孟一丹边倒着茶，边继续地说："我先在网上查了巫岚名下的公司注册情况，查到她在其他城市还开了两家连锁美容院。我请律师查了她名下的房产，除了很多年前买的一栋房产，就是一年前又买了两栋。一处是位于第十四区大学城附近，价值七八十万欧元的小两室公寓，一处是位于第十二区，价值四百多万欧元的高档独栋别墅。

我无意中听华人朋友说，几年前他们开始四处找廉价商铺收购。收购之后，将商铺翻新开业，做出前几个月的高营业额，再以翻两番的高价吸纳国内新移民购买股份。这应该就是后来她跟你说的连锁美容院生意。"

樊玫吃惊地说："廉价收店，高价卖给我们？这么说，我们这些股东都被她算计了。"

孟一丹淡笑了一下说："是啊，她赚的就是你们这些对法国两眼一抹黑，中国投资人和新移民的钱。"

樊玫接着又说："她先赚了新移民股东的钱，为什么这个生意就不做了呢？"

孟一丹淡笑着看了眼樊玫，将她茶碗里冷下来的茶倒掉，又给她添了热茶说："生意当然不能做下去，她已经赚了钱，再做下去就会有赔的风险啊！"

樊玫不理解地继续问："她已拿了这么多钱，还会有多大的风险？"

孟一丹微微地摇了摇头说："问题就在拿了这么多钱，她才要尽快脱手。"

樊玫不解地问："怎么讲？"

"我也是听朋友说，这应该就是庞氏骗局的套路。"孟一丹肯定地说着。

樊玫更不明白地问:"什么是庞氏骗局?"

孟一丹此时的神情非常严肃,眼镜片后的小眼睛闪动着,她进一步肯定地说:"我在网上查了,庞氏骗局是源于美国的诈骗手段,简单地说就是'拆东墙补西墙,空手套白狼'制造赚钱的假象,骗取更多的投资。这个方法骗取投资者的钱财,成功率很高,等投资者明白过来一切都晚了,这也是很容易钻法律空子的诈骗手段。"

樊玫的眼睛都瞪圆了地说:"天哪,我还是第一次听到'庞氏骗局'这个说法。"

孟一丹的眼睛里透着肯定,她拿起手机又说:"我现在就搜索给你看。"

樊玫一脸茫然,眼神里尽是慌乱和恨。

孟一丹很快就搜索到了"庞氏骗局",她将手机递给樊玫说:"你看,这就是庞氏骗局。"

樊玫接过手机,她不敢相信自己这么孤陋寡闻,之前竟然一点都没有听到和看到过"庞氏骗局"。她眼睛盯在手机里来自官方媒体报道庞氏骗局的资料,大概内容是:庞氏骗局是对金融领域投资诈骗的称呼,是金字塔骗局的始祖。这种骗术是一个名叫查尔斯·庞兹的投机商人发明的。查尔斯·庞兹,英文名 Charles Ponzi,是一位意大利投资商,1903 年移民到美国。1919 年他开始策划一个阴谋,骗人们向一个事实上子虚乌有的企业投资,许诺投资者将在 3 个月内得到 40% 的利润回报,然后狡猾的庞兹把新投资者的钱作为快速盈利付给最初投资的人,以诱使更多的人上当。由于前期投资的人回报丰厚,庞兹成功地在 7 个月内吸引了 3 万名投资者,这场阴谋持续了一年之久,才让被利益冲昏头脑的人们清醒过来,后人称之为庞氏骗局。

樊玫看完,整个人都惊呆了地说:"天哪,原来还可以这样赚钱,而且是赚很多钱,这个人真是狡猾,轻易地用一个诈骗的点子骗了那么多人。这么说,巫岚就是用的这个骗局?"

孟一丹同情地看着她，继续肯定地说："是的，巫岚用的就是这个骗术！我还怀疑，她根本就没有和你做当初的地皮项目，你见到她与地皮买卖方的合同吗？"

樊玫脸色更为紧张地说："我没有见到她跟别人的合同，只给了我投资合同。"

孟一丹的嘴角微提了一下又说："你太大意了，竟然这么信任她，在不知情的情况下将钱投给了她。"

樊玫觉得自己是彻底上了当，"我怎么这么傻，竟然没有看到她与出售地皮方的合同，就给她投了钱。"

"这就更说明问题了，樊玫，你也真是太好骗了。况且，即便是看到了她与地皮方的合同都要再三核实，以免是假合同。"孟一丹遗憾地说着。

樊玫如梦初醒地说："天哪，我哪里想得到这么复杂的商业问题。我出于对她的信任，没想到竟然这么坑自己人。"

"唉，樊玫，人在利益面前很容易变脸，这也是关系的试金石。我始终对这个巫岚不看好，彦默和罗必之前是同事，罗必此人给我印象不错。但是，他怎么会爱上巫岚这样的女人？我就不理解了。这个巫岚眼里透着算计和贪婪，甚至带着凶相。我感觉到她很泼赖，这也是罗必对她的所作所为失去控制的重要原因。我记得每次见面，罗必没有说话的份，都是巫岚说个没完，他只是默默地坐在一旁，巫岚操纵着一切。"孟一丹不平地说着。

"大姐，早听你的建议多好，我和赵哥都被巫岚给骗了。可是，刚才搜的'庞氏骗局'，其中说他给投资者子虚乌有的企业作为幌子。可是，巫岚除了第一次跟我签订了也许是子虚乌有的项目合同以外，后来她的实体连锁美容院却是可见的产业，这也是'庞氏骗局'？"樊玫迷惑地问。

孟一丹淡笑，耐心地又说："在我看来，是一个'庞氏骗局'的套路。凭我对巫岚的印象，她的商业知识和自身条件，想干成一个美容院并不难。为什么在连锁店开业之后，不到两年的时间就开始一个个关闭了呢？

在我看来，她根本等不及美容院的盈利回报，而是虚设实体店，骗取高额的投资款，这不是'庞氏骗局'又是什么？况且，她之前从商家手里买来的实际价格你知道吗？"

"我不清楚，只知道她卖给我股份的价格。"樊玫面色惊诧地说着。

"听你之前说一个店铺生意的价值是200万欧元，就这么一个80平方米的小美容院，怎么会这么贵的价值？她至少赚了你一倍价格。这个高出来的价格，就是她挣你的钱。而后再将营业做亏损，这不就是'庞氏骗局'的套路吗？"

樊玫眼睛直愣愣中透着恨地说："我现在明白了，自己上了这么大的当。我不但上当，按巫岚的说法，还欠她关闭之前后续追加投资的20万欧元。她贪心不足，还要倒打一耙，简直太没人性了！"

孟一丹肯定地说："这些人就是吃这一路的，有什么人性，只要有钱，什么事都做得出来。她倒打一耙也是为自己洗清嫌疑的做法，顺便再捞一笔，一箭双雕。"

樊玫越听越气愤地说："朋友都不放过，更不要说其他人了。简直太坏了，应该跟股东联名告他！"

孟一丹接着又说："坑骗还分人啊？告她没问题，问题是要花一大笔律师费，还要看其他股东是否也愿意这么做。我个人认为，先找她争取要回些投资款，官司也可以考虑。"

樊玫面带痛恨地说："投资款估计是要不回来了，干脆直接打官司！"

孟一丹喝了口茶，认真地看着樊玫说："如果打官司，最好跟股东一起打，这样可以分担律师费。在我看来，巫岚这个人在商业上会钻法律空子，你不是她的对手。她想规避掉一些问题的手段，会令你想象不到。在法国打官司的周期也很长，估计要一两年，你也要做好这个准备。"

樊玫听着孟一丹说的这些话，神情从愤怒逐渐分解成为一脸黯然。她心里很明白其他股东至今自己都不知道是谁，这些股东是否在巴黎，或是在中国不完全清楚。让股东一起跟巫岚打官司，也不是说句话的事。如果股东都在中国，在法国打官司的事，是有困难的。之前听巫岚好像说起过，好像有两个中国的股东，以后会移民。看起来这官司不是眼前可以实现的事。

孟一丹看樊玫心有所思，叹了口气又说："之前我也是觉得奇怪，巫岚夫妇在两三年里生活条件有了很大改观，想着他们还挺会挣钱。樊玫，你知道吗？他们刚来巴黎移居的那些年，住在巴黎北部较为贫困的地区。后来罗必在国内的关系让巫岚在贸易上挣了些钱，才在第十三区买了二手的独栋别墅。那是套老房子，她原本可以用那笔钱买栋更好的房子。她挣钱心切，听说后来她投了很多钱在比特币上想大赚一把，结果全赔了。没过多久，她就像东山再起的样子，到处看房，跟朋友们说要换房子，让朋友给他们留意性价比高的房产。"

樊玫满脸消沉，一口热茶也没顾得上喝，显得有些思维混乱地说："我没去过巫岚在巴黎的家，之前见面都约在饭店，每次都是她请客吃饭，感觉还挺大气的。她还送给我一些礼物。我当时想，她丈夫国内有关系，应该在国际贸易方面有赚钱的项目。"

孟一丹边给樊玫又换上热茶，边说："樊玫，你想想，她为了要你的钱，请你吃几次饭，送些礼物又算得了什么？这叫黄鼠狼给鸡拜年没安好心！她现在买的房子和开的店，应该就是用你们投资人的钱。你说到做贸易，巫岚起初是继续利用她老公的国内关系做贸易赚了些钱。可惜，好景不长，她老公给她的关系，没做几单国际贸易，再往后就出了问题。好像是因为她做的橄榄油原材料不纯正，国内的合作方跟她终止了合作。这种人就不是真正做事的人，急功近利，竟想歪心思，终究会出事。"

樊玫心不在焉地端起茶碗在嘴边沾了一下，带着怨气说："你说她做生意怎么就这么不守规矩，好好做生意多好，怎么就习惯搞歪门邪道！"

孟一丹喝了口茶说："这是她的生财之道，不劳而获，进钱快呗！"

樊玫气愤地又说："这和打劫有什么两样？"

"是啊，你终于明白了！她爆赚股东的投资款，连续关店，现在连人都找不到。这人会遭报应，不是不报，时候未到。"孟一丹说着，倒掉了小茶壶里的茶叶，又重新放进新茶叶。

樊玫愤愤地继续说："我和其他股东都被她骗了，不告她实在是窝囊！"

孟一丹一边娴熟地冲泡着茶叶，一边淡笑地说："告她也得有证据，就怕朋友不愿意卷入案子来作证。还有就是要了解到她的两处房产，是否使用你们的投资款购买的？还需要核查。交给律师就可以彻底清查，从公司账目开始。但是，这就需要你们股东们商量好，联名告她。"

樊玫满脸愁容地说："如果我没听错，两个股东都在中国，以后会移民。就是现在开始办理移民，估计要一两年才可以批准登陆。股东不在法国，这也是不方便对法国生意的掌控。况且，告她也是需要大家长期在巴黎，这恐怕不好实现。"

"是啊，巫岚钻的就是这个空子！"孟一丹加重语气地说。

樊玫又补充着说："这些股东我们不但没有见过面，也从来没有电话或视频开过股东会。股东不得参与公司经营和管理，这也是巫岚经营协议中的条件。股东们应该就是奔着信任她，才把钱投给她，让她独自管理和经营，没想到却彻底失控了。之前，她每个月倒是给股东们报账表。"

孟一丹淡笑着强调地说："账表是会计做出来的，想糊弄你们还不容易吗？你知道我的海鲜酒楼每天收款很多都是现金，你们的连锁超市每天收的现金，在当天的银行账目中是查不到的。会计是她的自己人，说白了都喂熟了，让怎么做账就怎么做。"

樊玫沮丧地说："那么说，我们股东们告她，查账都查不出来了？"

"也许，做生意的人，首先面对的就是账本。所有的利益和损失都是账本做出来给人看的，她应该早做好了防备和安排。"孟一丹直截了当地说着。

樊玫听孟一丹这么说，自己的钱应该是真的找不回来了，就是告她也不一定是好的办法。这个亏真的是吃大了，恨自己怎么就这么好骗，800万人民币就这样给骗去了，又在经营亏损的故事里给融化掉了。

樊玫谴责自己，简直傻得像个白痴。她下决心，这辈子永远不会把自己的一分钱投给任何人，这是一次血淋淋的教训。

孟一丹又接着说："这种人，只重钱财，钱骗到手里才是目的。"

樊玫生恨地说："她的良心被狗吃了！"

孟一丹冷笑了一下，"这种人，哪还会有良心！她心里没鬼，干吗有家不敢回，连人都找不到她？"

樊玫听孟一丹说有家不敢回，一下刺到了自己的心里。自己就是一个有家不敢回的人，此时她的脸色显得更为煞白。

孟一丹突然意识到这句话捎带到了樊玫，面色顿显尴尬，有意解释着说："巫岚这样的人真是世上难找！"

可是，这句话并没有她预想的实效，樊玫煞白的脸像冷冻似的缓不过神色。

巫岚是骗走了不属于她的钱财，樊玫在单位项目上赚取了工程款，总之都是拿了不义之财。

对于樊玫，即便是没有张坚欠赌债被迫逃债在外的这档子事，自己在项目上受贿巨款所带来的恐惧，同样像是钻进她心里的一条魔蛇，不时地攻击盘缠，使她要死要活地挣扎。

她在漆黑的夜晚独自躺下辗转难眠，又在多少个梦境，恶魔攻心，惊叫醒来。

此时，樊玫想："巫岚骗取自己的这几百万人民币，比起自己在项目上赚取的几千万人民币工程款又算得了什么？在商业上，巫岚骗走的钱也算是给自己上了一课。樊玫祈求上天对自己饶恕，不要在赌债之外再有更严重的灾难。也许，冥冥之中，张坚的赌债就是上天对自己的惩罚。可是，彦默并没有为此得到上天的惩罚？也许，是自己想多了，正如彦默所说没有问题。但是，那么多的工程款，确实是流进了自己的口袋里。"

"樊玫，你想下一步怎么处理巫岚的事？"孟一丹突然问道。

惊醒神色游历的樊玫，轻轻地抽动了一下嘴角，努力地从牙缝中挤出字句："我会继续找她。"

  孟一丹同意继续试试，并提到不行就一个人跟巫岚打官司。可是，在巴黎打官司的高额费用，又是一次经济损失和精神压力挑战。

  樊玫微微地摆动着头，知道自己的压力已经不能再承载更多内容。

  樊玫又想到张坚，怪他把钱丢了，而不断地责怪他。可是自己被"庞氏骗局"轻易画了张饼骗去了钱，比起张坚的愚蠢也好不到哪里去，只是金额大小不同罢了。张坚比起樊玫的胆量应该大得多，这也是樊玫对他怨恨的主要根源。

  她憎恨巫岚、张坚和自己。

第十五章
巴黎画展

樊玫的儿子张成在巴黎学习一直很顺利，他每天的生活都是那么阳光，充满希望。两年多的巴黎生活和学习，在临近毕业考大学的几个月里，张成一边准备应考巴黎美术学院，一边在母亲的安排下准备办一次个人画展。

张成在来到巴黎之前，办过多次个人画展。他小小年龄油画色彩大胆，画作有张力，充满个人风格。

在巴黎举办画展，张成还是第一次。

这两年多来，樊玫在服装设计师瑟琳娜的帮助下，为儿子张成找了一位巴黎的油画老师。

瑟琳娜人很热情，充满活力。她帮助张成在巴黎找过好几个绘画老师，又把一个个老师的简介给了樊玫母子，后来确定跟一位巴黎美术学院油画系的巴蒂斯特老师学习绘画。

巴蒂斯特是一位五十出头的法国男士，他宽厚略胖的体态，中等的个子，有着一头灰棕色微卷的头发和中长的灰棕色络腮胡须。在他几乎满圆的脸上，有着一双明亮灰绿色的眼球。高大的鼻梁，不算厚的嘴唇，一小部分隐藏在毛茸茸的胡须里。

巴蒂斯特看了张坚之前的油画和素描作品很认可，说张成很有天赋，用色大胆，有创造力，加上进一步细化学习，未来会是一位优秀的艺术家。

就这样张成顺利地有了法国巴黎美术学院的这位老师,这是他之前想都不敢想的事。为此,张成更加努力地学习绘画,甚至一周两次上绘画课,素描和油画相序进行。

经过两年多的学习,张成的绘画又上了一个新台阶。

瑟琳娜不但介绍了绘画老师,她很愿意在张成报考巴黎美术学院之前尽量帮助他搞一次有社会影响的画展。

为此,樊玫邀请瑟琳娜作为张成的艺术活动总体策划。樊玫为了促成和感谢,将自己保险柜里的那颗拇指大的黑色珍珠送给了瑟琳娜。

瑟琳娜欣然接受了黑珍珠这份贵重的礼物,她说会全力帮助张成,不但出策划,还要以她的设计公司作为主办和承办。

樊玫对瑟琳娜感激不尽。

瑟琳娜的策划很快就拿出来了,是一个高端画展。

画展地点是在小巴黎高端的专业画廊,邀请法国文化高级官员、中国领事馆的文化领事、文化界及各界名流作为嘉宾。中外主流媒体追踪报道,活动现场是以冷餐酒会形式出现,主持人分别是中法男女两位名人。展期一周,总费用5万欧元。

一切都是那么美好地呈现在樊玫的想象里,但是,当看到最后5万欧元这个数字时,樊玫愣住了。

对于非常时期的樊玫,这5万欧元就是一个难题。

虽说赵彦默不断地供给樊玫钱财,可是,那些钱财换成欧元也没多少,哪经得起不断地高额开销。

樊玫觉得瑟琳娜在收礼物和核算活动经费上,显得毫不客气了些。但是,又不好不让瑟琳娜办,到目前为止,儿子张成的事还都靠着她,得罪不起。

为此,樊玫不得不约见瑟琳娜喝咖啡,聊一聊。

咖啡馆。

瑟琳娜用法语向店员点了两杯咖啡和两块蛋糕。

樊玫挤出最虔诚的笑容望着瑟琳娜说："能遇到你，是我和儿子的福分。"

"哦，你不要客气，我们都是孟一丹的朋友。"

说到都是孟一丹的朋友，樊玫心里倒是又踏实了些。今天樊玫约见瑟琳娜的意图，就是跟她试着说说价格，看是否可以低一些。如果说不成，就让孟一丹帮忙跟她再说说情。

巴黎的消费确实比起中国的消费高出太多太多，如果没有丰厚的家底很难在巴黎生活下去。在巴黎的一些华人，显得薄情寡义也就不足见怪了。在樊玫的心里，还就数吉娜慷慨大方。

瑟琳娜看着性情开朗，实际个性很强，有些不太好相处，可能跟她的艺术职业，或是她跟法国丈夫的丁克家庭有关系。丁克家庭是不接受生养孩子的，瑟琳娜和丈夫达成了这个共识。

不愿意怀孕生子的女人，在樊玫的印象里都是有些古怪和另类，甚至是带有心理创伤的女人，也是不健全的人生。樊玫无法想象，下这样的决心得有多大的勇气，才可以彻底放下。

樊玫是一个很爱孩子的女人，她不但疼爱自己的孩子，就是看到别人的孩子也会喜爱。她总会在孩子的气息中，感受到太阳般的温暖，和雨后春笋般地清新和美好。她注视孩子的眼光里，总会带着深深地怜爱。

此时，樊玫跟瑟琳娜不得不先说着感激的客套话，最终还是说出了她心里的愿望，就是画展的价格是否可以再低一些。

瑟琳娜笑脸盈盈的脸上，立刻浮现难以掩盖的反对，又尽可能地表现着亲切，扬洒着声音不加思索地说："如果家里缺钱就不好搞艺术了，从上私课，到包装、宣传、举办活动，艺术生是很花钱的。说实话，艺术这东西，三分作品，七分炒作。当今的艺术，没有标准和尺度，说你行你就行。"

樊玫无法想象这个说法,是出自这位法国专业服装设计师、知名大学毕业生的嘴。樊玫心想:"这个时代难道真是艺术找不到北的时代?还是她利益攻心不负责任的说法?如果满足她提出5万欧元的费用,那么,自己剩下的钱也只有两三万欧元了。彦默也不是印钞机,怎么可以随时给钱?——只有再跟瑟琳娜继续讨论价格。"

樊玫还没等再开口,瑟琳娜面带微笑地又接着说:"如果不接受这个价格,这个活动举办就没有了意义。一切效果都跟价格有关系,你再好好想想,而后告诉我。我今天还约了其他朋友,不能多聊了。"

瑟琳娜说着,就要起身离开。

这一下可把樊玫吓坏了,生怕得罪了她,就顺口说道:"这个事情就按你安排的办,我尽快准备费用。"

瑟琳娜一听樊玫这么说,脸上立刻堆满了笑容,一屁股坐下来,和颜悦色地说:"我这个方案很完美,张成的这次画展你会看到现场的热烈程度,和最有宣传力的媒体报道。这个钱花得值!"

樊玫又一阵赔笑地迎合着说:"真是太感谢你了!以后张成有出息了好好报答你的帮助。"

她们又来来回回说了些客气话,而后,瑟琳娜离开了咖啡馆。

送走了瑟琳娜,樊玫挂着还未散去的笑容,坐回到咖啡馆的座位上。她眼望窗外的神色随着小雨稀稀落落地跌落着,好似雨水扑打在脸颊,冰凉冰凉的。

春季的巴黎非常美丽,这和樊玫灰冷的心成为强烈的反差,那份美和色彩,不顾一切地挤进樊玫迷茫的视线里。

窗外,那一棵棵不同的大花树,盛开着不同样子和颜色的花,树的下面簇拥着绽放的鲜花,和放眼绿油油的草坪。

仙境般的巴黎,总会在不同的季节,上映着相拥、相吻的浪漫情人。

今天，咖啡馆窗外花树成行的树下，在一张张雨伞下，走着一对对情人。

咖啡馆内，孤身坐着的樊玫，眼望美景和景中的人们，她闪动的眼睛里渗出泪花。

她想："巴黎，我和儿子是如此爱你，可是，你却在如此静美中，漠然我和儿子的存在。只有树下停下来相吻的情人，才属于你浪漫诗意的巴黎吗？"

眼前的美景和惬意、浪漫的情人，都是樊玫现实生活里的虚幻，是不能根本属于她生命的浮云。

距离儿子张成举办画展的时间还有一个半月，瑟琳娜要樊玫支付一半费用，开始约场地，做海报和邀请函一些事。

樊玫立即支付了画展的一半费用。

儿子张成对于画展，显得并不积极。

张成跟母亲表示，不一定要搞画展，他又担心花费。樊玫说没有什么费用，基本是赞助。即便是这样，张成还是认定考大学要靠作品，不是靠炒作。

樊玫说他不懂，社会活动的反响也是很重要的。

张成是很孝顺的孩子，他看妈妈这样认定，自己也就没再说什么。

樊玫准备将儿子第一次在巴黎办画展的事情告诉张坚，虽说每次通话都会显得尴尬，但是电话该打还得打。

长期以来，樊玫并不知道婆婆去香港生活的事情。张坚一直隐瞒，只字未提，并让赵彦默保密，理由是不要刺激樊玫。赵彦默这个成熟的男人，当然不会多这个毫无意义的事。

今天，樊玫拨通了张坚的电话，她原本是要说儿子画展的事，竟然提起了两家老人。

在香港的一家理发店，刚付过款正准备离开的张坚，听樊玫说这些心里咯噔了一下，担心樊玫得知母亲来香港的事。他心里七上八下地走出了理发店，在门外的小巷子里继续跟樊玫通着话。

樊玫听张坚说老人们都很好，就又带着怨声说："如果不是躲债，也好多回去看看两家老人。"

张坚听出樊玫不知道孩子奶奶来香港的事，心就落了地，转而顺口说："你也不要心太重了，照顾好自己和孩子。"

樊玫听他这么说就来了气，"我能不心重吗？他们年岁大了，一旦身体上有事，我这心里能过得去吗？"

张坚刚放下心，又上了头，脸上写满了无奈地说："好在有朋友在，他们也会帮忙。"

樊玫听他这么一说，火更大了，"这是两码事，朋友能代替你我跟父母的感情吗？"

张坚顿时沉默，而后结结巴巴地说："至少，——还有朋友，报信儿，——叫救护车……"

还没等张坚说完，樊玫就对着电话："呸！你好意思这么说？都是你害得我们有家不能回！"

电话那头张坚立即没有了声音，片刻樊玫也没有一丝想再说下去的心，便一下挂断了电话。

樊玫情绪激动，许久不能平静。

其实樊玫很清楚，既然事已至此，就应该学会面对和接受。况且，自己也丢了投资款。她的生活困境，加上负债累累以及对老人的牵挂，总会使她在面对张坚的时候情绪失控。

在樊玫的心里，张坚成了万恶之源。

张成此次画展选出了 20 幅油画和 10 幅平面艺术画作，由樊玫交给了瑟琳娜布展。

画展前，樊玫和儿子在家里晚餐。

张成咀嚼着菜，连连点头地说："妈妈的厨艺越来越好了！"

樊玫听儿子说菜烧得好，脸上泛起幸福的光色说："妈妈也是没少在网上学做菜，只要儿子喜欢，妈就更有信心了。"

张成确实是一个很懂事的孩子，自从来到巴黎，从没有惹过樊玫过气。生活顺应母亲，学习上有自律和进取心。

张成津津有味地享用着妈妈做的美食，又转而认真地说："妈妈，我有一个想法，不知您是否同意？"

"你说，儿子。"樊玫边给儿子夹着菜，边微笑地说着。

张成吞咽着口里的食物，眼睛里透着更为成熟的光色，说道："我突然觉得，自己更感兴趣设计专业，想报考这个专业。"

樊玫被儿子突然提出的设计专业，来不及思想和转弯。她的神情里透着理解，继续倾听儿子的这个想法。

张成给妈妈的汤碗里添了一勺菜汤，继续表述着："设计专业的就业空间比油画大，工作起来也有挑战性。油画也很好，创作更主观，我也很喜欢。我想，油画会继续画下去，设计作为报考美术学院的专业，您看可以吗？"

樊玫觉得儿子说的也是有道理，自己虽说不太懂艺术，但是也有基本鉴赏。她确实也觉得儿子除了色彩，在平面艺术的绘画上也很出色。美术老师巴蒂斯特对张成的平面艺术作业也一贯满意。况且，儿子在学校的美术设计课上表现得也比较突出。几个月前，学校征稿设计一次性纸杯，儿子的设计作品竟然被选取了。儿子对设计的潜力是突出的。也许，儿子还真是设计师的料。

樊玫微笑地看着儿子，那期盼的神情，由衷地说："儿子长大了，也有自己的思想。妈妈尊重你的决定，只是希望再听听巴蒂斯特老师的意见好吗？"

张成认真地回应："谢谢妈妈！我们可以再征求一下老师的意见。"

樊玫愉快地说："相信你，我的儿子！"

这一晚，樊玫和儿子的谈话，令她感到由衷地欣慰，儿子真的是长大了。

画展。

在小巴黎的一家颇有名气，带有古典风格的画廊里，聚集着重要文化官员、各界名流和新闻记者。

展厅里里外外摆放着鲜花，冷餐酒会在画展的仪式过程中，点缀着西方国家的文化习惯。

整体环境轻松、高雅，不失热烈。

人们举着手中的酒杯，在一幅幅画前欣赏着。有的人们相互举杯示意，有的一旁轻声攀谈着。

樊玫对眼前的这一切感到满意，这场面也许还真需要5万欧元，之前冤枉了瑟琳娜。也难怪，自己确实不清楚在法国举办一场这样的画展的实际价格。她不由地走到时尚装束的瑟琳娜面前，又一次碰杯感谢。

张成在很不显眼的位置，靠在墙边默默地看着自己的画作。

一会儿的时间，樊玫的朋友和孟一丹陆续来到了现场。美术老师巴蒂斯特、绅士的弗兰克也来了。

朋友们拥抱、问候，喜作一团。

整个画展进展很顺利，官员、嘉宾、美术老师巴蒂斯特分别讲话，新闻摄影拍摄全程记录。

张成在整个过程中很低调，除了被请上台讲话和接受采访，他总会在最不起眼的一角静默着。在他的心里，感谢妈妈对自己的爱，可是，对于自己，他坚定作品的力量大于活动。如果按他的意思，一个画家或者说是艺术家，终究是要靠作品站住脚。这个信念，已经深深地注入到了他的血液里。他希望自己是一个真正被社会和世界认可的艺术工作者。

讲话结束后，人们自由地欣赏画作和交流着。

弗兰克展开了他绅士魅力的一贯表现，引来在场女士们的热情攀谈。樊玫和朋友聊天时，眼神不断地游离，撩看着弗兰克。

瑟琳娜竟然向弗兰克主动地递过去了名片。

弗兰克欣然接受，并从他笔挺的蓝色西服的上衣内兜里也取出了名片，绅士地递给了瑟琳娜。

他们看着对方的名片，又是一番恭维。

话语间，瑟琳娜被弗兰克引得咯咯直笑，并将手机递给走过来的一位女士给他们拍合影。弗兰克绅士地将手拦在了瑟琳娜纤细的腰肢上，瑟琳娜的头几乎贴在了弗兰克打着领结的颈部。

樊玫神情恍惚在他们搔首弄姿的连续拍摄下，心里暗暗地说："必须离开弗兰克，他简直就是一个十足的情种。——可是，离开他，自己的日子也好过不到哪儿！"

"妈妈，我们是否跟老师巴蒂斯特聊一下？"张成走过来凑近着说。

神色游离的樊玫被儿子惊醒，她极力地恢复着给儿子的微笑，认真地说："好啊，我们现在就去。"

巴蒂斯特手持香槟，正在跟来请教的嘉宾朋友聊天。

樊玫母子在他们聊天之余，迎了过去跟他们寒暄，碰杯表示感谢。随后，这位嘉宾又转向其他前来打招呼的朋友，聊起了天。

借此，樊玫跟巴蒂斯特询问起张成报考大学选设计专业的话题。

巴蒂斯特非常认真地看着用中文表述的樊玫，倾听着听不懂的中文。张成则在一旁一句句地翻译。

巴蒂斯特这才一点点明白樊玫说的意思，并不断地点头应声着。

张成顺利地将妈妈的话全部翻译给巴蒂斯特后，巴蒂斯特眼睛里闪烁着特有的光亮，温和地看着张成说："你决定了吗？"

"是的，巴蒂斯特。"张成微笑着坚定地说。

大胡子的巴蒂斯特半掩在胡须里的嘴，露出了赞赏的笑容，看着樊玫温和地说："亲爱的玫女士，我很喜欢他的色彩表现，也喜欢他的平面艺术。如果一定要从两者间取出一个来，我就像要舍弃两个孩子中的一个，显然我很难做到。但是，你的儿子希望选择设计专业，他一定是对自己更有信心。我想还是把这个权利交给他自己是最好的选择。"

张成快速地将老师的意思全部翻译给了妈妈。

妈妈一直保持微笑，带着希望的眼神倾听，并点头同意老师的意见，还说了一些感谢的话。

巴蒂斯特举杯示意，继续撩动着他藏在胡须里的嘴唇说："让我们期待这一天的到来，我会在巴黎美术学院的校园里见到我神奇的学生。"

张成和妈妈边举杯相碰，边快速翻译着老师的话给妈妈听。

他们三人的酒杯轻轻地相碰，发出叮叮声响。这是樊玫此生听过最好的声音，她的脸上荡漾着舒心、幸福的笑容。

画展之后，华人和洋人的主流网络媒体和报纸陆续登出了画展活动新闻。瑟琳娜通过微信，将电子版的新闻逐个转给了樊玫。樊玫虽说对她和弗兰克的接触有介意，但是，在儿子的前途面前，她将这一辈子感谢的话都说给了瑟琳娜。

樊玫心想："这个钱真的花值了，下面的日子过不下去，宁可自己去刷盘子。"

刷盘子，这是樊玫之前做梦也不会梦到的，现实生活中也不会沦落到这个地步。

自从她来到了巴黎，自己除了照顾儿子的生活，在社会上就是一个废人。

在巴黎毕竟拥有优越的住房，在朋友面前樊玫也算是成功人士，是来享受巴黎生活的，而不是谋生度日。加上之前樊玫在国内随赵彦默在社会上风光无限，这些都是潜在于她内心的虚荣心。这份虚荣心是她在巴黎自我设定的空中楼阁、海市蜃楼。

只有在孩子的学费、水电燃气费、市政管理费等像雪片一样的账单，冰冷地飘落在她的手里时，现实生活的残酷才令她钻心挖骨。

她在巴黎的日子，不是度日如年，也是无路可退。

她在无数个夜晚感到无比的恐惧。自己好似一个披着华丽装束，行走在异国的骷髅；又好似一堵黄泥墙，经不起风吹雨打，将全部崩塌。

她心里总会翻滚着，层层憋满沉甸甸雨水的乌云向她压来，使她喘不过气。

不知情的儿子张成，则是浓厚乌云上面光芒四射的太阳，于无际的天体，辉映着华美的光色。

第十六章
远走的奶奶

画展成功举办后的新闻报道,成了樊玫每天翻阅在手上的精神滋养。儿子张成在巴黎这两年多的优秀成绩,同样是樊玫没有想到的,为此她深感欣慰,也是她来到巴黎最大的收获。

她最不幸的,除了逃债和生活开支的压力,就是放心不下年迈的父母。每周至少一次国际电话,一直持续到现在。樊玫在通话中,越来越感觉到母亲语言错乱,记忆不清。

父亲在电话里并没有向女儿承认母亲出现的问题,他担心远在法国的女儿放心不下。每次都会解释着说,人老了记不太清楚事也是正常,自己也会常常记不得,而后又会想起来。但是,无论父亲怎样解释,毕竟还是因为年迈出现的身体情况。

樊玫愧疚、心痛不能在父母身边陪伴和照顾他们。

多少次愉快通话的背后,她都心痛流泪。

好在追债的人没有出现在樊玫父母的生活里。二老对女婿张坚赌债的事,至今一无所知。

逢年过节,赵彦默专程由司机驾驶着他的专车,载满高级营养品和高档生活用品,代表樊玫看望两位老人。临回时,还会给老人各自一个红包,一人一万人民币。

老人感谢赵彦默能来看望他们,但是就是不肯收看似昂贵的礼物和钱。

赵彦默只好说是樊玫托他捎的钱，说樊玫在法国工作的收入很高，东西也都是樊玫安排的。

这样，两位老人才肯财物两样收下。

这些东西有燕窝、虫草、蛋白粉、西洋参、卵磷脂、鲨鱼油等保健品。生活用品有天鹅绒被子、羊绒毯、羊绒大衣、毛衣、围巾和手套。有时还会送一些进口电器，如智能电动按摩器、厨房用具和小电器。

樊玫的父母非常珍爱女儿的这些孝心，他们将一些保健品摆放在书房一进门就可以看到的地方，将生活用品放在卧室一旁的那间留给樊玫回来住的卧室里。他们每天都会走进去擦擦家具和地面，也会看一看女儿的这些孝心。

他们看到这些物品，就好像看到了自己优秀的宝贝女儿樊玫。

赵彦默除了送礼物，就是要将礼物的使用方法告诉给老人。

特别是两位老人不会食用的那些外国原装的高级营养品，每一次赵彦默都要仔细地跟樊玫的父亲讲解食用方法。

老先生拿出本子一个个地记录，日后对照着记录的英文名食用。

后来，赵彦默决定来之前将中文食用方法写在方便签上，贴在瓶瓶罐罐上。他把这个抄写和粘贴的工作交给司机来完成，自己只负责当面解释给两位老人听。因为他和樊玫的特殊关系，他能做到的也只能是这样特殊照顾一下樊玫的父母。至于张坚家里的事情，赵彦默也是尽量帮助，但是不会这样特意关照。

说到张坚，自从他把母亲接到香港以后，日子就更是雪上加霜。他卖车的钱也一点点地消耗殆尽，却没办法出去赚钱。

戴焱焱每天拉脸跟他争吵，指鸡骂狗地给老太太听。为此，张坚和戴焱焱吵骂和殴打不断，萌仔尖叫哭喊不止。

老太太在两人的吵骂、殴打间，多次劝阻而被戴焱焱拨倒在地。萌仔的哭喊像小猪仔被屠刀割到了肉，声嘶力竭、吱吱撕叫着。

奶奶心疼地把小孙子抱到怀里，两人哭作一团。

戴焱焱打闹间，看到老太太抱着萌仔，涨着恼怒的脸，嘶喊着："放下我的儿子，不允许你这个乡巴佬抱。"

张坚恼怒地一把揪住戴焱焱的头发，往她的嘴上抽打着，"我让你再骂，我要杀了你！"愤怒的吼叫、辱骂声，简直不敢相信是从文弱细瘦的张坚嘴里说出来的。

老母亲立刻放开宝贝孙子在一旁的地上，扑抱在儿子张坚的小腿上，哭着，央求着说："妈求你不要打了，快放开手。不要吓坏了小孙子。"

说到小孙子，张坚好像一下唤回了自己失去的理智。他猛地一松手，将正闷着头哭喊，在空中刨抓着两只手的戴焱焱推倒在地。

倒在地上的戴焱焱，又一次站起来扑向张坚厮打。

张坚毕竟是男人，他愤怒地伸手推在了正向他冲过来的戴焱焱的头脸上。

戴焱焱又被推倒在地，便嚎叫地哭喊着："这日子没法过了，还不如死了算了！——张坚，有种的，今天你就杀了我和你的崽儿！"

戴焱焱刚要站起来去取菜刀，就一头栽倒在地上昏过去了。

萌仔看妈妈倒在地上，加倍嘶声哭叫着。

老太太见状也一头晕倒在地。

张坚彻底慌乱了，他一边摇晃母亲号叫着，一边拿出手机拨打了急救车。

两台救护车将两个女人驶向急救中心。

张坚在母亲的急救车上，抱着哭得不成样的儿子萌仔。在他近似于麻木的哄拍中，儿子渐渐地平静下来。萌仔的两只眼睛已经哭肿，像个红红的水蜜桃，悬挂在明光发亮、涨红的圆脸上。

救护中心急救过来两个因过度激动造成晕厥的一老一少，婆婆和婚外儿媳。

两人的关系未因此次救护而改变，闹剧在日后不断地持续上演着。

老太太的存在，一举一动，都是戴焱焱的眼中刺、肉中钉，一天不去除，就活着难受。

奶奶对孙子的爱，被戴焱焱作为毒瘤侵入般地隔离着。

戴焱焱嘴里总不干不净地低声骂骂咧咧，"土鳖、穷鬼、下里巴。"她们早就坐不到一张桌子上吃饭了，也早就不能吃一口锅里的饭。

老太太一手的家乡饭，在戴焱焱这里成了最不体面的饭菜。

老太太仅有的几身衣服，也成了戴焱焱嘴里经常骂道的话题，"破衣拉撒，看着都难过，不至于穷得就这几件衣服吧？沤臭了也没得换的几片破布。"

老太太无法想象这些不堪入耳，凌秽的字眼，一字一句地从眼前的这个花枝招展、年轻漂亮的婚外儿媳的朱红皓齿中弹射出来。

老太太气得浑身发抖，强忍着说："你这样一个好端端的姑娘，怎么总说出这样不体面的话？我的每一件衣服虽说不值钱，但都洗得干干净净。我们家没有钱，可是我的儿子也是大学生。我和死去的老伴也是光荣的工人家庭，我们得到的政府奖状不比你的年龄少。"

戴焱焱则更加气愤地嘟囔着说："什么年代了，还说这些？真是该入土的人了。"

老太太眼噙着泪，颤抖着声音说："没有我们那个年代，哪会有当今的你们。人都有入土的那一天，就是前和后的事。"

戴焱焱更是变本加厉地嘟囔着，咬紧牙齿地一字字狠劲地弹跳着说："要死也是你先死，死了倒干净。"

老太太的眼泪无意识地随着戴焱焱的这些话，淌出了她苍老灰暗的眼睛。她的脑子里嗡嗡作响，只感受流到嘴里苦涩的眼泪，已经听不到戴焱焱在说什么了。

戴焱焱持续着没完没了的污言秽语。

老太太即将要倒下的身体，落座在桌边的椅子里。

"哎哎，别死在我的家里，不知道的，还以为我害死了你。"戴焱焱恶狠狠地说着，心里加倍地诅咒，心里说："赶紧死，死也要死在你儿子在的时候。省得我还要为你这个不值钱的老命搭上不明不白。"

戴焱焱撩了眼扶着桌角、闭着枯皱双眼的老太太，又想："不如我这就出门，她正好一人死在家里，这下大家都省心了。"

戴炎炎边抓着手头要出门的东西，边一把抱起了萌仔，随口又恶狠狠地说："我要和萌仔出去一下，自己想寻死，也没人拦着。"便摔门而去。

老太太被她恶毒的话和重重地摔门声重击着。她紧闭的老眼里流着涩苦的泪水，每一颗眼泪都像灌了铅似的扑打、砸落在扶着桌角的那双指关节变了形的皮包骨头的手背上。

老太太无数次要求儿子把她这个没用的人送回去，不影响他和戴焱焱与萌仔的生活。可是儿子，除了不能送母亲回去避免暴露给债主自己在香港，就是更放心不下年迈母亲远离自己的生活。即便把母亲交给所谓远方亲戚的保姆照顾，又怎能舍得下与母亲天各一方。

张坚极力希望戴焱焱和孩子奶奶的关系能有所改变。为此，他不断地跟戴焱焱说好话，甚至是央求。

戴焱焱的脸，狗一天，猫一天地难以根本转变对老人的接受，稍有不适就大发雷霆，破口大骂。

老太太在戴焱焱眼里就是个废物、累赘。

这天，老母亲和儿子张坚难得在家里独处，戴焱焱带着萌仔去女友家度周末，第二天回来。

老母亲终于扎上了戴焱焱挂在冰箱一侧墙壁上的花边围裙，准备为儿子做一顿他小时候只有在过年时才会吃到的家乡菜——猪肉烩菜。

那个年月穷，在过年时，这个烩菜里少见的几片超肥的猪肉，都会在张坚的碗里。父母说不喜欢吃肉，吃了不消化。张坚知道不是不消化，是他们舍不得吃。一片肥猪肉，总会在一张没有油漆过的小木桌上摆放着三个人的饭碗间，颤抖着夹来夹去。最终，还是被母亲的那双用得不见棱角的木筷子，将夹来的肥肉按压在张坚的碗里。

后来，生活条件好一些了，这道烩菜两三个月里吃一次。

张坚上大学之后，放假回到家里的第一顿饭，一定会吃到母亲做的这道想着就流口水的烩菜。

老太太给儿子做的猪肉烩菜是张坚至今的最爱。

今天，母亲特意到市场买来了想要的肥五花肉，足足有两斤半，还有一棵白菜、两个土豆、一块老豆腐和一包粉条。

扎着花边围裙，高挽着袖子的老太太，先把肥五花肉切成手掌大的方块，在开水里沸沫，然后洗净控干水，在猪皮上抹上酱油，入油锅炸。炸到金黄捞出，再将切好的土豆和豆腐块，分别入油锅炸黄捞出。锅里留少量的油，放入葱、姜、蒜，将炸好的大块猪肉再切成厚厚的大片入锅翻炒，再次上酱油。

母亲将事先煮好的大料和花椒水，倒四五小勺入锅，加点儿水盖上锅盖，改文火焖煮20分钟。之后，再将炸好的土豆、豆腐块和洗好的白菜入锅炖10多分钟，最后将用开水泡好的粉条入锅，放盐，再炖10分钟。直到锅里的水分和肉、菜都融在了一起，形成黏汁的时候就算是做好了。

这个猪肉烩菜前后要花一个多小时，当吃到嘴里的豆腐、粉条和白菜也成了猪肉香，这就是最佳味道。

母亲将做好的热腾腾的烩菜，端上了戴焱焱高档时尚的餐桌。

此时是母子两人心里最幸福的时刻，他们久违了这份美好和温暖。

张坚迫不及待地一屁股坐在了餐椅上，拿起筷子就挑了一筷子放入嘴里,他边往外呼着菜在嘴里的热气边说:"嗯,简直太香了!"

母亲又端过来两碗蒸好的白米饭,将其中的一碗放在张坚的面前,慈爱地看着张坚。

她用曾经因洗衣服变了形的手指,握着戴焱焱家精美的筷子,从烩菜里给儿子往碗里夹了一块又厚、又宽、带皮的肥五花肉说:"现在有条件了,就多吃点儿。不像之前,咱家穷,加上你父亲节省,让你没少吃苦头。"说着就坐在了自己的座椅上。

母亲早已习惯了苦难的日子,即便是在幸福的时刻,她说话也总会带着点儿哭腔。

儿子张坚边吃,边给母亲也夹了一块厚五花肉放在了碗里说:"妈,您也吃!"

母亲爱怜地看着眼前清瘦的儿子,轻声地说:"你吃得香,妈就高兴!"

张坚闷着头扒了口米饭,夹起母亲给他夹的那块又厚、又肥的五花肉,一口放进了嘴里咀嚼着,"嗯,太香了!"说着,他又在菜盆里抄起了一筷子炖得软软的粉条放进了嘴里,"嗯——,简直就是肉。"他看母亲看着她微笑,小口吃着,接着又说:"妈,您多吃点儿。"说着又给母亲的碗里夹了土豆、豆腐和粉条。

母亲慈爱地看着大口吃菜的儿子,又从菜盆里给儿子夹了块肉放进了他的碗里,"儿啊,好吃就多吃点。"

"妈,这是世上最好吃的菜。"张坚说着,呼呼噜噜地吃着。

母亲夹起一口菜放进了嘴里,慢慢地嚼着,又往嘴里深深地扒了口白米饭。

张坚不断地一口菜一口米饭狼吞虎咽地吃着。母亲爱怜地看着儿子吃饭的样子,就想到了他小的时候。顿时,母亲的眼睛里噙满了泪水,她强迫自己不要让泪掉下来,便转身走到灶台给儿子倒了杯水,顺势背着身一把手将两眼擦干。

"妈，您怎么做这么好吃的烩菜？我这辈子也做不出。"餐桌上的张坚吃着、说着。

擦干眼泪的母亲，微笑地端着一杯水走过来，放在儿子的碗边，"儿啊，慢慢吃，喝口水。"

"妈，别忙了，您趁热吃香。"张坚说着又给妈夹了菜。

"好，妈这就吃。"母亲说着，也慢慢地小口地吃着。

一会儿工夫，桌上的盆碗就见了底，张坚打起了饱嗝，母亲基本上也吃好了。母亲看着张坚一贯瘦白的脸，润起了红色，心里又心疼又爱。她苍老无光的眼睛里又闪出了泪花，这下她却来不及偷偷一把抓掉，而是一下涌出了眼眶。

张坚正用手抚摸着自己鼓起来的肚子，看到母亲微笑着却流出了泪，自己的眼圈也跟着红了起来，"——妈，儿子不孝，对不住您！"

"儿啊，看你说哪儿去了。妈有你这样的孝顺儿子，妈有福气。

有时候妈总会想起你小时候的苦日子，我这眼泪就止不住地流。你是妈妈的好儿子，从小懂事，放学回到家里饿了也不闹，就趴在饭桌上等着，好像是睡着的样子。妈没什么好吃的给你，就在漂着点儿菜叶的汤水里撒上些盐，给你个馒头。妈看着你低着头吃着那碗稀汤水，泡着馒头，妈这眼泪就直往碗里流。"母亲说着，流着泪，她用变形的手指抹擦着。

张坚的眼泪也在眼睛里打转儿，他强忍着微笑地说："妈，您不要总想这些困难时期的事，其实那个年月也没几家不贫困。您看，我没吃好的，不是也长得这么高吗？"

母亲抹着这辈子快流干的泪说："咱家比起人家确实太穷。"

"妈，您不用总这么想，其实我还是很怀念那个时候的生活。虽说我们家没有钱，但是，我和你们生活在一起。"张坚极力地安慰着母亲。

母亲仍旧抹着泪说："后来，慢慢地日子一天天好过了起来，你父亲过于仔细，担心会再没有吃用的日子。一辈子只让中午吃一顿菜，早晚都是稀粥和馒头，中午能剩下点儿菜就晚上吃点，晚饭不让见油。要是他不这样仔细,你也许会长得更壮实些。"

张坚继续安慰着母亲,"妈,其实我爸的三餐,是健康的吃法。现在的人确实吃得太好、太多,吃出了三高。"

"你爸倒是没有高血压、高血脂和高血糖,还不是早早地走了。老头子这辈子没享过几天福。"母亲说着又是一把泪。

母子两人你一言我一语地聊着往事,后来母亲又聊到了樊玫。

在母亲的心里,樊玫是合格的儿媳妇,她知大理,孝顺懂事。太多的往事在母亲的泪眼里一一地闪现,叙述着。

在母亲的叙述中,樊玫深存在她的记忆和思念里。从老两口的房子购买樊玫出的房钱,到逢年过节樊玫大包小包地到公婆家团圆,还有带着老两口看病和游玩,这都是她对张坚家的恩情。

母亲说着往事的泪眼迷离,思念樊玫和大孙子,心酸不已。

张坚的脸色从饭后的红润,又回到了一贯的苍白,说不清的神情交错在母亲的叙述里。他心里一想到樊玫和儿子张成,就不是滋味。还有他的那个要死要活的戴焱焱和小儿子张萌,是他此生的罪。

此时,张坚的神色已经从母亲的叙述中游离,戴焱焱的恶言恶语,撒泼打斗,还有小儿子呼喊着憋得紫红发光的圆脸,充满在他的脑海里。他多么希望戴焱焱和小儿子是他的一场梦,现实中从来就没有存在过。如果是这样,他这辈子就是死也要跟儿子张成在一起。

至于樊玫,永远是他心中的一个塑像,而不是心里的女人。

不是樊玫不称职做他家的儿媳妇,而是自己不应该是她的丈夫。在张坚的心里,他在强势的樊玫面前,这桩婚姻同样令他窒息。即便是现在樊玫辞去了公职身份和儿子去了巴黎,但是她身后的光芒在张坚脆弱的心里,仍旧让他无地自容。戴焱焱虽说胡闹,但是毕竟还依靠着他。

张坚对戴焱焱的底线是对他的母亲必须接纳。戴焱焱不但不接纳,而且对他母亲百般辱骂,这使得张坚对她的关系彻底破碎。如果不是因为小儿子还小,早就跟她了清,一走了之。

此时，饭桌前母亲还在零零碎碎地叙述着往事。

他劝母亲不要总想过去那么多困难的事情，过去的都过去了。至于樊玫和大孙子，他们也很想念她，会择时回来团聚。

说到团聚，母亲的脸色也更为复杂和难过了起来，她和戴焱焱生活在一起，实在是不能面对樊玫和大孙子。但是，私生的小孙子萌仔，这个永远脱不了干系的骨血之亲，又是早晚出现在大家面前的事实。

无论如何，母亲还是坚持要让张坚把她送回去，不再住在香港为好。

张坚仍旧不同意，他说放心不下母亲。

母亲满眼无奈，无力地说："我是担心，继续下去会更糟糕。"

张坚眼睛里无望，但是嘴里却坚持着说："我们努力往好上过。"

今晚的这段美好的家乡饭，在极度温馨中，又全部浸泡在母亲泪涟涟的往事里。

第二天下午。

戴焱焱抱着儿子萌仔回到了家里。

一进门，她一脚将门踹上，没好气地跟孩子奶奶说："你帮我看会儿孩子，我有话跟张坚说。"她说着就把萌仔放在了沙发上，恶狠狠地看着张坚又说："你进来，我有话问你。"

张坚还纳闷，一贯直接吵闹的戴焱焱，今天还会借个地方说话。自己除了没偷人，又有什么可问的？

戴焱焱看张坚没动身，又狠狠地剜了他一眼说："到卧室来！"

张坚看了一眼母亲和萌仔，神情恢暗地跟着戴焱焱走进了卧房。

奶奶为孙子打开了电视，找到了动画频道。小孙子边玩玩具，边看着电视。奶奶的心一边在小孙子身上，一边在卧室里大声说道着的戴焱焱那里。

戴焱焱气急败坏地说："你竟然骗我这久不告诉我，早知道是这样，我宁死也不会跟你生下萌仔！"

张坚好似预感到了什么，故意拿儿子做挡箭牌，"你最好冷静，萌仔生活在我们的打闹里，已经受到了很多惊吓。"

戴焱焱瞪着喷火的眼，"我没办法冷静，儿子吓死了，我也正好一死！如果不是我的闺蜜告诉我，我还一直被你欺骗。这个世界也太小啦，世上没有不透风的墙。"

张坚脸色煞白，一对细长的小眼睛里闪动着不安，"我不知道你究竟在说什么？"

戴焱焱脸色发青，嘴唇发紫，声音撕裂着说："你欠了巨额赌债和高利贷数千万才逃到香港，骗我跟你有了萌仔走到今天！——你这是要害死我啊！我就是搭上儿子，下辈子也还不起你每天翻滚的高利贷啊！——我真是没法活了……"

戴焱焱说着就放声大哭了起来。

客厅里。

奶奶清楚地听着戴焱焱说的字字句句，她刚站起身来就一头栽倒在了地上。

萌仔见奶奶栽倒，妈妈在屋里大哭，他的圆脸立即涨红了，吱儿吱儿地哭喊起来。

屋里戴焱焱继续哭骂着张坚和他的母亲，"你们是真正的穷鬼，叫花子出来混饭……"

忍无可忍的张坚，用尽全身的力气一巴掌打在戴焱焱的脸上。

戴焱焱被他强有力地一抽，一头撞在了墙壁上，头磕出了血晕倒在地。

失去理智的张坚骂着："死了你才好！"而后走出卧室。

他在孩子的哭嚎声中看到了客厅地板上躺着的母亲，便不顾一切地扑在母亲身边大声喊着，"妈、妈，您怎么了？醒醒啊！妈！"

母亲被儿子摇晃着，闭着眼却没有一丝反应。

张坚满脸是泪地取出手机，颤抖着双手第二次叫来了两台救护车。

急救车上。

张坚抱着萌仔仍坐在母亲的这台车上，一路警笛鸣叫，赶往急救中心。

一路上，母亲的脉搏非常微弱，血压降到了三十，生命垂危。赶到急救中心还没下车的那一刻，母亲的脉搏不见了，心脏停止了跳动。

张坚抱着小儿子号啕大哭，小儿子又惊叫哭了起来。张坚求急救人员挽救母亲，医护人员做着最后的努力，母亲却再也没有醒来。

医院急救室，戴焱焱被急救了回来，诊断：戴焱焱因长期焦虑，身体过度消瘦，加上长期贫血和情绪过于激动及头部撞击造成休克。

昨晚，母亲做的饭还在张坚的体内，母亲却突然走了，一句话都没有留。

张坚泪流满面地后悔，怎么就没有在昨晚多听听母亲带着哭腔叙述细碎的往事。今天，母亲就这样走了，走得这么急，这么意尽情绝。

母亲辛苦了一辈子，也算是彻底放下了。张坚眼泪鼻涕一团，痛哭不止。

人死不能复生，几天后母亲被火化。

张坚红肿着的眼睛，只留下一条缝隙。他木讷着捧着温热的遗骨坛子，步履蹒跚得像个苍老的人，一走一摇飘忽不定地走出了殡仪馆。他源源不断的泪水，从一条缝的双眼里淌出。他不知道走了有多远，不知道究竟走向哪里？只是不断飘忽摆动着沉重前移的脚步。

天色渐渐地晚了下来，风刮得他的衣领翻动着，短寸的头发在逐渐黑下来的光色里显得灰白。他麻木蜡白的脸上没有一丝表情，两手抱着母亲的遗骨坛子，深一脚浅一脚地竟然走到了海边。

海风扬起的沙粒像无数个小刺扎在他的脸上和全身，他却没有一丝反应地继续向着深黑色的大海走去。

他越走越远，越走越深，消失在海平面……

几天后，戴焱焱的住所，来了警察，请戴焱焱去认漂上海岸张坚的尸体。

戴焱焱又一次地晕厥在认尸现场，急救车又一次赶来。

一个月后。

之前经过多次急救过来的戴焱焱，把香港这套高级公寓，属于自己名下财产的家，挂在了网上销售。张坚欠的巨债是否因他的死能抹去，戴炎炎不敢确定。戴炎炎像霜打的茄子找不到往日的气势汹汹，更不见最初的多情娇媚，一个月来苍老了好几岁。她卖了香港的房产，带着儿子萌仔彻底离开了香港。

赵彦默从朋友那里得知了些戴焱焱传过来的消息，他简直不敢相信，在同一个时间张坚和老母亲双双离世。这突来的噩耗使他浑身发麻，一时不知怎样告诉樊玫这不幸的事实。

张坚的死，使他彻底解脱了自己制造的魔，又搭上了自己的母亲。他和父母在另一个世界相聚，脱胎换骨等待下一次轮回。可是，他没能在死之前跟樊玫双双回去离婚，这给樊玫留下了单枪匹马应战夫妻共同财产的债务清算。

第十七章
我这是在哪儿

赵彦默深知往下的日子，樊玫若想了结丈夫的债务，就要被债主继续追索她和张坚共同的全部家产，包括法国的家产在内。好在，除了可见的财产被追索，剩下的赌债，随着张坚的死去而荡然无存。

可是，抵掉他夫妻共有家产，对樊玫而言，仍然是灭顶之灾。

张坚的死在赵彦默的心里，又使自己成了樊玫潜在的丈夫。之前，毕竟有张坚这个名副其实的丈夫在婚姻的位置上存在着，即便是他没有能力。如今，张坚死了，如果樊玫因丈夫债务，彻底倾家荡产，赵彦默之后要扛付的经济压力就更大了，何谈惬意养老、安度晚年？

由此，赵彦默深感不安，背后冷汗津津。

近年来，赵彦默工作受贿的自由度越发地吃紧，国内接连打下来多个贪腐省级干部。他不但为之后的日子担忧，也为之前的事捏把汗。小钱也就算了，在环城立交桥上受贿了一个亿的巨款，和樊玫一分为二。从此，赵彦默的心里就被落下的这一袋袋的钱，压得喘不上气来。

赵彦默何尝不怕，若有一天出问题，性命难保。

这晚。

赵彦默没有接受外面的应酬，美味佳肴在权色游戏中，使他逐渐厌倦起来。

他独自在家里，下了碗番茄鸡蛋挂面，坐在豪华的圆形雕花中式红木餐桌前吃了起来。他略微翻撩了几下热腾腾的细挂面，边吹嘘着，边呼呼地吸进嘴里。

他一口口连汤带面地往嘴里呼呼地吞着，眼前浮现出年轻时家乡的那几件间简易房和不大点儿院子的挂面厂。

寒冷的冬日，将结了冰的土地变得更为坚硬。往时的雪还凝在硬土里，眼前的雪花又逐渐集成了大片大片的絮飘了下来。

17岁的赵彦默，穿着仅有一件的黑灰色老棉袄和棉裤，正在努力地关着一扇扇被怒吼的寒风和狂雪，疯一样地冲开着的破窗子。寒风和雪瞬间扑在了他的脸上，顺着脖子钻进了他的身体里，使得温热的身体打起了寒战。

他用单薄的身体和不够粗壮的双臂，竭力地将狂风怒雪关在了一个个破木窗外。

怒吼的狂风不断地拍打着破窗子，哐哐啷啷作响，好像威胁着他必须要进去似的。

赵彦默紧靠着一扇随时会被再次吹开的破窗子上，他饥饿的腹鸣，搅和在体力不支的喘息中。

他被冲了寒风的双眼积着泪，鼻子红得像个鸡冠。

他闭上了因刺骨寒风要流下来泪的双眼，心里暗暗地咬着牙说："这鬼天气，这鬼城一样的挂面厂，怎么孤零零地扎在这儿。我那老爹把我放在这儿，就是为了让我吃上口挂面。可是，挂面也是有数的，不是想吃就吃。"

此时，一只满身沾着面粉，只留下一双格外贼亮小黑豆眼的老鼠，越过赵彦默穿着不算厚的破棉布鞋。

他麻木地看着它一溜烟地消失在自己的那张破木床下，没见再出来。他幻想着床下的墙角有一个老鼠洞，里面有老鼠的家人。他原本麻木的眼睛里竟然透着羡慕，他觉得自己还不如一家团圆的老鼠，而是孤独的可怜人。他想尽快结束夜守挂面厂的日子，回到自己的家。

赵彦默的父亲，是一名县中学副校长，赵彦默就读于这个中学。由于他学习优秀，临考大学的年龄，已经是辅导其他低年级学生的课后"老师"。课后辅导，是作为副校长父亲给他学习以外的安排，父亲帮助召集辅导学生。

来辅导的孩子不收钱，也都交不起钱。

赵彦默的家乡是贫困县，加上又是20世纪60年代中后期，能吃饱肚子就是最大的事。

来辅导的学生家，学费也只是一斤粮食，辅导一个假期。

赵彦默一个假期辅导十个左右拿得出这些粮食的家庭的孩子。可是，赵彦默和家人的肚子却仍然饥饿。为此，父亲托人安排他晚上守挂面厂的差事，目的是在晚上的时候从挂面中抽出些煮着吃，也解决在家里不够吃的问题。赵彦默晚上守挂面厂，白天工人们来做工，他就去给孩子辅导学习。

晚上回到挂面厂的赵彦默，像老鼠一样地偷吃挂面。

他将抽出来的挂面，迅速地拿回他睡觉的小破屋子里，再从他带来的破被子里掏出一个带着破木把子的旧铝皮水瓢，放在煤球炉上煮挂面。

每次，他总会胆战心惊，怕厂子里突然有人来，自己的脸面摔在地上。挂面是吃到了他永远也填不饱的肚子里，可是，心里的惊吓多次使他快速塞进挂面的胃部，痉挛疼痛。

看起来，偷吃也不是件容易的事。

之后，挂面厂传出挂面见少的风声。为此，赵彦默坚持不守挂面厂，结束令人无地自容的偷吃。

偷吃挂面，成了赵彦默青少年时期印象深刻的往事和耻辱。那时，他下决心，好好学习，考上知名大学，以后就可以吃拌上鸡蛋和肉片的挂面，穿上皮鞋。果真，日后他以全县第一名的成绩，考入了国家名牌大学。

赵彦默通过自己的努力，摆脱了贫穷，赢得了梦寐的人生。

他不但吃上了拌鸡蛋和肉片的挂面，而是随着时间和地位的变化，逐渐吃到了山珍海味。

他也曾衣锦还乡，为生他养育他的家乡私人捐资铺路、修建了小石桥，还建了小学。

每次回到县里父母的家，县里对于自己家乡出了这么一个出色的人才，恭敬地招待。除此之外，赵彦默住在父母不算大的居民楼里，从早到晚家里来人不断，里屋外屋坐的都是人。

这些来的人，除了赵彦默见过的亲戚，其他的都是母亲口中出现的远房亲戚。

这些人想见赵彦默，就只能先通过赵彦默的母亲。母亲是一位非常善良的老人，看不得穷苦的人在她面前哀求，就以远方亲戚的说法，使得心知肚明的赵彦默同意着母亲的说情。

赵彦默不厌其烦每天面见着，数不尽的来自县城或是乡下，由母亲引荐连面都没见到过的"远房亲戚"。

在这些人的眼里，赵彦默就是福星，能给自己带来福分的人。他们促膝畅聊，在眼前的这些中年男人，因长期不刷牙而早早脱落牙齿的口中，叙述着曾经的困难日子和赵彦默根本想不起来的交情。

赵彦默为了不伤他们的热情，表现出想起来的时候，他们像树皮一样饱经风霜的脸，绽开一条条深深的渠沟，眼睛里闪烁着泪花和亮光。

赵彦默的父母则是在一旁陪伴坐着。

老母听着儿子说话，会时不时地用干皱的手，抹擦一下饱含着之前的苦难和此时幸福的泪眼。

父亲听着儿子的攀谈，心里多是欢喜，但是他却总是微皱着眉头，脸上映着矜持地微笑。

赵彦默每次返乡，带给家乡的就是一次轰动。

每次小住后临行，乡亲和亲朋都会在他的家里家外围着，有的流泪挽留，有的把最亲的话说个不尽，有的依依不舍呆呆地望着。

老母亲从头一天晚上就开始落泪，舍不得儿子走。父亲则默默站立在一旁，微锁着眉头。

直到赵彦默的汽车不断扬起黄土，渐渐远去。

他回眸，浓厚的黄土散去间，朦朦胧胧地望到远处那片不散的人群。他眼睛里凝结的泪水从未曾掉出眼眶，心里深深地爱着这块土地和土地上的人们，爱着他的家乡。

不知从哪年哪月开始，他已成为家乡的骄傲。

今晚，赵彦默端起烫着金边的细瓷雕花碗，一口吸干了碗底的最后一口汤面，放下了手中镀金的象牙筷子。

他站起身，挺着吃遍大江南美味佳肴和国际美食的肚子，其身材早已变得健硕，腰腹丰厚。今晚，独自在家里吃的这碗鸡蛋挂面，是那么的顺口。

他感到一阵迷失，肚子里热乎乎的挂面混乱了时空。

他微晃的身子，模糊地环视着金碧辉煌的室内，突然感到不安了起来，喃喃自语："我这是在哪儿？——赵彦默，你，——到底是谁？"

他突然眩晕地几乎站立不住，一手便按在了红木餐桌上。顿时生出了冷汗的他，知道自己正在向着人生的另一个方向滑去。

钱和后半生巴黎美好生活的美梦，就像着了魔，使他不能摆脱。

他甚至恨自己经不起诱惑，接受老板提供源源不断的纸醉金迷、奢侈糜烂的生活。他握在手里，正是令自己惶恐不安，也许会要了命的钱财。

就在这时，他的电话响起来。

他不想理会，电话却响个不停。他无力地从衣兜里取出了手机接听着。

"彦默，我是樊玫。方便说话吗？"樊玫说完，听到电话那头格外的静，一般这个时间赵彦默都在外面吃饭应酬。樊玫不得不又问："你在哪里？怎么不说话？"

赵彦默沙哑着低沉的声音说："我在家里，身体不舒服。"他说着就移步到客厅，卧坐在了羊皮沙发里。

樊玫显得担心，"严重吗？给司机打电话接你去医院看看吧！"

赵彦默少气无力地说："没事，休息一下就好了。"

樊玫立即接着他的话嘱咐着："你不要大意了，血压表在吗？量一下，不好就一定要去医院。"

赵彦默靠在沙发背上，闭着眼睛，微锁着眉头，"好，我知道了，一会儿量一下血压。"

樊玫又急迫地说："我真的不放心，你现在就去量一下吧，一会儿信息告诉我。"

"好的。"赵彦仍闭着眼。

樊玫就此挂掉了电话，心里忐忑不安。

赵彦默手握着挂掉的电话，闭着眼努力地使自己振作起来，他不由地觉得奇怪："樊玫基本上不在这个时间打电话来，她知道我多数都在外面吃饭，她不会是有什么急事吧？"

赵彦默闭着的眼睛不断地颤动着，心里却放不下，毕竟跟樊玫的关系早已似一家人之亲。

他努力地使自己尽快振作起来，不去想那么多之前和之后的事情，先把眼下的日子过去。他用厚厚的大手拍拍自己的大额头，又扶在眼睛上。

片刻之后，他拨打了樊玫在法国的手机号码。

樊玫立即接听了电话，问："彦默，血压怎么样？高吗？"

赵彦默坐起了身子，回答道："玫，我没事，刚才一阵头晕，可能是突然站起来的原因。我量了血压，不高。"

樊玫紧张的神情这才放下了，"那就好，你以后要注意避免起身太快，也要多注意休息。"

赵彦默的嘴角微微挑起，"嗯，知道了。——玫，你打电话来有事吗？"

樊玫立即转了语气，显得有些急迫地说："还真是有点儿事。"

赵彦默不由地锁了下眉头，认真地说："你说吧！"

"巫岚和罗必被法国警察带走了。"电话那头樊玫说。

赵彦默听樊玫这么一说，又坐直了身体，"是吗？消息可靠吗？"

樊玫强调着说："应该是准确的，我给她打手机，是她家照顾孩子上学的保姆接的，说他们被警察带走了，好像是诈骗。"

赵彦默好似是自言自语着，"谁告的呢？"

樊玫也莫名其妙地说："不知道啊！听他们家保姆说，他们是被警察用手铐带走的。彦默，我投资的钱一时半会儿不会有下文了。"

赵彦默沉默了片刻说："巫岚夫妇即便是判刑，诈骗的钱也要尽可能追回，这是不同的案子。"

樊玫又说："彦默，事后我又打听了他们的情况，听说他们把所有的家产和公司都折进去抵账了，诈骗金额有两千多万欧元。"

赵彦默也显得很意外，说道："这可不是个小数，消息可靠吗？"

樊玫强调着："华人圈子就那么大，消息应该可靠。彦默，我也只能认倒霉了，真是被他们给骗了。一丹告诉我，他们这是'庞氏骗局'。"

赵彦默仍坚持说："一丹知道什么？别听她瞎说。"

樊玫显得不服气，反驳道："不管是不是'庞氏骗局'，诈骗是确定的。'庞氏骗局'不就是诈骗吗？"

赵彦默片刻没有了声音，而后深深地叹了口气，说道："——唉，我也是太大意了，没想到罗必夫妇会在我身上下刀。"

樊玫气愤地又说道："这个巫岚不是个正经做事的人，她所有的心思都用在骗术上，这也是她应得的下场！我丢了钱，她住进了监狱，我也算出了口恶气！"

赵彦默显得无奈地又叹着气，"唉，——就只当从来没有过这笔钱。"他说着，紧紧地咬动着牙，两腮一鼓一鼓的。

电话那头的樊玫也是恨在心里，又不得不认这个倒霉。

他们说着，樊玫又扯到了张坚，"彦默，我有日子没跟张坚打电话了，一想到他就生气。他的日子也不好过，走投无路，可怜我那孤寡年迈的婆婆。我也很久没跟婆婆联系，总怕说漏了些什么招来债主。好在债主至今还没有惊动到我的父母。"

赵彦默听到樊玫说到张坚和他的母亲，就像打了振作针，每一根神经都被触及着。他站起了身子，眼神里透着慌乱，吭了吭嗓子不知说什么好。

樊玫又接着说："彦默，我想这次放假再去香港，然后你把三位老人都接到深圳，我见见他们。转眼两年多了，老人们一天天地衰老，我这心里放不下。我母亲近年来电话里开始语无伦次，我认为她已经进入老年痴呆的阶段。可是，我父亲却说是正常现象。你说，我能不恨张坚吗？害得我有家不能回。"

樊玫说是回来，但是最快也要等到九月份孩子放秋假了。

赵彦默认为这是纸里包不住火的事，不如今晚就告诉樊玫关于张坚和她婆婆的噩耗。

樊玫说了这么多，也没听见赵彦默回话，就问："喂，你在听吗？"

赵彦默在杂乱、矛盾的思绪中撕扯着说："我在听。"

樊玫半责怪地说："那怎么不说话？"

赵彦默吭了吭嗓子，深吸了一口气说："玫，——我知道你是一个很坚强的人，任何事情都不能把你打倒。"

樊玫淡笑了一下，"唉，话是这么说，我也确实正在遭遇人生中的灾难。"

赵彦默奓着眼睛，又深叹着说："玫，其实每个人在人生中都会有这样或是那样的难处，只要勇敢面对，没有过不去的。——玫，我想告诉你的是，如果，——张坚没了，你还会恨他吗？"

樊玫又淡笑了一下，立即回应："没了我也恨他！"

赵彦默此时神情凝重地又说："其实，每一个人都有做错的事情。"

樊玫不能接受地说："可是，张坚赌债的这个事也错太大了。"

赵彦默又深叹着气，缓缓地说："是的，有的人一件事情做错了，甚至会失去生命。可是，又有什么比生命还重要的事情呢？那曾经走错的路，做错的事，都将成为不可改变的事实。"

樊玫听赵彦默说这些道理，感觉是在为张坚开脱。这是他之前从没有过的说法，她不由地又说："那你的意思我应该原谅他？认了这个巨债。"

赵彦默深沉地回应："事已至此，不认又怎么办？"

樊玫显得有些焦躁，气息不平地说："我怎么认？拿着所有的财产也不够还他的赌债。"

此时，赵彦默的眼睛闪动着泪花，语言更加沉重地说："玫，——张坚和他的母亲，——已经不在人世。"

樊玫几乎是惊叫着反问："——什么？——你说什么？"

"是的。"赵彦默低沉着声音，确定地说着。

樊玫的眼睛里全是惊恐，不敢相信赵彦默嘴里突然吐出的这些字句。她的眼睛里竟然一下被眼泪淹没了，两行泪水唰唰啦啦像开了闸，直泻而下。她的眼泪告诉自己，原来张坚和奶奶在她的心里扎得那么深，使她的心都要被绞碎了似的，剧痛不已。

她泣不成声，听着赵彦默说着关于死亡的一切。

她再也找不回张成的父亲和奶奶，正如赵彦默刚才所说的："又有什么事情比生命更重要的呢……"

樊玫泪眼模糊地咬着牙说："一份赌债，两条人命。这债主终于如愿了！"

赵彦默一边不断安慰着，一边又说："赌债并没有因此了结，债主会继续追索张坚的遗产，也就是你们共同的财产。"

樊玫泪流满面地近似于嚎叫地说："还不算了结？还要我们全家都死尽才肯罢休吗？"

赵彦默的眼睛里也集满了泪水，他紧锁着眉头，"玫，今天我们先不说这么复杂的债务问题，你不要过于伤心，要保重身体，儿子需要你。我也需要你坚强、健康地活下去！玫，——人死已成为不可改变的事实，——你要节哀！"

……

他们来来回回不知又说了多久的话。

后来，他们还是说到了追债。

樊玫知道这仍然是她后半生的毁灭，显然也没有因张坚的死而豁免债务之灾。只是，张坚和母亲解脱了。可是，张坚和婆婆的死，又怎么面对儿子张成，又成了樊玫另一个撕心之痛！

儿子张成已经进入考大学的关键阶段，这个时候是万万不可影响到他的。这个双份噩耗就只能消耗在樊玫的心底，先用谎言瞒着儿子一天天地往前走。

希望长期不告诉儿子，成了樊玫和赵彦默商量好的决定，以至于孟一丹等人。

樊玫吞下剧痛，在儿子面前永远都是一个没有任何不良情绪的母亲。她的心不知何时起，已成了一个粉碎万恶之事的融化器，只有在她一个人的时候，这些沉在心底的恶臭才会翻卷而来，沼气熏天，令她难以喘息。

张坚和婆婆的死，并没有引起追债人的发现。但是，显然他们发现张坚的老母已经不住在原处。顿时，他们像热锅上的蚂蚁，慌张、扩散起来。追债的人加大了，他们在认为可以发现张坚和老母行踪的地方，像一个个幽灵一样地时而出现，时而消失着。

终于，他们还是找到了异地樊玫父母的家。

他们显然不想通过绑架来解决问题，而是恐吓。

樊玫父母家，在二老不在家的时候开始有人进入，使屋子里有了动静，并在书桌上留了纸条。

债主不通过法律手段追回债务，是走黑道放高利贷债主通常的玩法，也是正常业务之一。他们也不会惊动法律，那样就是自投罗网。

恐吓追债，对于债主手到擒来。对于一般人，自有短处，不好报警。这也是债主这些黑道之人，惯用的心理战术。

这天，80多岁的樊涧新一手提着刚买的新鲜蔬菜，一手牵着痴呆老伴儿的手，顺带遛弯回到了家里。

一进门，樊涧新放下手里的菜，将老伴儿赵淑兰安排坐在了客厅的沙发上歇脚。而后他将菜提进厨房，又到书房给老伴儿拿点营养品。他惊奇地发现家里进了人，又看到书桌上的留条：通知你的女儿还债，不然后果自负。如果报警，你女儿被警察抓起来更快。

樊涧新的心顿时紧张了起来，强烈的不安全感使得他不能平静，甚至显得惊恐。他本能地从上衣口袋里摸出手机想立即报警，却又被眼前字条的字句所威胁不敢轻易拨报警电话。他的心噗噗腾腾，七上八下地不知所措地走出了书房。

老伴儿赵淑兰在客厅的沙发上坐着发呆。樊涧新的惶恐不安，赵淑兰没有丝毫意识察觉。

樊涧新自然顺应了债主算计好了欠债者的微弱心理，使得樊涧新也不敢轻易报警，去掀开内幕不详的锅盖。

惊恐间，樊涧新为赵淑兰打开了电视，又带她上了厕所，坐回到沙发上看电视。他独自又走回书房关上了门，背着赵淑兰拨打了国际电话给女儿樊玫。

樊玫不敢相信父亲的电话内容，债主人追到父母家的速度如此快。她惊呆了，心理承受的最底线被无情的债主彻底冲破。事已至此，她再也无法掩盖这个好似埋在雪地里的死孩子。她在父亲低声颤抖的询问中，承认了张坚欠的赌债。

父亲樊涧新颤抖的手几乎拿不住电话，低沉虚弱的声音继续问道："多少钱？"

"爸——"樊玫一下哭出了声。

"不要哭，告诉爸多少钱？欠钱要还，天经地义。"樊涧新老眼里噙着泪，声音低沉着说。

樊玫尽可能不使自己情绪继续失控，她极力克制着平稳地说："没多少。"

樊涧新认真地说："你说吧，爸妈这把老骨头，帮你还掉人家的钱。"

樊玫泪流满面，声音颤抖中表示出轻松地说："爸，真的没多少，我尽快想办法，您和妈保重！我会尽快卖掉我和张坚的房子还债，通知房产销售中介公司先挂在网上。"

樊涧新苍老皱着的眼皮沉重地遮盖着昏暗的神色，语言同样沉重而清晰地说："看起来，这个债务还不小。"

樊玫泪水如柱地倾泻在脸颊，嘴唇颤抖得几乎不能自制，勉强地说："——是有点儿钱，但是没有那么多。"

樊涧新的眼泪终于承载不住地溢出他皱纹交错的眼角，声音仍旧沉静而厚重地说："孩子，记住爸的话，欠债还钱没有错。自己犯的错，要好好检讨自己。"

樊玫颤抖着声音哽咽着说："爸，女儿知道了——"她的话语搅和在不断从眼睛里滚下来的泪水里。

樊涧新老泪纵横在脸上满是皱纹的沟渠里，他脸僵固着，紧缩的眉头刻出深深的沟印。从女儿的话语间，他得知这不是个小债务，年迈无力的眼睛里透过泪水布满灰暗。

樊玫知道她一天不还钱，父母的家将一日不得安宁。把父母接到另一个安全的地方住下，成了樊玫和赵彦默的又一个急迫的任务。

经验十足的债主在樊玫父母家第一次恐吓和催债后，平静了一段时间，等候樊玫夫妇还债的反应。

樊玫果真将自己国内的房子挂在了销售网，以便拖延债主对父母的下一轮恐吓。

其间，赵彦默给樊玫的父母在海南找到了一个高端会所的住处，一日三餐有人照顾，可以足不出户地享受花园生活。

父母的这个住地，真是因祸得福，也方便与樊玫日后见面。

樊玫为有赵彦默的缘分，而深感庆幸。

张成顺利地考取了巴黎美术学院设计专业，并取得了奖学金。这个奖学金为樊玫节省出一年数万欧元的开支，儿子的成绩是樊玫灰暗世界中的一束暖阳和光亮。

这一年，对樊玫是一个很不平静的一年，大悲大喜。

第五卷

DIWUJUAN

第十八章
坍　塌

两年后。

债主没有找到樊玫的父母，手中这个唯一的风筝线也飞了。但是，他们仍旧阴云不散、神出鬼没地在樊玫父母家周边出现着。他们盯着樊玫网上销售的房子，一旦出手好捉住欠债人。

樊玫挂在网上的房子，还真是不好卖，有市无价。挂挂卖卖，反复持续走过了两年，看起来樊玫想用这个钱，也不是件容易的事。

两年间樊玫和儿子去海南高端会所看过父母两次。在儿子面前继续着善意的谎言，告诉儿子暂时不去看爸爸的理由。

在海南，樊玫跟父亲说已经还了债务，但是考虑到母亲的身体情况，不建议他们回到自己的家独自生活。这个高端会所有人照顾很好，她和张成也好放心。

樊涧新毕竟是高龄老人，带着痴呆老伴儿独自生活确实是心有余而力不足了。为此，他也就顺女儿的心愿，安心地住在这个高端会所。

两年间，樊玫和赵彦默分多聚少地持续着两人的亲密关系。弗兰克仍然作为樊玫的身体需求，穿插在她和赵彦默的两性关系里。除了弗兰克，樊玫再也没有遇到除他之外的心怡男人。按理说她死去了丈夫，已是单身，谈婚论嫁也是正常的事。可是，她债务一身，又有什么资格赢得爱情和婚姻？也不会有人接手她的这个烂摊子。

如今樊玫和弗兰克的关系保持私生活现状，在她心里已是烧了高香的结果。但是，她却在心底隐藏着对弗兰克发展成婚姻的一丝幻想。可是弗兰克在跟女人接触上没有距离的事实，又让樊玫细如蚕丝的希望一次次地绷断。

她记得那是和弗兰克的一次晚餐。在他们的眼前，走进来了弗兰克家具店的那位漂亮的华人女店员。

她扭着浑圆的小屁股，走到了他们烛光晚餐的桌前，向店员要求加上一把椅子，生生地坐在他们的中间。她尖锐带恨的眼睛无法改变着原本的美丽，直视着弗兰克。她毫不客气地又向身边的店员要了杯白兰地酒和一份金枪鱼沙拉。

而后，她擦着朱红唇彩的性感小嘴儿说起了话："今天，大家都在，我们也好一起喝杯难得的团圆酒，一起聊聊家常。"

店员很快就端来了她的白兰地。

她顺手接过了酒杯，跟樊玫和紧张严肃的弗兰克举杯示意。弗兰克勉强保持绅士地举起来手里的酒杯，樊玫木讷、机械地举杯迎合。三个精美的酒杯轻轻相撞出三个人不同的心事，一场鸿门宴就此开场。

女店员眼撩着弗兰克说着："我真是为弗兰克的艳福和饱满的精力而感到震惊，就在几个小时前，他才跟我发生了性事，现在又面对新的幽会。"

弗兰克难以忍耐地说："米夏尔，我不知道你在说什么？我并没有邀请你来参加我的晚餐，请你尽快离开。"

樊玫僵硬的神情，机械地将酒杯碰了碰嘴唇，却没有喝进嘴里一滴酒。

女店员米夏尔淡笑着喝了一口白兰地又说："我今天既然来了，就没想不明不白地离开。"

"你还要怎样？不要逼我报警。"弗兰克说着，像鹰一样的眼睛直盯着女店员米夏尔，他屁股坐不住像扎了针似的移动着。

米夏尔转而激动着说:"你可以报警,把你和我的女儿也一起带走!"

周边桌子的客人,同时向他们看过来。

弗兰克的脸色在满脸的胡须下变得难看,他强压着声音说:"你不要在这里闹事,以免被店员请出去!"

米夏尔冷笑了一下,尽力压低了声音又说:"你既然约,就约个比我年轻的女人。——这么个年龄,还打情骂俏,——也不觉得难受?"

樊玫被她的话一下激怒了,她极力压低着强有力的声音看着米歇尔说:"你年龄不大,说起话来如此老道和恶毒,我也算领教了。"说着就要站起身来走开。

米夏尔又阻挠着说:"何必着急,难得一见,说个明白对大家都好。"

樊玫原本对弗兰克就有基本了解,只是今天突然亮出的女儿更加证实了他对感情的儿戏,其他的还有什么价值使樊玫继续听下去。

樊玫毅然决然地抓起椅背上的外衣,看着米歇尔和弗兰克说:"够了,你们的事情自己解决,我还有事先走一步!"

樊玫无法继续忍受这场闹剧,便离开了弗兰克和原本浪漫的餐桌。

外面下着雨,扑打在她的头脸和身上,风刮起了她的长发不断地抽打在她的脸上。米歇尔对她的羞辱,使她不顾一切地奔走在雨中。冰凉的雨使她原本温暖的脸颊迅速冰冷,两股带着咸味的热泪,混合着雨水流进她喘息的嘴里。

后来,樊玫多次拒绝了弗兰克见面的要求。

直到有一次,弗兰克抱着一束鲜花在她的公寓大门外足足等了她近两个小时。樊玫才同意在双偶咖啡馆与他坐一会儿。

弗兰克在双偶咖啡馆,向樊玫绅士地道歉,他表明不是有意伤害和欺骗樊玫。他用了半个小时的时间讲述了他和米夏尔的故事,说明自己的无奈,错误地贪图女色有了未婚的私生女,使他不能摆脱。

他的绅士风度道歉,得到了樊玫最终的原谅。但是,对他男女关系的儿戏，樊玫确实永远没有办法原谅和接受。

他的道歉仅此而已，也没有涉及跟樊玫进一步发展关系的话题。

樊玫看着眼前多情的弗兰克，听着他娓娓道来的绅士语言，真的无法想象他对待感情怎么会是那样的人。

樊玫又想："正如米夏尔所说，自己确实是不算年轻的年龄。弗兰克如此地纠缠不放，但又不发生实质的恋爱关系，弗兰克实在多情。赵彦默虽说对自己有恩，一路关照走到今天。但是，他毕竟有孟一丹和女儿这个实打实的婚姻，自己而是他们家庭之外的人。风流绅士的弗兰克喜欢炫色自己的魅力，招得女人的喜爱，又实在不是可以托付感情的男人。"

这也是樊玫一次次打消对弗兰克进一步加深关系的主要原因。但是，他风流浪漫也是樊玫孤寂生活和饥渴的身体摆脱不了的。由此，他们时断时续地存在着关系。

这一年。

樊玫和儿子在孟一丹海鲜酒楼的雇主担保下，顺利地拿到了法国永居身份。接下来，她准备开始着手办理父母来法国团聚生活的材料，希望父母百年之后能和自己都留在法国。中国的家就先放在那里，或是租出去也就是了。

这几年来，赵彦默的单位经历着整顿风纪，步伐越来越紧凑。

他和樊玫见面时不时地透露，想尽快退休，去法国生活。他们不断地合计着，想尽办法整合在中国的所有房产，争取转换出在法国可用的钱财来。

他们决定一边找租客，一边卖，而且是私卖，不挂在网上，以免引起债主注意。可是卖给谁呢？其中两套两家老人的房子都是一般居民楼，张坚父母的房子更旧，按市场价格也就是人民币百十万元。她和张坚的那套房产值四百多万元人民币，她父母的房子百十万元出头。全加起来六百多万元，换成欧元虽不是太多，但也是樊玫非常需要的。

赵彦默在国内一边想办法帮樊玫卖房子,一边想尽一切办法给她尽可能地找点钱汇过去。可是,比起往年,确实一年比一年难搞,甚至不敢搞。

樊玫在巴黎的生活陷入经济困难,各类账单塞满信箱,生活举步维艰。

房产中介杰西卡,还一直惦着销售房子的事情,并时不时地约樊玫出来喝咖啡。

这天,樊玫应了邀,也算是聊聊天、散散心,顺便看看有什么挣钱的机会。

她们见面,还没等樊玫先说出自己想在巴黎找找生计的想法,杰西卡就开了口。

杰西卡希望樊玫介绍中国客户给她,如果销售出房子,中介费可以一人一半。她说公寓基本是期房,可以做到小两室两人共5000欧元的提成。一人2500欧元,要分两次收取,一次是签合同后,一次是一年半后交房时。杰西卡说目前只做期房公寓销售,不做其他房型。

樊玫觉得这个原本就不多的2500欧元,要等一年半以后才拿到另一半,喝这口水也太远了。况且自己的情况又不方便在华人堆里做事,更不要说把中国的朋友拉到巴黎。杰西卡姗姗来迟的合作,跟小恩小惠的吉娜是同出一辙。为此,樊玫云里雾里地跟杰西卡瞎聊了一通,喝了咖啡,便散了。

樊玫回到了家里,她想不如去孟一丹公司打工,可是自己的法语实在不足以流利地面对法国客人。去后厨刷盘子,孟一丹又不会同意。

樊玫怎么也想不出自己可以做什么好,所有的问题应该就是语言障碍。她之前在华人网站招募学生教中文,发出的帖子,却没人问津。

弗兰克是坚决不会出钱给樊玫的。她想到跟孟一丹借,可是又羞于张口。她试想当掉些首饰,又担心除了当价低,就是带来各种隐患。

这天上午,樊玫给赵彦默拨打了国际电话。

对方手机关机。

她又打了多次,仍旧关机,又打办公室电话,无人接听。她感到奇怪,这是从未有过的情况。

她连续打了两天,都是一个状态,她预感发生了不好的事情。她心惊肉跳,惶恐不安,幻想在她的脑海里展开了一幅幅各类事发的画面:心梗、女人、车祸、审查……

无奈,她又问了孟一丹。

孟一丹说也拨打了,是同样的情况。

她们都纳闷。

孟一丹决定跟赵彦默的秘书联系一下。

樊玫还在不断地试着打赵彦默的电话,仍联系不上。

两天后。

孟一丹给樊玫打来了电话,还没等樊玫说话,孟一丹就哭了起来。樊玫突然一阵寒战,预料事情不好。这也是这两天她一直睡不好,最担心的事情,终于还是要发生了。

孟一丹抽着鼻子说:"彦默,——给双规了。"

"什么?你说清楚些?"樊玫惊恐地问着。

孟一丹抽泣着说:"已经一个多星期了,我都不知道。"

樊玫惊恐的眼睛里全是泪,声音颤抖着说:"大姐,你别哭,你说到底怎么回事?"

孟一丹清理着鼻子说:"电话里不方便,我一会儿去你家里。"

半个小时后。

孟一丹红肿着眼睛来到了樊玫的家。

樊玫见状也哭出了声，她神色惶恐地让孟一丹坐下来慢慢讲到底发生了什么？

孟一丹先是一阵哭泣，又一把鼻涕地往餐巾纸上拧着，"你们建的那座环城立交桥，——塌陷了。"

樊玫一听，眼睛一黑昏倒在沙发里。

孟一丹脸上挂满了泪，又是喊叫她的名字，又是掐她的人中穴位。

樊玫在孟一丹的强力晃动和掐按人中穴位下苏醒了过来，她迷离的眼睛里还存着未掉尽的泪，浑身冰冷，虚弱无力地说不出话来。

孟一丹的下巴滴着泪，忙着到厨房给她倒了杯热水，又洗了条热毛巾拿了过来。

孟一丹边扶着樊玫让她喝口热水，边又准备拿热毛巾擦拭她冰凉的额头和脸。孟一丹的这些举动，被樊玫无力的手推开，拒绝着。

樊玫一阵恶心，又要呕吐。

孟一丹立刻用热毛巾托在樊玫的下巴下面。

樊玫吐出的全是清水，两天来，她只顾担心，没怎么吃饭。

孟一丹的眼泪不停地从肿得像灯泡一样的眼睛里淌出，她安慰樊玫振作起来，不要人先垮掉了，还怎么面对发生的事情。

樊玫面如白蜡，两眼泛直，脸上没有一丝表情。

孟一丹满脸是泪地吓得直说："樊玫，你振作一些，你不要吓我。看起来我还是叫救护车来吧？"

樊玫仍面无神色，但是手却紧紧按住孟一丹的手，微微地摆着头。

孟一丹又接着说："你一定要坚强一些，世上没有过不去的坎儿，儿子张成还需要你，为了儿子你也要好好地活下去。"

一说到儿子，樊玫的嗓子里像吐出一个被卡住的鸡蛋，卡的一声，号哭出了声。她闭上了直愣愣的眼睛，咧着原本漂亮，不大的嘴，撕心裂肺地痛哭不止。

樊玫心里知道，一切都随着大桥的坍塌，全部都要完了。

她提心吊胆了这么多年的事，终于爆发了。

她和孟一丹哭了不知有多久，眼泪也不知流了有多少。她们哭着、说着即将面临的危险，两个流泪的女人像大海里失舵的两条残船，摇摇欲坠，飘忽不定。

傍晚。

孟一丹又是一阵安慰樊玫，樊玫渐渐显得平静了许多，孟一丹便回家去了。

在儿子张成回到家里之前，樊玫强迫自己必须振作起来。她摇摇晃晃地走进卧室卫生间，不断地用双手撩着温水冲洗面颊。而后，她抬头望着镜子里哭得红肿的双眼和面部无色、憔悴的自己，好似一个失血过多即将死去的人。

往昔的情景又映现在眼前。

高档茶楼的包间。

汪大海一边给樊玫往精致的小茶碗里倒着茶，一边说："樊处长，您不用担心。我和赵厅长都谈论了不知多少次了，少一两个亿，这个项目不会有任何质量影响。这个钱也是成本之外的利润，一会儿赵厅长来了，咱们再听听他的意见。"

身穿深灰色高档名牌职业套裙的樊玫，神色严肃地跟汪大海说："汪总，这可不是开玩笑的，环城立交桥是城市的脸面。如果出现问题，那可是众目睽睽之下，无脸面对的事。"

汪大海肉脸上拥挤着不大的眼睛放着光，他架着浑圆的肩膀，一双短胖的手提着同样精美的茶壶，咧着厚厚大大的嘴殷勤地笑着说："我就是头掉在地上，也不会让项目出问题。你们尽可放心！"随即，将茶斟在了樊玫面前的小茶碗里。

汪大海放下手里的茶壶，从包里取出了一个精致的礼品盒，笑脸盈盈地放在了樊玫的面前，轻声地说："这是我夫人给您的一个小礼物，上一次晚饭人多，没机会给您，今天我给您带来了。一点小意思，不成敬意。"

樊玫喝了一口热茶，放下了精美的小茶碗，矜持地淡笑了一下，懒散地拿起这个礼盒，顺手打开了，"哦，——太客气了。"

汪大海笑成一条缝的眼睛里透着亮，轻声地接着说："不知合不合适？您试一下。我夫人只见过您一次，对您的印象很深，她说这个很适合您的气质。"

樊玫从礼盒里取出礼物，漫不经心地翻动着，"她真有心，看着大小尺寸还真差不多。"说着就将这件满绿、冰透、水润的翡翠手镯套进了白嫩纤细的手腕上，矜持地微笑着又说："还真合适，代我谢谢你夫人。"

汪大海看着一下就戴在樊处长手腕上的这件价值不菲的翡翠手镯，心里乐开了花。他又给樊玫添着茶，说道："这是小意思，不成敬意！"

樊玫淡笑着看着手腕上的这件翠竹滴露般的翡翠手镯，随手端起了汪大海又斟好的茶送到了嘴边。

此时，赵彦默的电话打给了汪大海的手机，他连忙接听着。

"大海，我这会儿有事过不去了，这个项目就这样定。我打樊处长的电话她没接听，她到了吗？"赵彦默在电话里说着。

"处长在，您稍等。"汪大海满脸笑容殷勤地回应着，并双手将电话递给了樊玫。

"喂！"樊玫仍面色矜持。

赵彦默的声音立即柔软着轻声地说："玫，打你电话怎么不接听？"

樊玫边摸手机边说："哦，是吗？我打开了振动忘开铃声了，你什么时候到？"

电话里赵彦默说："我过不来了，这边突然加了个事。玫，项目工程的事就这么定了，尽快往前推进，其他的电话里就不多说了。一切没问题！"

樊玫认真地听着，又说："好的，我会尽快推进。"

"你回去吧,今晚我们不一起吃饭了。"赵彦默强调着。

樊玫看着手腕上的翡翠镯子,矜持地说:"好的。"

此时,镜中的樊玫幻想着自己淹死在水里,像张坚沉在大海里一样,一了百了。如果能在浴室里触电而死,造成意外死亡,也是一个好办法。可是,无论她怎样幻想死亡,最终幻想的都是儿子张成面对自己时,痛苦不堪的脸。这个画面比她的任何死亡都令她心痛,她无法接受儿子失去母亲的惨状,她恨自己连死的选择都不能。

她又一次地用双手往脸上不停地一下下地撩水,又将水调到冷水,希望冰凉的水能使自己尽快清醒。她的脸由热变得冰凉和麻木,又从麻木变得滚热。

她抬起头看着镜中的自己,被冰凉的水刺激变得热而斑红的脸。她的头脑开始慢慢地回到了现实,儿子很快就会回到家里,她强制自己必须振作。她用热毛巾反复地敷在哭得红肿的眼睛上,使其尽快消肿,强制自己不能再掉一滴泪,不能让儿子看出来。

儿子毕竟是长大了,他喜欢回到家在房间里做自己的事。今天他和同学在外面吃了东西,进门打了招呼就回自己房间去了,并没有察觉到母亲有什么反常。

为了跟儿子继续正常生活,樊玫强迫自己喝了些果汁,吃了几粒保健药。

晚上 8 点多。

樊玫从卧室走出来,在开放厨房的餐台倒了一杯温开水,呆坐在客厅幽暗台灯边的沙发里。

儿子走了出来,看到了母亲还在客厅,他边倒了杯水边跟母亲说:"妈,我想住校,这样更方便晚上在图书馆查些学习资料。如果您觉得可以,我可以尽快跟学校申请入住。"

樊玫听到儿子这个突然的想法感到吃惊,并尽可能不把正面对着儿子，用温和的语气说："是吗？你想好了吗？如果你觉得这样对学习更好，妈支持你。学校倒是离家也近，可以随时回来。"她后一句话几乎是自言自语地说着。

儿子听母亲这么说，立刻肯定地说："我想好了，这是早就想跟您说的事了。"转而又说："我只是担心您一个人住在家里会孤独。"

樊玫感受着儿子的孝心，微笑着说："没事的，妈不孤独。"

儿子又接着说："不然我们哪天去买一只小狗，给您做伴？"

樊玫微笑着说："哦，小狗就不用买了，我也不会养。我们家在繁华地段，妈不觉得孤单。"

儿子握着手里的杯子走了过来，坐在了另一个沙发上，"嗯，那我就放心多了。如果您有需要儿子的时候，就给我微信。妈，我考上大学之后，还没有见过我爸，您看咱们什么时候去香港？我爸什么时候可以来呢？"幽暗的灯光下，隐现着儿子期盼的神情。

一说到张坚，樊玫的心里就像针扎一样地刺痛，她神色慌张地回答："好的儿子，我看怎么安排一下。你现在学习好，就是对父母最好的报答。"樊玫说着，脸微微侧向黑暗的一面，不让儿子发现自己哭过的眼睛。

儿子没有反应出樊玫担心的事，"嗯，我会好好学习。妈，我们学校最近有一个设计活动，我已经报名，争取可以入围参与设计。"

"妈相信你！"樊玫由衷地说着。

"嗯，那我去休息了，您也早点休息。"儿子说着就站起了身，走向自己的房间。

儿子就这么懂事地生活在樊玫的生命里，每当樊玫走投无路的时候，从儿子身上总能看到希望。

她默默地念叨着："感谢上天给儿子的善待！"

儿子回了房间，轻轻地关上了门。

绷着劲的樊玫，又瘫软地倒在沙发乳白色的靠垫里。她无法想象，自己的人生路会走到这般境地。

在天之灵的张坚，此时是否也在谴责自己，如此不负责任闯下的祸，丢下他的骨肉而不顾地走了。

如今，樊玫和赵彦默的环城立交桥坍塌事件，犹如不攻自破，使她和赵彦默经手的项目溃烂于世人的眼里。

这件事，她在最初的时候就担心，项目款的大量亏空，所造成的质量问题。可是，汪大海却坚决保证：人不会有问题，大桥更不会出问题。

这个汪大海，也是想钱想疯了。此时，樊玫恨自己和赵彦默贪财，走进他的金钱途径。致命的另一个错误就是轻信汪大海对质量的保证，而没有客观考虑和严格审查工程质量。

此时，扎在沙发垫里的樊玫，知道下一个追查的就是自己，还有跟赵彦默所有相关的经济往来。

她的思绪在恐惧中蔓延，心想："彦默出事，父母目前住的海南私人会所将难以持续。如果父母回到家住，债主就会逼上门，安全受到最直接的威胁。坍塌事件将是真正的倾家荡产、性命难逃。恨不得今晚就结束自己的生命。

如果自己结束了生命，父母和儿子将怎样安排？死不瞑目啊！

樊玫只能赖活着，等待时机变化。

她不知双规的彦默现在都交代了什么？也不知汪大海的情况如何？

樊玫可怜年迈的父母，在晚年遭受最不幸的精神打击，估计这个事情一连串地引发，会要了他们的命！如果父亲先走了，痴呆的母亲又怎么办？儿子又会不会在得知父亲和奶奶不在人世而难以承受这份打击？儿子是否会受到国内事发的案件影响？……"

此时，思绪杂乱，身心溃败的樊玫，只剩下轻飘飘的躯壳。

她咬着牙暗暗地在心里说："在自己没被带回国之前，坚持维持看似正常的生活。"

这时，窗外夜空闪电，随即要下暴雨的样子。

第十九章
惊弓之鸟

果不其然，樊玫父母在海南的高端会所生活，受到了赵彦默被审查的影响。会所老板跟樊玫联系，他非常客气地说这个会所很难维持。会所目前已抵账给别人，樊玫的父母将不能继续住下去。

樊玫知道这个消息不久，这个老板就再也没有联系上，而是由其他人将樊玫的父母送回了家。

樊玫深感人走茶凉的世态炎凉，百般无奈下承受着血淋淋的现实。

樊玫的父母回到家里，就成了追债人的猎物。这一切都在樊玫的预料中，一幕幕地上演了。

樊涧新的家和张坚母亲家的居民楼一样，没有园区门卫控制来访者，也没有单元楼门口门铃锁。来访者可以直接进入园区，走进单元楼的楼层。

追债人不但轻而易举走到他们的楼层，甚至能通过万能钥匙走进房间。

今天，追债人不像以往趁着樊玫父母家没人，偷偷进家留条。而是大摇大摆地直接按压门铃，找上了门去。

樊玫父母家的门铃，一下下鸣叫着。

樊涧新走到可视门铃前看到了来访者，眼前是两个穿着休闲装，一高一矮，一胖一瘦的男人。其中一个矮个子的脖子上戴着一条筷子宽的金项链，另一个高个子男人不断按压门铃的手腕子上有文身。

樊涧新突然后背生冷，判断来访者应该是追债的人。

他极力保持平静地对着可视门铃的语音口问："谁啊？"

门外的高个子男人说："你女儿的朋友。"

樊涧新眯着眼睛看着门外的高个男人说："我女儿不在我家里，我不认识你们。"

门外矮个的男人挤在可视镜头前，沙哑着声音恶狠狠地说："告诉你女儿尽快还钱，不然后果自负！"

樊涧新心里一惊，心想："女儿说已还了赌债，分明是没说实话，或是他们还没有收到债款？"年迈的樊涧新，苍老的声音传出了语音："我女儿跟我说，她已经还了你们的债款。"

其中一个高个压低着声音有力地说："还了钱，我们就不会来了。你最好开门，我们面谈。如果报警，事情会更糟糕！"

樊涧新神色不安，激动地微颤着年老松弛的声带说："你们进来又能怎样？我女儿会还你们钱。请你们回去等待！"

门外的高个和矮个交换了一下眼神，矮个男人对着语音口说："我告诉你，这个欠款非常大，你女儿必须给我们一个具体的说法。你开门，我们面谈。不然，我们不会离开！"

樊涧新突然想到也许是敲诈，应该立即报警。但是，又担心报警，女儿真有欠债会被案发。他又对着语音口说："你们拿出欠款的证据，不然我很难相信。"

这时，从门缝下面送进来了一张折着的纸。

樊涧新取过这张纸，打开后看到了上面女婿张坚签名的复印件，数千万的高利贷赌债，令老人顿时头晕目眩，险些栽倒在地。

门外的追债人又传来语音："三天之内，让你女婿和女儿还这几千万的高利贷，不然后果自负。"说完两人走开了。

樊涧新拿着这张复印的欠款单，双手颤抖不止。老伴儿赵淑兰神情紧张地直直盯着樊涧新。樊涧新看着她的神情，知道她应该不是因为眼前的这个事情而紧张，估计是坐着又拉尿了。

他走过去，放下手中的欠款单，扶着老伴走进了洗手间。

樊涧新在洗手间里又是一阵地唉声叹气，一边埋怨老伴儿怎么突然成了拉尿都不能自理的人，一边自语晚年苦命，摊上这些个厄运。

他给老伴儿擦洗完又换好了成人尿不湿，扶着她走出了洗手间，送她到卧室休息。而后，他决定先跟赵彦默联系一下，告诉他家里出现的这个事情，也好请他看看情况。

樊涧新给赵彦默打手机电话，始终是关机。他又拨通了司机的电话，询问赵彦默。司机回电话说赵厅长已经一个多星期不上班了，被带走审查。

樊涧新不敢相信会有这样的事情发生，并询问出了什么事情？司机回答是因环城立交桥坍塌事件引起的。

樊涧新很清楚这个总挂在女儿嘴上的项目，他知道这是樊玫经手招标和实施的大项目。环城立交桥坍塌，赵彦默被审查，那自己的女儿一定也难逃干系。樊涧新顿时呆滞地不知说什么好，便匆忙地挂断了电话。

他瘫坐在客厅的座椅上，闭着褶皱的双眼，眼角不断地渗出了泪，心想："高利贷赌债，环城立交桥坍塌，你们是要往死路上走啊！"

他缓缓地睁开了眼睛，颤颤巍巍地抬起满是皱皮的手，抹着眼泪，又拿起了电话给女儿拨打了国际电话。

在巴黎的樊玫看到父亲的电话，为了给他省钱，断掉后又给他打了过去，"喂，爸，您找我？"

樊涧新泪眼迷茫，颤抖着声音说："玫儿，你跟爸说实话，到底都发生了什么？"

樊玫听父亲这么问，心想一定是父亲听到了些什么，她显得神色慌张,"没发生什么？一切都好啊!"

樊涧新的眼泪不断淌下来,"爸老了,你妈也傻了,我们是将要死去的人了。在死之前,爸尽可能为你们做些事情,帮助你们。"

樊玫听到父亲哽咽的声音,自己的眼泪也溢满眼眶,心知肚明地打马虎眼说:"爸,您这是说什么啊?"

"张坚的债人追到了门上,我看到了他的债单,这个高利贷的钱是我们所有的钱和家产加起来都还不了的债务。你应该清楚吧？——还有,你的环城立交桥坍塌,赵彦默已经被审查,我想你也应该知道这个事情。如果贪了国家的钱,还是尽早回来交代为好。"樊涧新说这些话的时候,神色灰暗、无力。

"爸——"樊玫呜呜地哭出了声,一个字都说不出来。

此时,樊涧新家的门被人拍打着,并听到高声地喊叫:"有人吗？快开门,你家老太太跳楼了!"

樊涧新顿时头皮发麻,两眼直愣愣地,张着嘴巴说不出了话。

樊玫在电话里听到了喊叫的内容,惊恐地哭着大声跟父亲说:"爸,是妈跳楼了吗？爸、爸,您在听吗?!"

樊涧新握着正在通话中的手机颤抖着打开了家门,院子里的几个人站在门口,扶着他立刻下楼。

此时,楼下警车鸣着笛来到了事发现场。

樊涧新已经完全神志麻木,握着不再接听却仍在通话中的手机,步履蹒跚地往楼下走。电话里隐隐传出樊玫不停地哭喊声,含糊不清的语音……

樊涧新被搀扶着走到楼下,穿过围观的人群,看到了已经血肉模糊倒在血泊里的老伴儿,他两腿一软不省人事。

现场又是一阵躁动和慌乱,警车、救护车、围观的人们,小区里沸腾了起来。

这些人群中,混杂着没有走远的追债人。他们耷拉着眼皮,撇着嘴,相互对视，摆头离开了。

嘈杂的人群中，樊涧新落在地上的手机里，樊玫仍旧哭嚎着，说着什么……

围观的人们没有发现脚下樊涧新遗落的手机，在来回移动的脚下，被踩碎了。

樊玫和父亲的电话由此终止。

樊玫此时已神志模糊，头晕目眩缓缓地倒在地上。她的耳道里像钻进去了两只蝉，鸣叫不止。许久，她的耳鸣消失，头脑渐渐清楚，她环视着独自一人的家，捡起掉在地板上的手机打了孟一丹的电话。

她说自己的身体很不舒服，请孟一丹立即赶来。

她断掉了电话，瘫软的身体无力站立，只能爬到门边，打开了房门锁，便昏了过去。

窗外的一束暖阳照射了进来，刺醒了病床上昏睡了两天的樊玫。

面如土色的孟一丹，靠在她床边的椅子上昏睡着。

樊玫微弱地睁开了原本以为再也睁不开的眼睛，她环视着陌生的环境，和眼前睡着的孟一丹。她的意识开始恢复清醒，眼睛里又立即集满了泪水，便猛地坐起身来，下床要走。

孟一丹被她的剧烈动静惊醒，吓了一跳，连忙扶着正要一头栽倒在床下的樊玫，紧张地说："你要干什么？不要起来，你还很虚弱！"

樊玫被孟一丹扶靠在病床上，她微弱地哭着说："让我死吧！——死了就干净了！"而后，樊玫又好像突然想到了什么，对孟一丹说："大姐，我做了个梦，我的父母都死了，我妈跳楼了。"她抓着孟一丹的双臂，满眼是泪地看着她。

孟一丹的眼泪也不断地涌出了眼眶，模糊了她的无框眼镜片。

樊玫惊恐的眼球好似要跳出来似的盯着孟一丹说："不，不是梦，是真的，是真的，我的父母真的都死了！——你说啊大姐，他们是都死了吗?"

孟一丹低着头没有回答她,只见眼泪从眼镜片上一滴滴地滴落下来。

樊玫盯着孟一丹的眼睛里装满了恐惧,两手仍死死地抓住孟一丹的双臂。

孟一丹被她抓痛了似的,从她的手中抽出了双臂。孟一丹将载满泪水的眼镜摘了下来,用衣角将眼镜片上的泪水擦去,重新戴在哭肿的眼睛上。她努力地克制着自己的情绪看着樊玫,哽咽地说:"樊玫,——你要冷静接受不幸的事实。"

"他们都死了?——是吗?"樊玫近似于麻木地喃喃地说。

"二老也算高寿了。"孟一丹哽咽地说着,又一次将眼镜取下擦泪。

"他们真的都死了?——是吗?"樊玫似乎带着神经质地,竟然冷笑着喃喃说着。

孟一丹满脸是泪地看着她说:"樊玫,你一定要坚强。事情发生了,——就只能面对。明天一早二老就火化了,你父亲的单位出面处理。公安通知家属找到了你的原单位,之后又联系到了我。"

樊玫直愣愣地面无表情,只见眼泪不停地往下流。

孟一丹看着她这般样子,更加担心了,"樊玫,你要想开点,事情都已经走到了这一步,我们没有回天之力。儿子张成还需要妈妈,你不要做傻事。"

樊玫突然倒抽了一口气,从嗓子里发出怪叫的哀鸣,又晕过去了。孟一丹边惊慌着按床头的呼唤指示灯,边摇着樊玫呼唤她的名字。

医生和护士很快走进了病房,请孟一丹在房外等候,一阵慌乱地进行抢救。

孟一丹站在房外,心急地透过门上的玻璃窗口看着病房里的一切,眼泪止不住地从眼镜片下流出来。

樊玫的血压直线下降,呼吸机和人工心脏起搏器都用上了。

孟一丹泪流满面,双手十指相扣,闭着红肿的眼睛,嘴里念念有词地向上帝祈祷。

在孟一丹的心里，眼前的樊玫好似就是自己丈夫面临的局面。赵彦默虽说没有因赌债高利贷丧失亲人，可是他的金额不比张坚的赌债少，这个数目能要了他的命，家产也难保。

站在门外祈祷的孟一丹，浑身发空，身寒如冰，战栗不已。

她心里责怪丈夫赵彦默怎么这么不慎重，竟然不考虑桥梁质量。她也恨自己怎么就没有多提醒他一些，也过于相信他。她又想到女儿跟未婚夫喜气洋洋购置的那套准备结婚的花园豪宅，也要面临着灰飞烟灭。当然，还有自己在巴黎的家和海鲜酒楼。

孟一丹虽说人个头小，但是身体素质还好，没有像樊玫一样倒下。她心里知道，近期樊玫家里接二连三不断地出大事，前后死了四个亲人，这还不要了她的命。如果樊玫再没有了，可怎么向张成交代。

孟一丹也为自己的家胆战心惊，恐惧不安。

这时，医生走出了病房，护士跟着也出来了。医生跟孟一丹说："抢救过来了，我们给她用了点镇静药，她需要休息。你可以不陪护，谢谢你的配合。"医生礼貌地说着走开了。

孟一丹呆呆地留在病房门外，又望望里面戴着氧气面罩的樊玫，只好听医生的嘱咐离开了医院。

五天后，樊玫被孟一丹接回了家。

她在孟一丹的搀扶下，脚踩棉花似的走进了自己的家，坐在客厅的沙发里。孟一丹说这两天跟她住在一起，便于照顾她。樊玫为此感动地又掉下了泪。

她喃喃地哽咽着说："我父母就这么走了，——太惨了。"

孟一丹坐在她的身边，拉着她冰凉的手，眼睛里充盈着泪水轻声地说："确实令人心碎，但是，事情已经发生，不可挽回。你不要过于深想和难过了。"

樊玫抽泣颤抖着说:"我父母的骨灰待我回去,从殡仪馆移到墓地,——安葬。"

"樊玫,你刚出院,身体还很虚弱,不能过于伤心,你要坚强一些。"孟一丹话音刚落就抽了几下鼻子,抹着眼泪。

樊玫灰死的神情漠然着,眼泪不停地流着。

孟一丹强忍着内心的痛苦,不断地安慰着樊玫。

慢慢地,樊玫也平静了一些。

而后,她让樊玫半躺在沙发上,给她盖上了手边的一条毛毯,"樊玫,身体是第一位,为了儿子也要好好活下去。估计你也饿了,我给你蒸个鸡蛋羹好吗?"

樊玫头昏脑涨地微微摇了摇头,下巴上挂着的泪水随即散落着。

孟一丹强调着说:"一定要吃一点儿,这样可不行。你要尽快地恢复身体,张成回来还要跟妈妈一起度周末呢!上周末回来,我就跟他说了谎。这个周末就一定要等他回来,好好团聚才是。"

樊玫神色黯然地深深叹了一口气说:"大姐,谢谢你的照顾。我知道,赵大哥的事你心里也不好受,我们的灾祸都赶在一起了。"

孟一丹声音微颤着说:"天大的事也要面对,谁让他惹的祸。"说完起身走向开放式的厨房。

樊玫将脸埋在沙发背上,暗暗地咬着嘴唇泪流不止。

孟一丹往碗里磕着鸡蛋,双手颤抖不止。

一会的时间,孟一丹将蒸好的鸡蛋羹端了过来,扶起了躲在靠背里虚弱、痛苦的樊玫。她将鸡蛋羹一勺一勺地喂到了樊玫似张非张的嘴里。樊玫努力半抬着涩胀、热红的眼皮,强忍撕心之痛,哽咽着将含在嘴里的蛋羹困难地下咽着。

直到孟一丹将最后一勺喂到了她嘴里,看着她咽下去,总算松了口气。

樊玫原本煞白的脸，此时浮出了些血色，她牵强地扬起嘴角带着苦涩地说："谢谢大姐！"

"不用谢，看到你吃了东西，脸色也好转了些，我心里就踏实多了。"孟一丹微笑中也带着难过。

顿时，樊玫的眼眶涌出浑圆、沉甸的泪珠，又一颗颗地跌落在胸前，"我有罪啊！"

"樊玫，你不能再深想了，事已至此，彦默也有大的责任。老人走了，也算是解脱了，追债的人不会再骚扰到他们，他们在天之灵安宁了。"孟一丹眼睛里渗透着伤痛，脸上却强作镇静地宽慰着她说。

樊玫鼻头红涨，两眼也肿得几乎睁不开地泣不成声，"——但愿，他们在天之灵会安宁。——我就是想不通，我母亲，——怎么就跳楼了呢？"

孟一丹眼含泪水，肯定地说："老人家很可能是因为痴呆的原因，一时不清楚。"

话是这么说，可是在樊玫心里，她认为母亲也许是清楚父亲说到的巨额赌债，再加上老年痴呆，才跳的楼。母亲毕竟是不在人世，什么原因跳的楼，也无从考证。

在樊玫心里也种下了对自己终生的谴责。

亲人们的突然离世，樊玫不知怎样告诉儿子张成。她思想挣扎，决定保密，不让孩子经受这突如其来的打击。她哭碎的心，将痛苦烂在心里。

这两天，她拖着渐渐恢复的虚弱身体，和沮丧悲观的心跟孟一丹不断地商量着今后的事。

她们恐惧不安地把该想的都想了，可是，也没有想出一条出路。

樊玫向孟一丹说她在巴黎的经济即将没有着落，这套坐落在花都小巴黎的奥斯曼豪华公寓，很难继续供养。

孟一丹惶恐的眼睛里透着对樊玫的同情，她愿意打两万欧元借给樊玫，暂时维持一段时间。樊玫感恩之余，在她和赵彦默的亲密关系和事发项目上，对孟一丹深感内疚。

她们不断地猜想现在赵彦默的情况。

其实，此时孟一丹的心里很清楚，自己在法国的生活也即将面临绝境。

樊玫又紧张沮丧地说："汪大海的情况也不知道怎么样？我早已没有他的联系方式。他是关键人物，也是最危险的人。如果他被带走，供出来所有的事，那么一切都完了。"

孟一丹的面部僵硬，眼睛里跳动着不稳定的神色，自言自语地说："谁知道呢？听天由命了。"

樊玫悔恨地说："我也很恨自己太过于轻信汪大海，恨自己经不住他的钱财诱惑！"

孟一丹近似于绝望的眼神里透着痛心，"是啊，彦默怎么也不多想想，那么多钱从项目上出来，质量能不受到影响吗？他也是糊涂啊！也怪我，没有多提醒他。我也存在一些侥幸心理，说实话也太需要钱。你知道在法国生活，如果没有自己的一个实体产业支撑，是很难走进法国人的社会里，也挣不到钱。我们既然选择了国外，已经走出来了，就不能轻易再回头。况且，孩子都已经扎根在国外的生活里。孩子在哪里，我们当父母的不就在哪里吗？"

樊玫无助的神情穿过如泉的眼泪，喑哑着颤抖的声音说："大姐，你说，如果汪大海真是供出来所有的事，我们可怎么办？"

孟一丹的眼睛里始终载着泪水，却极力克制着，"怎么办？等着国家追究吧——"

"那，——就全完了。"樊玫呆滞地说着，无意识的泪水不断淌过脸颊滴落着。

孟一丹几乎是咬着牙关忍痛地说："我之前看到了一些新闻关于国内反腐的事，也无数次问彦默会不会出问题。他却总说没事儿，你看现在还是出事了。不过，如果环城立交桥不坍塌，也不至于事发。汪大海是受益人，也是一根绳上的蚂蚱，他应该不会坏事。"

樊玫悔恨地闭上了眼睛，两行泪水被齐刷刷地挤压下来。

孟一丹的眼泪仍在眼睛里游动，不断地一次次涌现，又一次次地吞咽回去。突然，她好像是想到了什么，望着闭着眼睛却不断流泪的樊玫说："我们躲在法国另外一个地方，立即卖掉现有的财产，隐名埋姓。"

樊玫听着她说着，便困难地睁开肿胀的眼睛，颤抖着声音，"怎么说？"

孟一丹潮湿的小眼睛里闪烁着细细的光色，"我们都把现在的家卖了，我尽快把酒楼的生意也出售了。手里有了钱，隐名埋姓，重新换个地方生活。"

樊玫透着一丝希望的神色，又突然淹没在满脸的愁容里，"怎么隐名埋姓？我儿子还在上学。"

孟一丹信心十足地说："儿子继续上学，你先躲起来。我正好有个朋友，他可以做假护照。我们不如也做一份以便使用。"

"可以吗？我好害怕啊——"樊玫神情恍惚地说。

"只能这样，其他没有办法。"孟一丹咬着牙根说。

三个月过去了。

赵彦默那边没有一丝消息传过来，汪大海的情况仍然不清。

樊玫和孟一丹把住房都挂在了网上，由杰西卡的房屋中介公司销售，每周开放两次。孟一丹的海鲜酒楼，一边营业一边也在销售。她们的假证件已经拿到了手里。

樊玫跟儿子说销售房子是为了再换一个环境安静一些、有花园的住处。儿子说都听母亲的安排，他更希望自己以后挣钱买一个城区的小公寓方便去工作，有时间再去照顾母亲。樊玫觉得儿子真的是长大了，开始有自己的人生规划，为此感到欣慰。

儿子之前投的设计图被选用，还赢得了第一份5000欧元的报酬。他给母亲买了一条香奈儿的丝巾,将有着精致包装的礼品送给了母亲。樊玫接到了这个礼盒,将丝巾围上的那一刻,感到无比幸福。这个礼物是樊玫接过的所有礼物中,最珍贵和有价值的一份。

儿子大学期间,兼职了巴黎某设计公司的设计工作,不间断地挣一些设计费,他每一笔费用都会给母亲买一件礼物。随着儿子的兼职和利用周末上门给一些孩子辅导绘画,樊玫已经不用再负担儿子的生活费用。这对于樊玫几乎走投无路的经济,减压了一大块。至于让儿子负担家里的开支,他目前的收入还不稳定,樊玫也不会轻易给儿子带来额外的压力。

儿子跟母亲说,大学毕业后他想申请研究生,这样会对自己今后的发展有一个更扎实的学习。

樊玫对儿子的人生计划认可并支持。

儿子一心住校学习,周末回到家里。

樊玫则忙着实施和孟一丹的人生计划。这几个月来,她除了与儿子周末团聚的幸福时刻,剩下的全是焦虑、恐惧和精神挣扎。

第二十章
我恨你

两个半月的时间，就这样刷地过去了。

樊玫的房子没有卖出去，她奇怪怎么就没有人出价，竟是来看的人。孟一丹的酒楼和自住房也没有出售掉，她跟樊玫一样，每天心悬在刀尖上。

樊玫的心情极端糟糕，这半年来她在煎熬中担心着中国的事情，对于自己的容颜和装束已全然不顾。她经常在家里一身睡衣地从早到晚，只刷牙洗脸，不再化妆，更不愿意出门。

出门对她已经没有太大意义，除了瞎溜达，就是看街上来来往往的人们和浪漫的情侣。那些琳琅满目的商店，早已不是她踏入的地方。那些芳香迷人的花店、各种香料的店铺、浪漫的餐厅、温馨的咖啡馆，还有阳光与美景，对于她的不幸也成了一个极强反差中的刺痛。

在她的心里，自己是一个被社会和所有美好抛弃的人。

期间，弗兰克曾多次约她，却都被她拒绝了。

弗兰克不明白发生了什么，使她不愿意再见到自己。

其实，在樊玫的心里，弗兰克是一个令自己不能接受的花心男人。她认为他喜欢尝试不同的女人，又可以持续在一个或几个女人身上，为此在多情中又显得重情的矛盾人格。

总之，弗兰克就是在自己较好的相貌里，取悦女人心的男人。他又在浪漫多情的神色和华丽甜蜜的语言中，捕获、情迷着女人的神魂。

樊玫为此也深陷其中。

环城立交桥的事发和痛失亲人，几乎全部覆盖了樊玫对弗兰克迷恋的空间。巨大的压力和恐惧，使她神魂脱离了身体，如行尸走肉。

孟一丹的酒楼还在边卖边营业着。

樊玫和孟一丹就像是被这些家产套住，成为走投无路的猎物。她们在极度的恐惧中，数着脱身的时间。

她们知道如果真是来不及出售，就要面对全部被追索走。为此，她们不甘心，硬着头皮跟时间赛跑、铤而走险，使损失降到最小。

樊玫没有收入，赵彦默那里也断了财源。孟一丹借给她的两万欧元也很快要见底，她决定一边继续出售房子，一边去打工。孟一丹的酒楼有太多中国人来来往往，不便她抛头露面，若去在后厨洗碗，孟一丹也不会同意。她想去家附近的中国饭馆，藏在后厨刷刷洗洗，挣点小钱。

一个月后。

樊玫找到了家附近不算大的中国川菜馆，在后厨刷起了餐具。几天下来，她累得筋疲力尽，手指粗糙得像是粗砂纸。后厨的油烟中混合着辣子包裹着她，令她喘不上气来。还有后厨灶勺在金属锅边磕碰的当当啷啷声、老旧的抽烟机的轰隆声、盘碗叮当与哗哗的水流声，使她的头脑混乱一片，近似于崩溃。油腻的盘碗和自己的双手泡在残渣剩饭的水池里，翻动着洗涮没完没了的餐具，她的眼泪不知何时已混入其中，模糊了视线。

樊玫这位在中国跟着赵彦默吃遍大江南北美味佳肴的座上宾，今天沦落成了小饭店杂乱不堪、油臭刺鼻的洗碗婆。她的精神在洗碗剂的泡沫中裂变出更为耻辱的仇恨，她恨自己的贪婪和情色，走到了今天这般境地。

她恨赵彦默，使自己身不由己，恨汪大海，使自己悄然走进金钱诱惑的深渊。

往昔的情景总浮现在她悔恨的眼前——

那时，樊玫除了无休止的大吃大喝和接受服饰珠宝，就是手里攥着用不尽的高端会所消费卡。这些卡，除了健身、洗浴、养身、美容美发等，就是她喜爱的葡萄酒庄园、高尔夫俱乐部的高端会员卡。

那是老板提供的纸醉金迷的生活。

在距离市区30公里外的一座依山傍水、拔地而起的梦幻般的欧式建筑，便是高端葡萄酒庄园。

樊玫和赵彦默乘着老板汪大海的加长宝马轿车驶来的时候，被眼前惬意的异国情调所梦幻神怡。

金碧辉煌的欧式雕花铸铁大门，宽阔的石板仿古马路，两边古典的金柱路灯，周边绿草茵茵。在宏伟壮观的酒庄主楼前，有着一个用巨大的石头建筑而成的水潭，水潭的中间有一个三层的圆形喷水池，从上往下跌落着层层水流，溅出晶莹圆润的水珠。

中世纪的古典马车，在洋人装束的车夫轻轻扬起的精美马鞭下，伴着表演性的吆喝声驾驶着。大洋马的脖子上长长的鬃毛里悬挂着一个大铜铃，伴着毛茸茸的马蹄有序着舞蹈般的步态，叮咚、踢踏悦耳。

马车上只有赶车的马夫，却没有人坐，只是为了营造私家高端会馆的气氛。

樊玫为之陶醉，她不由地看了一眼端坐在身边满脸矜持，难掩内心喜悦的赵彦默。他们会意的眼神交融在一起，两人座椅间的双手轻轻地挑弄着，随即又握在了一起。

开车的汪大海满脸笑容，缓缓地行向主楼门前。

迎宾小姐站立在大厅大门两边，庄园老板已经迎接在他们眼前。

在主楼大门前，他们一阵寒暄，便跟着殷勤的酒庄老板，走进了主楼大厅。

世界名曲的轻音乐，轻轻地回旋在鎏金挂银的主楼大厅。

大理石地面，金色的墙体上挂着巨幅世界名画，在硕大水晶圆形吊灯和墙壁上一盏盏晶莹剔透的水晶壁灯照耀下辉煌夺目。

他们将在酒庄老板的引领中，参观整个酒庄。

主楼有高端餐厅、牌室、KTV、舞厅、影院等娱乐设施，有着世界一流的电子设备和舒适华丽的环境。

服务人员训练有素，衣着、举止国际范儿。说起话来亲和、温婉，轻声细语，尽显品质。

在主楼后面的花园和曲径通幽中，有着一个个形态各异的欧式独栋别墅。别墅大小不一，室内布置各异。每栋别墅有着不同的奢华家具、饰品和色调，彰显着尊贵。

每栋别墅除了每天流动的清理人员，还有留在宅院里的两个侍者，负责斟茶、料理杂事。

别墅的内置花园也是各有风情，其中都有温泉。

有的植被繁盛，假山翠植间，潺潺温泉直入浴池；有的满园鲜花，温泉环绕，人造山洞泉池翻动，洞口水帘撒落。

园区背景音乐会根据每个不同别墅的环境，播放着不同的曲子。

园区最吸引人的，则是深藏在地下百米深处，占地半个庄园大的高端奢华酒窖区域。

在酒庄老板的引领和汪大海的护拥下，他们一行进入葡萄酒制作工艺区和历史馆浏览。酒庄老板热情介绍后，他们走进大厅一侧的金色大门，伴着金色壁灯的幽暗光线，走向通往地下的金色扶手旋转楼梯。

他们几经旋转，走入百米深处的另一个金色拱门。

眼前幽暗的灯光下，空间豁然开阔。

这里有酒庄窖藏区，有着世界顶级的各类品种、年份的葡萄酒。有葡萄酒鉴赏、品酒、收藏区，还有私人高端独立酒窖区。

樊玫和赵彦默随着不断出现的高端奢华环境和名酒，眼睛里散射出奇特的光色。

酒庄老板高度热情和殷勤地介绍着，汪大海始终满脸笑容默默地伴在赵彦默和樊玫身后。他们在鉴赏、品酒和收藏的这个豪华私密大厅坐了下来。

侍者戴着白手套，将三个光亮的高脚酒杯摆放在了尊贵会员的面前。酒庄老板也戴上了一双侍者递过来的白手套，转身从他身后的葡萄酒架上小心地抽出来一款红葡萄酒，缓缓地介绍了起来。

而后，酒庄老板亲自用一块儿白色餐巾托在酒瓶底，适量地倒进了他们的高脚杯里。

樊玫和赵彦默跟着他的提示，品尝着入口于舌苔味蕾上的味觉感受，不断点头称赞。

酒庄老板不断升级抽取介绍着有年份的世界名酒，斟酒在他们眼前一个个新换的高脚杯里。

赵彦默和樊玫已经被美酒陶醉，一心想要将这些有年份的名酒归于私人酒窖收藏起来。

汪大海恰逢时机地向酒庄老板会意地看了一眼，又看着赵彦默和樊玫殷勤地说："你们的酒窖已经安排好了，里面已经存放了这些酒，一会儿咱们就去看一下。"

赵彦默面色矜持，内心欢喜，随即会意地看了樊玫一眼，端起手中的酒杯抿了一小口，跟汪大海缓缓地说："汪总费心了。"

"应该做的！"汪大海笑脸满面，眼睛在幽暗的灯光下闪着亮光。

随后，酒庄老板又引领着他们走到了私人酒窖区。

这是属于他们的两个私人酒窖，里面存放了世界各类顶级品牌的葡萄酒。按刚才酒庄老板的介绍，这些酒加起来的价格应该有500万元人民币以上。

赵彦默和樊玫心里乐开了花，脸上却始终保持矜持。

那几晚，赵彦默和樊玫在酒庄高端会所，吃喝玩乐尽显奢华。

赵彦默和樊玫在奢侈的晚餐中，饮着不同品牌和年份的百年窖藏葡萄酒。而后，迷醉在他们独栋温泉别墅的超大豪华双人床上，寻欢作乐。

那简直是神仙般的日子。

直到樊玫出国前，她和赵彦默的私人酒窖里藏酒的价值，已经突破千万元人民币。

汪大海安排的另一个高端场所就是高尔夫俱乐部。

起初赵彦默和樊玫根本不会打高尔夫球，也不懂这项运动。汪大海为他们全面计划，从购买高端世界品牌的球服、球具，到高端高尔夫会所初次体验以及从吃、喝、玩、乐一条龙服务的练球开始，再到下场，逍遥步行于林间、沙地、草坪、水塘边，享受大自然的环境。这使得他们逐渐对高尔夫运动产生精神上的迷恋，球打得好坏不重要，重要的是围绕着高尔夫运动的配套服务，使他们享乐其中。

那些年，他们在汪大海的陪同下，近似于疯狂地周游各地知名度假别墅球场打球、消遣。

樊玫和赵彦默的高尔夫行头也高频率地更换着世界顶级名品，除了球服，他们有着不同品牌的球包及包里的球具，每套的价值四五十万元人民币。一颗球也要几十元，极为特别的一颗球达到百元人民币，简直奢侈到登峰造极的地步。

单独下一次场，不带吃喝，一个人的消费就要两三千元人民币。这些活动的背后是由汪大海和其他老板供给和买单。

投其所好，是商人打开利益关系的金钥匙。

贪图利益则是权利操纵的温床，不断滋生着他们迷醉的生活。

赵彦默和樊玫就是汪大海和其他商人手中的棋，一下一个准地被捕获着。

如今，樊玫恨自己愚蠢到了想不清楚，因贪图钱色而被深藏身后的更大利益人的算计，使自己走到了今天垂死挣扎和丧失亲人的悲惨境地。

如今，刷洗餐具不到一周的樊玫，再也无法承受身心的落差和巨创，在拿到仅有的两三百欧元后，彻底结束了这份工作。

回到家里的樊玫，用粗糙如沙的手指取出了孟一丹找人为她做的假护照。她的心和双手颤抖着，暗暗地说："这又是一个错误和罪行，万不得已不能拿出来。彦默至今没有一点儿消息，这么寂静。真是瘆得慌，就如同大战前死一般的寂静，预示着即将燃起的战火，硝烟四起。真的是好害怕啊——"

樊玫环视着这所美丽的房子，如同一个精美的牢笼将自己死死套牢。她想尽快脱手这套巴黎住房，甚至摆脱孟一丹，自己单线逃走应该是最安全的选择。中国的住房是"秃子头上的虱子，明摆着的"，只能任由处置。保住法国巴黎这套住房的钱财，才是保命。樊玫呆滞着生冷的神色，心里暗下决心，再换中介。之前的中介委托合同已经过期，现在只需要告知不再继续，就可以重新委托另外一家，为自己脱离孟一丹，单线销售。

樊玫立刻打开手机，在法国华人网站寻找华人销售中介。别说还真是很多，最终她选择了一位马来西亚华人男士艾文，委托销售自己在巴黎的这套房子。

樊玫为自己的这个决定感到英明的同时，又安慰着自己："假护照，毕竟是假的，孟一丹也无处可查到自己的动向。"

两个半月过去了。

身体的难熬，使得樊玫又一次跟弗兰克赴约寻欢。

公寓式酒店的单间套房里，环境安静而封闭，两人疯狂地寻欢，引来了隔壁的敲墙声。他们尽可能压低着两人幸福的呼喊和呻吟，陶醉在肉体交合的快感中。

樊玫每次跟弗兰克的性事，都会深感自己的人格分裂。

她明知道这个法国男人根本不值得自己交付灵魂，但是又难挨自己的肉体凡身之欲。事后，她总会在洗浴间彻底冲洗着这份自认为多角的、不洁的关系，甚至令她恶心。

今天，樊玫像往常一样，要穿起衣服，准备回去。

弗兰克也总像往常一样裸露着上身，懒散地躺在床上看着她，回味着刚才的感受。

几个月不见的樊玫，令弗兰克不解地打开了话匣子。

"我真的不知道发生了什么？你可以告诉我吗？"弗兰克看似平静的神情，透着疑惑地说。

"什么？我不懂你在说什么？"樊玫边笼着头发，边故意装着不明白地说。

"如果我可以帮助你，我想我会尽力。"弗兰克审视着准备离开的樊玫，淡笑着说。

樊玫冷言冷语地说："你帮不了我。"

弗兰克眼睛里透着疑惑继续说："你可以告诉我吗？也许，我可以帮助你。"

樊玫看了他一眼，冷笑了一下，"我很需要钱，你可以帮助我吗？"

弗兰克立即从白色的被单中亮出了两个手掌，说："哦，这简直是太刺激的说法，我不太习惯这样的表达。"

樊玫见状冷笑了一下，使劲用眼睛盯着他说："听着刺激，不习惯，可是，这就是我的需要。"

弗兰克将一只手扶到了额头上，他又接着说："你知道，用这样的方式说话，是不会立刻得到你想要的结果。"

"那我用什么方式可以得到好的结果？请你告诉我。"樊玫扣着衣服上的袖口，毫不犹豫地说着。

弗兰克略显焦躁地说："每一个人都需要钱，但是那是属于自己，也是不可以告诉别人的事情。如果你一定希望我会给你钱来帮助你，那么我可以告诉你,这是我从来没有做过的事,除非对街边的艺人。你知道,我们的交往是公平的,我们没有出售自己。"

"够了!我没有出售过我自己一次,你不要说这么难听的话。"樊玫非常生气地说着,手抖得竟然扣不上扣子。

弗兰克裸露着上身,不理解地说:"我不明白,你为什么生气了?我们在一起不是很好吗?我们每一次见面都是渴望的结果。"

樊玫直愣愣地站在床脚,用眼角看着既熟悉又陌生的弗兰克,她发现自己跟他是永远说不清楚。她从弗兰克灰蓝色的眼球里,看到了疑惑、茫然、焦急,甚至委屈。弗兰克在金钱上割据着樊玫对他隐藏在内心的爱慕之情,证实着只有两性需要。

樊玫看着眼前的弗兰克,只是个有肉欲之火的情种,忍不住地又说:"我就是想不明白,你对男女的事情,怎么就这么随意?怎么就不真正地投入感情?"

弗兰克为此坐起了身子,将被单往赤裸的上身拉了拉说:"我怎么不认真?我每一次都很认真,从来没有随便行事。"

"哦,天哪!我说的是你为什么不只对一个女人有感情和亲密关系,而是跟很多女人同时都很亲密。"樊玫冲动地一股脑说出来压抑在心里已久的话,甚至为这些话感到难堪。

弗兰克又坐直了些身子,神情里写满了不理解地说:"这是我的选择,我有权利选择我的生活方式。你也要来阻止我吗?"

樊玫完全没想到他会这样回答自己的困惑。她觉得自己在弗兰克的眼里已经成了一个很奇怪的人,正如自己这么认为他一样。她哭笑不得地想到了人们说到的6和9,只是站的位置不同,所看的结果不同罢了。

她看着眼前惊愕的弗兰克,欲哭无泪。

弗兰克的每一句回答和发问,都在强烈振动和伤痛着樊玫的心。由此,樊玫更加想念赵彦默,为赵彦默对自己的经济付出感到无比的感动,又为失去他而痛心。

樊玫想："如果这次彦默没事出来了，让他尽快脱离工作，来到法国，自己将用后半生的时间来好好爱他。"

可是，现实的不可预见，又让她难以把控和恐惧。

此时，已穿好衣服的樊玫，灰冷地看着弗兰克，她竟然不想再说一句话。她无法想象这个总跟自己欢愉的法国男人弗兰克，确实是一个和自己灵魂背道而驰的人。

樊玫怨自己的身体需要，一次次地将感情卷进弗兰克的身体里。她和弗兰克的关系，就是这样变形，又令她难以摆脱。

樊玫将挎包的长带子放在肩上，看着弗兰克，超平静地说："也许是我错了，你永远都不能明白。——我回去了，再见。"

第二十一章
巴黎圣母院

　　秋冬季的法国巴黎，街景在落叶掉尽的干枝间透着寒凉和伤感。迎面吹来的寒风，麻嗖嗖地刺在樊玫冰凉的脸上。她眼睛里不知是寒风刺出的泪水，还是心寒将眼泪溢出，温热的两股细流淌过冰凉的脸颊，滴落在襟前。

　　伴着寒风，她的眼泪越淌越多，脸被风吹得越发干疼、刺痒，红了起来。

　　她孤独地穿梭在巴黎的街区，经历着异国的春夏秋冬和人情冷暖。她被寒风吹出衣领的体温，夹杂着弗兰克的味道，随即又被风吹散。

　　时间正常地行走，交替着寒来暑往，花开花落。

　　她心里的表针，随着赵彦默被带走那一刻起，每走一针都是深痛的。

　　她没有乘车，就这么无休止地迎着寒风固执地行走着。

　　她麻木恍惚地盯着光洁的地面行走，时不时从脚上越过寒风驱赶的枯叶，使她的心也随之翻卷着。这时，她脚下的地面突然开阔起来，有成群走来走去的鸟，不断地绕过她行走的脚。

　　叮叮当当的钟声，悦耳动听，惊起了地上的鸟儿，扑打着翅膀越过人们的头顶，盘旋在空中。

　　樊玫被惊起的鸟儿和悦耳的钟声扬头望去。

　　巴黎圣母院屹立在她的眼前，那古老钟楼的钟声回荡着尾音，宣起顶楼的鸟儿，鸣叫并回落着。

她紧缩了一下脖子在衣领里，眯着眼透过深秋初冬阳气不足的太阳，看着盘旋着不肯离去的飞鸟和举世闻名的巴黎圣母院。

这座距离樊玫家很近的巴黎圣母院，她除了途经时听到悠扬的钟声外，却没怎么走进去过。今天，站在神圣殿堂面前，她突然感觉到自己的罪过应祈求上天的饶恕。

她迷离的眼神从巴黎圣母院的钟楼慢慢地移动，突然看到之前从没有留意过的一些雕塑。在钟楼的每个角，有着一个个俯视众生各有形态的怪物石雕。

有的是兽面人身，张着大嘴；有的双手托腮，注视来人；有的獠牙闭目、人兽相随；有的是鹰和带翅的兽……它们三三两两聚集在一个个楼角，探出头来看着，或是闭着眼睛好似用鼻子嗅着天下众生。

樊玫噙着泪，仰望着它们，不由地胆战，好像自己有罪的魂魄随即要被怪兽擒去。她噙着泪的眼睛不能再继续对望，而是逃出它们的注视和嗅觉。

她含泪模糊的视线，略过怪兽身下一个个雕花的拱门石柱和中间的大型浮雕建筑拱门，回落在三个尖顶拱门的浮雕大门上。

此时，她正对着的是巴黎圣母院中间的末日审判门。门头浮雕的中间是耶稣最后的审判和衡量世人品格的场景，两边分别是圣母玛丽门和圣安娜门。

樊玫面对着经历了180多年人世沧桑的这座用石头建造的哥特式教堂，那份雄伟庄严使她深感自己是那么的微不足道，是罪孽之身，力求忏悔的人。

她索性经过审判门，带着她的罪走进去忏悔。

教堂大厅顶高通灵，直通主殿的两侧是一个个石柱拱门，悬挂的多头壁灯温和地散射着光芒。樊玫站在中间的通道，走过两边一排排的座椅，向正前方的神台走去。

神台上，那靠坐在巨型高大十字架下的圣母，双臂展开着。倒卧在圣母腿上的是赤裸着身子，臀胯搭着一条长布的耶稣。围着的小天使，正张望着他们。

全场朴素而肃静，静到了只剩下樊玫的灵魂和圣母、耶稣的对话。

樊玫自认为罪孽太深，一时忏悔不尽。她有意地站在距离神台靠后一些的位置，双手相扣，下巴抵在上面，闭着双眼忏悔了起来。

她悔恨的泪水在默默地陈述中，不断地从眼缝中渗出，虽说她极力地克制，但锁也锁不住地流着。她不由地用相扣的双手左右地抹擦着，仍紧闭着忏悔的双眼。

她的思绪从读书时代，蔓延到工作和现在。

这里面的事情，从简单阳光，到复杂阴暗，翻江倒海地翻滚着。

她怀念那不会再来的童年时光。

那是在一个阳光充足的周末，年轻的樊润新骑着老自行车，车的前梁上，坐着扎羊角小辫的小樊玫，后座上坐着年轻的赵淑兰。

他们三口在一辆自行车上，一路说着、笑着，行驶在郊外的乡间小路上，他们这是去挖野菜。

荠荠菜、马齿菜、蒲公英、灰灰菜和白蒿，见到这几样他们一个不放过。父母一手拿着一把小批灰刀，一手提着一个布口袋，在田地路边，长满绿色杂草的干沟里，挖着这些野菜。

樊玫拿着最小号的批灰刀，眼睛不停地到处看，头转动得像个小拨浪鼓。她总是闹着说："我找不到野菜。"

母亲蹲在一边，忙着用大号批灰刀一铲铲挖着眼前的野菜，抖掉泥土装进布口袋里。她听到女儿闹着说找不到，就微笑地耐心说："你蹲下来，仔细看，就会看到很多野菜。"

父亲在另一边，和母亲一样忙着挖也挖不完的野菜，不时愉快地转头看一看母女两人。

母亲一边挖菜一边又跟女儿说:"荠荠菜回去给你包饺子,马齿菜给你摊饼子,灰灰菜下面条,蒲公英煮水喝。"

小樊玫冲着阳光看向妈妈,眼睛笑成了两个小月牙,小手里高高地举着一朵白色绒球的蒲公英花,嘟起小嘴随风吹散着。

满载而归的路上,坐在自行车前梁上的小樊玫,总会打瞌睡。

爸爸时不时地跟她说话,干扰她不能睡着,"玫儿,告诉爸爸,今天认识了多少种野菜,它们都叫什么?"

小樊玫迷迷糊糊、支支吾吾、语无伦次,含糊不清地说了一两个,再后来就不说话了,直栽头。

爸爸又说:"玫儿的头点得像个小蚂蚱,告诉爸爸,你是不是只小蚂蚱?"

"嗯,不是——"小樊玫两个眼皮抬不起来地回答。

坐在自行车后座的母亲,一只手臂上套着两个装得满满野菜的大布袋子,一只手扶在丈夫樊涧新的腰上。

母亲赵淑兰显得有些担心地说:"涧新,不行就停下车来,我在路边找个地方坐下来抱着孩子睡一会儿,别让她在自行车上睡着了掉下来。"

"没事儿,我跟她说着话,一会儿就到家里了。在外面睡觉容易招风寒。"樊涧新说着,脚下蹬车的力度就开始加大了些,腰也跟着弓上了劲儿。

樊涧新的下巴紧靠着女儿左右前后栽点的头,又跟女儿说:"玫儿不睡,一会就到家再好好睡。爸爸想听女儿唱个歌,你就给爸爸唱唱好吗?"

这时,路边突然跑出了一只小黑狗,樊涧新一捏闸。

小樊玫尖叫不止,随即哇哇地大哭了起来。

母亲立刻拍着樊涧新,让他停车。

樊涧新连忙一只脚点地,松了闸停下了车。

小樊玫撕心裂肺地哭着,眼泪、口水满脸流淌。

母亲立即跳下了自行车，丢掉套在手臂上的两大包野菜，跑到自行车前。她一眼看到，女儿的小手指抠在自行车前把中间的车闸夹缝里，夹成了紫黑色，着急地说："夹着女儿的手指了！"

樊涧新惊慌失措地看向自己没有注意到的情况。

母亲一把移开樊涧新的一只手臂，一把捧起女儿的小手放在嘴边吹了又吹，心疼得眼泪都掉出来了。

女儿的小手指，被夹的位置凹陷黑紫。

此时，小樊玫半睁着泪眼，张着湿溜溜的小嘴仍大哭不止。

母亲赵淑兰一边心疼流泪地哄着孩子，一边责怪樊涧新捏闸前总不留意女儿的手指是否在闸夹里。

樊涧新看到妻子从车闸里拉出小樊玫黑紫的几根手指，他紧张得头上直冒冷汗，看着小樊玫心疼焦急地说："没事吧？小手还好吧？爸爸真该死！"

樊涧新满脸紧张，看女儿慢慢地哭声小了，甚至不哭了，挂着泪笑了。父亲的脸上也露出了憨直的笑容，和百般疼爱亏欠女儿的神情。

母亲总会在这时使劲地看樊涧新一眼，眼神里满是责怪。

这样夹手指的事情，也不是第一次了。尽管每次坐自行车的时候，父母都会提醒小樊玫不要把手指伸进闸夹，但是，小樊玫还是总会出现今天的情况。

那个时候，小樊玫的家里没有钱，但是他们一家三口人活得很有劲儿，在简单的生活里快乐和幸福着。

父亲憨直怜爱的神情，始终伴随着樊玫成长。父亲的这个神情未曾改变过，樊玫的生活和工作却翻天覆地变化着。

樊玫复杂的感情生活和工作上对权与钱的欲火，使她如火炼的铁条，越发膨胀、热烈，不断地走型与变样。

多少次樊玫乘专车异地外出，看到一望无际的田野，往昔一家三口的画面总会浮现在脑海里。她知道，当年那个穿着一年也没有几件可换的洋布衣服的自己，如今再也回不到和父母粗衣淡饭、田野挖野菜的时光。

樊玫没有想到，这总会映现的往日，竟然成了自己人生中最幸福和珍贵的时光。

此时，站在上帝耶稣和圣母面前的樊玫，怎么也没有想到，无神论的自己会在法国巴黎圣母院里忏悔人生。

她又为自己的贪欲，所付出了痛失四个亲人的代价而忏悔不已。她为赵彦默的罪过忏悔，求得圣母和上帝的饶恕。她慢慢地睁开泪眼，模糊地望着神台上的石雕母子，希望他们都已听到自己的忏悔。

樊玫今天对神的忏悔，不如说是对自己心灵的忏悔。在她的心里从来就没有过神，只有自己的心。

巴黎圣母院这个名字，出现在樊玫青少年时期读到的雨果小说《巴黎圣母院》里。这本书对她的影响至深，再加上后来无神论注入樊玫的血液里，因此她之前的烧香拜佛，也是给自己一个安慰罢了。

樊玫清楚地知道，自己深陷泥潭，很难脱身。

她近似于神经质地走进巴黎圣母院流泪忏悔，又腾云驾雾地走出这座神圣殿堂，继续迎着寒风行走着。

那座石头堆砌、雕琢的历史殿堂，渐渐地留在她远去的身后。

樊玫缓缓地沿着塞纳河畔行走着，脸和耳朵被寒风吹得红红的，眼睛里仍泪水盈盈。那沿街拉小提琴的艺人，望着她拉着舒缓的曲子，好像演奏着她的心事。

她牵强地投过去一丝带着谢意的微笑，眼睛又落在了地上敞开的琴盒里。琴盒里有着零零散散的钱币，使她难堪地感到自己连这点钱都拿不出来。她歉意地牵强微笑着看了眼拉琴的艺人，往衣领里又缩了缩脖子，硬着头皮走开了。

她身后的曲子继续着，她的眼泪又一次温热地滑落。

她觉得自己还不如沿街的艺人，可以拿出手艺，给自己挣得几个钱币。

她恨自己脆弱的心，不能将刷盆洗碗的后厨零工持续。她怎么也挥不去，自己曾经是父母和学校的骄傲，是单位的花，领导的贴心干将。这些过去，在一天天的巴黎现实生活中，折磨着自己，使她深感落魄。

这时，她的手机响了起来。

中介销售马来西亚华人艾文打来电话，她立刻接听着。

"喂，您好樊女士，我是艾文。"电话里传来礼貌、客气的声音。

樊玫立即迎上热情地回应："你好艾文。"

艾文职业地说："请问您方便讲话吗？我想跟您汇报一下销售情况。"

樊玫回应："我方便，请讲。"

"之前看过您公寓的一位法国客户，又回来跟我们谈，他希望房子价格再低一点。"艾文说着。

"艾文，我现在报的价格已经不算高价了，买家还要降低多少呢？你知道我卖了房子是为了再买一套房子。如果太低，我就不好再买如意的房子。我想，一卖一买全委托你。"樊玫冲着风，边走边喘着气说着，那握着电话的手冻得红红的。

电话那头艾文又说："好吧，我再跟他说说。"

樊玫接着又说："你告诉买家，家具我也可以一起出售给他，如果买家愿意要，就折在房价里。"

"好的，我这就跟买家联系。"艾文爽快地说着。

他们就此挂了电话。

这个消息是樊玫半年多以来最期待的，她希望房子尽快出售。

樊玫刚走进家门，中介艾文的电话又打来了。

电话里传来艾文愉快的声音："樊女士，恭喜您，买家同意了。明天上午他会来公司签字，您有时间来吗？我也可以去找您签字。"

樊玫没想到买家这么快就同意了，也显得兴奋地说："太好了，明天上午你来香榭丽舍大道的双偶咖啡馆可以吗？"

艾文立即说："可以，我跟买家签完字跟您打电话，再过来。"

"好的，谢谢！"樊玫礼貌回应着。

他们挂了电话，樊玫才把肩上的包放到了桌子上。浑身阴凉的她，准备冲个热水澡。

淋浴室的大花洒喷淋出的热水，从樊玫的头顶流淌下来，冲去身体上一层层的寒凉。她任热流足足冲淋了10多分钟，而后，又将浴缸接满水将自己泡了进去。

满满的热水没过了她的颈部，高过了半个下巴。

舒适的水温，使她浑身舒展，一天的疲惫和精神挣扎，都溶解在这缸水里。浴室的热水带来的水蒸气，又使她热汗津津。这种感受一下将她拉到和赵彦默一起泡温泉的日子。

那是无数个高端温泉鸳鸯浴的日子，中式、日式、韩式、意大利式、土耳其式各有风情。

特别是日式的山中温泉，山林叠翠，凤竹摇曳。温泉从山崖跌落于几十米下的一个个高低错落的潭中，又从溢满的潭中泄入宽阔的溪。这是一个天然的环境，飞鸟、山花、植物、清风、水流，合奏出大自然的乐律。

她和赵彦默就在最上端的温泉潭，缠抱在一起，嬉笑亲吻。

在他们的身前，有一条人工围栏的竹制小水渠，水流蜿蜒缓转而下，缓缓漂过来一碟碟精致的日本料理。这些陆续漂来的料理有鲍鱼片、螺肉、龙虾、鱼子等多种海鲜，还有多种寿司、小面、小菜、甜点，边上有摆放好的一次性筷子和料汁。

他们在幸福的嬉闹、亲吻间，唾手可得这些花样繁盛，仙气十足的美食。

温泉潭泡浴后，他们在独立的更衣室，根据活动项目需要，换上高端会员专属的日式和服或浴服。

这些衣服都是日本进口，手工制作的。布料是日本百年手工纺织，在山泉水中洗染而成。衣服很昂贵，和服最高价格达到万元，浴服也要数千元。

樊玫和赵彦默在温泉一般要度过一两个晚上，他们的服装至少一天两套，和服与浴服交替更换着。

他们在高端的日式温泉别墅、独立按摩区和养生区，尽享迷醉的时光。

此时，泡在浴缸的樊玫，她的眼睛里散射着对往日追忆的迷离，浴室里静得只剩下冷清和孤单。

她看不到活下去的路。

她幻想着，如果此时把自己埋在浴缸里，这缸水，足以结束了自己的命。

随即，她试着将头顺着身子下移，沉在了水里。水，立即阻碍了她的呼吸，她睁在水里的眼睛布满了恐惧。她幻想着被呛死、憋死的感受，儿子呼唤妈妈的样子也叠映在眼前，她便忽地一下从水中冒出头来。她满头脸的水，长发紧贴在头皮和脸上，大喘着粗气。

她双手捋过滴水的头发于脑后，又捂着脸痛哭了起来。

她恨自己，没有死的勇气！

许久，哭声渐渐小下来的她，将浴缸的水撩在脸上，使自己镇静。

她泪眼迷蒙地环视着浴室，想到即将离开这所心仪的奥斯曼高档公寓，心里又是一阵酸楚。她满脸水珠，分不清哪一颗是眼泪，哪一颗是水。随即，浴室里又传来呜呜咽咽的哭声。

第六卷

DILIUJUAN

第二十二章
邻 居

　　樊玫在双偶咖啡馆顺利签订了销售合同，交割期三个月。同时，在房产销售中介艾文的推荐下，樊玫给儿子选了一套位于巴黎 CBD 商业区附近的小两居公寓。此次购房是以儿子张成的名字买的，并由儿子签字，交割期同样是三个月。

　　樊玫跟儿子说自己想在郊外买一个小房子，慢慢年纪大了，也方便打理。儿子感到奇怪，母亲突然改变了生活模式。其实，樊玫已经没有那么多剩余的钱再给自己买房子。

　　她为自己的下一步安排纠结，显然她给儿子买了房子，也就算是在巴黎实打实地又有了一个新住处。自己的住处在这个时期，不可能固定下来，租房住避开耳目，等待赵彦默的结果才是最好的办法。至于跟儿子说自己租房的原因，是还没有看到如意的房子也就是了。

　　张成原本想等研究生毕业后有了正式工作，自己贷款购买公寓，他不情愿地接受母亲一定要坚持给自己买房子的这个做法。他说以后自己事业有成，会给母亲在巴黎和中国买好房子。

　　张成独立要强，有事业心，使樊玫心里无比温暖。她期待儿子日后能在巴黎，以至在世界上做出显赫的业绩。

　　张成这些年来，已经完全融入法国的文化，有着西方人的人生理念。他越发的独立，假期会用自己挣的钱，走游到其他国家，实地考察异国文化。

张成长得瘦瘦高高，身材像父亲张坚，长相取父母之长，可以说是一个英俊的小伙子。他在学校很招女孩儿喜欢，但是，他立志要上研究生，有了工作以后再找女朋友。

樊玫也觉得儿子想得对，有事业的男人，不怕找不到优秀的姑娘。

转眼，三个月过去了。

在一卖一买间，樊玫顺利地完成了房子交割手续。

在交割房子的那一刻，樊玫已经找好了租赁的住处。为了能方便见儿子，她没有走很远。她选中了在巴黎郊外，一个叫马尔纳拉科屈埃特的小市镇。

这个小市镇周边是森林，人口数千，居民基本上都是白人。樊玫用假护照，以短期续租的方式，租了套一室一厅的小房子。

樊玫为了逃债，租住的房子又不能让儿子知道，况且会随时更换新的住址，又怎么跟儿子解释呢？为此，她想来想去，寻找着最妥当的理由。

最终，樊玫告诉儿子，除了自己还没看到要买的房子，就是要跟好友去搞诺丽果健康讲座，每个地方会住一段时间，没有固定住所。等以后不搞这个讲座了，再考虑安家的事。她说自己很喜欢这个事儿，会跟儿子保持联系，有时间就回来看儿子。

张成觉得既然是母亲高兴做的事情，也就不多说什么了，只是交代母亲不要太辛苦，等以后儿子养活母亲。樊玫欣慰之余说自己还年轻，让儿子不要操心，好好学习。

张成将买来的小公寓以短期租赁的方式租了出去，自己还是住在学校方便学习。假期的时候，需要住在公寓时，再收回来住。儿子大了，有自己的想法和生活方式，樊玫也就没再干涉过。

樊玫的房产交易，除了儿子知道，一丝都没有泄露给孟一丹和任何人。

樊玫换了新电话号码，跟儿子说是："我想做点事，这个新号码是幸运号，我不想受到老朋友的干扰。儿子不要将妈妈新的电话号码给老朋友，包括一丹阿姨。因为一丹阿姨和老朋友可能会阻挠妈妈搞诺丽果健康讲座。"

张成随即地说："好的，我不会多言。"

张成跟母亲的对话中，又总会问到父亲，还说父亲的电话总也打不通，联系不上之类的话。

樊玫忍痛告诉儿子，张坚去了很偏僻的山区开发文化旅游项目，那个地方手机没信号，很不容易联系。她还说，那个项目要三五年。

张成很自然地信着母亲说的这些话，他关心母亲一个人的时候要照顾好自己，有事情或是想儿子了就打电话。

樊玫欣然接受着儿子对自己的爱，心里又百般怜爱和心痛儿子早已失去了父亲、奶奶、姥姥、姥爷。这些伤痛在樊玫日积月累的日子里，已经发酵，混在了她的血液里，时不时地折磨着她。

就这样，樊玫在儿子面前说了谎，换了新的电话号码，开始在孟一丹、弗兰克及所有朋友面前消失。

樊玫曾矛盾、纠结，一下断掉的朋友。可是，再往下的事情真的是太可怕了，自己很清楚那个环城立交桥发生的事情。

樊玫很快搬进连儿子都不知道地址的小房子。

这里距离居民区的小教堂不远，并且在居民区外围，是一座带大院子的老式连排灰瓦、白墙体平房。这座连排平房建筑年龄有60多年，住在这里的居民，应该不比住在独栋房子里的人们有钱。但是，从小院到每家每户的门前看去，整洁、清新，有生活气息。

每户人家的门前都有一小块平整的草坪和一些栽种的植物，有的是正在冬眠的玫瑰花，有的是万年青的矮树，还有的是围在窗台下一簇簇叫不上名字的植物干枝。每家的房型都一样，房后都有同样大小的小后院。房子对面是一排同样灰瓦、白墙体、电动卷拉门车库，一个车库对着一户人家，中间是一条碎石子铺的路。

这里住着四户人家，樊玫租的房子在中间的位置。

樊玫的这套老房子一室一厅，有着不大的房间和客厅以及开放式的小厨房。小客厅的墙壁中央，竟然还有一个小壁炉。房子里有几件简单，但不算旧的家具，正好能满足基本生活需要。

房前小草坪靠窗的位置，有一排被寒风吹掉了叶子的植物。房后的花园是小石块铺的地面，院子的中间有张经过多年风雨显得破旧的室外木桌椅。小院的木篱笆上爬满了蔷薇，听中介说在春天的时候，会开出粉白色的小花。

樊玫觉得这个租来的小家，很有安全感，又很温馨，喜欢这个住处。

樊玫带了一个装满衣服的大箱子，其中包裹着她的珠宝首饰。她的汽车后备厢里装着一些生活用具。其他东西都放在了小公寓里。

就这样，樊玫开始了在巴黎郊外小镇，靠买卖房子剩下的钱，独自维持生活。

租来的房子与香榭丽舍大道奥斯曼公寓是天壤之别。

在晚上的时候，这个地方的人们好像都睡得很早，晚上9点多，居民区只有零星闪烁的灯光。在连排平房外，是一片漆黑茂密的树林。月亮和漫天的繁星撒在黑蓝色的夜空，显得格外明亮。

樊玫一个人躺在小床上，脚底蹬着一个热水袋，室内老式取暖器一直打开着。离开了小巴黎霓虹闪烁的繁华区，她品尝着在小市镇的清冷和寂静。她想到房外那片漆黑的森林，感到无尽的恐惧。她孤独、恐惧的心，像是薄玻璃，不堪一击。

樊玫从小就害怕黑夜和独自睡觉。

今天，她被掩埋在寂静、黑暗的死角。她辗转挣扎，闭着眼睛心里发抖。好像看到从漆黑的森林，伸出一只巨大的黑手，覆盖在她的小家。黑手又从窗户和门缝中进来，要将她捉住，投进黑色的湿土里与世隔绝。

她惊叫着忽地坐起了身，打开了床头灯。

眼前的一切，安然、静默在那里。

可是她心里的魔，还托着长长的尾巴。她眼睛里充着泪，心还在惊跳。她不再关掉台灯，倒在床头惊恐地喘息着。她怪夜怎么这么黑、这么长，盼天快些亮起来。

原本在中国有一大家子人的樊玫，现在落得一个人孤零零地躺在这张再普通不过的小床上。

她不知睡过多少豪华的床铺，用过多少高织纱的被单，搭在身上绵绵滑滑。宽大、厚厚的席梦思床垫，不软不硬地随着身子翻转舒适着。还有和赵彦默的缠绵、激情，那真是神仙的日子。

就在此时，樊玫隐隐地听到有说话的声音。她更害怕了，怀疑是不是自己的幻觉？她又仔细地寻听着，原来这个声音是从头靠着的墙那边传过来的，分明是邻居家。她再细听，果然是墙壁不隔音，传过来的电视节目声。她的恐惧，顿时被一墙之隔的邻居家活生生存在的人，分解掉了一大半。

她不断安慰着自己："一墙之隔，有左右两家人做伴，自己还怕什么？"

这一晚，她仍然没有关掉台灯，伴着隔壁隐隐地电视节目声，迷迷糊糊地睡着了。

近一年来她连续受到强烈的精神打击，已经身心疲惫地到了极致。她竟然深睡如泥，还打着很响的呼噜。

第二天上午10点半。

睡到了自然醒来的樊玫，穿好衣服下了床。打开百叶窗望去，昨晚竟然下了雪，白雪覆盖在树枝、干草坪、地面和房屋的瓦片上，放眼一片素静。

这时，窗前走过来了一个摇摇晃晃的法国老人，看上去有80多岁的样子。这应该是樊玫昨天搬来时，没有见到的邻居之一。

老人满脸严肃，松弛雪白的皮肤布满老年斑，白眉毛下一双藏在皱褶中的眼睛。白白的络腮胡子将他的嘴几乎全部隐藏，白发的头顶戴着一顶圆边的褐色毡帽。他穿着件褐色的长大衣，大大的肚子将大衣撑得满满的，在雪地上缓慢地移动着脚步，向街上走去。

樊玫又向窗外左右看了看，院子一片寂静，飞鸟鸣叫着从一个树枝飞向另一个枝头，颠下枝条上的积雪。

左边的门前，又走出来了一个约70岁的法国女人。

她戴着顶黄色的毛线帽，披着一件厚厚的绿格子毛披肩，穿着宽大的橘红色棉质裤，一双棕色的短款翻毛靴。她的手里拎着一个又扁又大的布口袋。

随即，女人身后走出来了一位70多岁的法国男人。他瘦瘦高高的个头，高过这个胖胖的女人一头半。他穿着一件中长灰色大衣，雪白的头发掉秃了一多半儿。他走到等他的女人面前，两人面无表情地搀扶着走在雪地上，看样子是夫妻。

樊玫还纳闷："左右邻居都是老人，顶头那一家不知会不会也是老人？"

樊玫转过身走到床前，叠起被子。她洗漱后，准备先扫扫门外的雪，再出门买点吃的东西。

门前。

樊玫用扫帚使劲地扫着地上的积雪，嘴里呼出团团哈气，她心里念叨着："巴黎的冬季还真是挺冷，一会儿不开车，走着去买东西。"

"Bonjour!"（上午好！）

愉快、浑厚的法语问候，从樊玫的身边传了过来。

樊玫猫着腰，侧着脸向着声音望过去，眼前走过来的是一位穿着红色羽绒服，深蓝色绒裤，手持红酒杯，60多岁样子的法国男人。他个头中等，满脸微笑，中长灰白的头发散落在耳边，长长的灰眉毛下，有着一双炯炯有神的蓝眼睛。

他洒脱地晃动着手里的高脚酒杯，用纯正的法语说着："我的名字叫皮特，是你的邻居。"

学过一年多法语的樊玫顿时脸上露出了一些尴尬，但她保持微笑地努力搜索着自己学的仅有的法语单词和句子说道："你好！我叫苏菲，是你的新邻居。"

愉快的法国男人皮特喝了口红酒接着说了个不停。

樊玫只能听懂一点儿，但是却表现着听得懂的样子，满脸笑容地跟着他的话点着头。樊玫听到了一些单词，组合在一起配合上他的表情，他应该是说：女儿是一名律师，在城里上班之类的话题。

皮特一副欢迎的微笑，和为自己有一个律师女儿感到荣耀的样子。

樊玫回复的话基本上是：很好、非常好。

手持酒杯畅聊的皮特感到眼前的樊玫好像有语言障碍，转而神情渐平淡了些，随后没再继续多说什么。皮特喝掉了酒杯里的最后一口酒，有礼貌地微笑着示意说再见，走回了自己的家。

樊玫紧接着扫了扫门口的雪，也回了家。

樊玫走进房子关上了门，脸冻得冰凉又透着红，手也冻僵了。她使劲地搓搓手，又用嘴嘘嘘热哈气。她刚才紧张的法语交流，这才算松了口气。

就这样，樊玫见到了三个新邻居，这基本上是一个老年人住的院子，只有她是相对年轻的人。邻居们都是法国人，又是脱离社会的老年人，樊玫缩在这个小院里，感到安全。

樊玫在租来的房子里过日子，就是为了躲避，而不是长久地生活。她每天都在担心赵彦默和汪大海的情况,一旦有问题,真不知道最终自己怎么办。

这些日子,樊玫又瘦了一些。

在樊玫自家的小窗口前,由于邻居的出出进进,给她原本孤独、灰冷的生活增添了些气息。邻居看似平淡无奇的出现,默默地冲淡着樊玫恐惧和不安。

其中,那位80多岁的邻居,是樊玫认为最怪的一位老人。樊玫从来都没有见他笑过,他也不跟院子里的人说话。樊玫也没有看到过他的妻子,猜想应该是不在人世,也从来没有看到他的子女来过。樊玫在院子里见到他,他也不理会,脸上没有任何表情。

另一边的邻居夫妇倒总是出双入对,除了老太太的衣服颜色过于鲜艳,他们之间的关系显得平平淡淡。

皮特是这个院子里的老年人中,最年轻和富有活力的一个法国男人。皮特每天和其他邻居一样会经过樊玫的窗口,他的衣服换得很频繁,颜色很明艳。

几日后,樊玫在窗内看到了一位外来的法国金发中年女人,身穿玫红色的大衣,戴着一顶玫红色的呢料帽子,和皮特进进出出。

原来,60多岁的皮特有爱情。

皮特和金发女友是院子里走来走去,最有色彩和活跃的一对。

樊玫在这个小院里,感受着法国老年人的晚年生活。她除了经常会听到从皮特的房子里,传出音乐、欢聚和几次吵骂声,其他的几户人家过着平静的生活。对于樊玫,无论是爱恨交织的老皮特和金发女人,还是另外两家人默默地生活,都令她羡慕。

只有在每个漆黑的夜晚,从隔壁80多岁法国老人的家,隐隐传来电视节目声。这个原本给人带来睡眠影响的声音,竟然成了唯独可以削弱樊玫恐惧的暖流。有时候，隔壁电视声除了前半夜，还会在后半夜一两点出现。樊玫由此睡得也更安心。

另一边的邻居，始终很安静，像是没有人居住一样。即便在天黑下来的时候，家里都是黑的，仔细往里看，纵深的小房间会有一点昏暗的灯光。樊玫奇怪，这家人好像没有任何生活内容似的。

樊玫在小院里的生活，走过了一个星期。

这天上午，樊玫打开家门，发现铁栅栏门上插着一封信。

樊玫顿时紧张了起来，心扑通扑通地，她念叨着："奇怪，是谁插到门上的信？"又想："会不会是警察或是追债的人？"她的脸立刻发麻，心一下又跳到了嗓子眼儿里。

樊玫头皮发麻地从门上取下来信，视线锁定信封上的名字，上面是很陌生的法文，没有看到自己的名字。再仔细看，这个法文的名字应该是房主的名字。

樊玫紧张的心这才算放下了些，可是她又莫名其妙地想："这是谁将原本应该在信箱里的信，插在我的大门上了呢？"

两三周来。

樊玫家的铁栅栏门上插信的事，不断发生着。而且，是越插越多了起来，从一封到一次好几封。

樊玫惊奇的心在一次次的插信中交替，又逐渐麻木着。

一天，樊玫正要出门，迎面撞上了站在铁栅栏门外，正对着她的插信的人。

面对突然出现的人，吓得樊玫快要破了胆。

铁栅栏前正对着她插信的人，也吓得一抖。

樊玫定眼看去，眼前双手插着信，戴着顶驼色毡帽，穿着厚厚大衣的人，竟然是邻居80多岁的法国老先生。

他微锁着两条白眉毛，严肃地指着门上的信说："你的信。"便头也不回地，摇晃着笨拙的身子走开了。

樊玫不知如何是好，甚至带着不解地向着他走去的身影，连声道着感谢。

后来的日子里，樊玫从外面回到这个连排平房的小院，多次看到家门口，老先生正往铁栅栏门上插信，或是老先生插完信，正摇晃着笨重的身子，走下樊玫门口的台阶。

在樊玫看来，老先生的这个插信举动很不可思议。因为，信箱里的信，不需要特意插在家门上，自己完全可以取。这些信都是房东的信，为此，樊玫为房东攒了很多信。

一个没有表情的法国老先生，在默默地关心着樊玫。他在邻居间无声地传递着友情，这令樊玫很感动。樊玫也为老先生一人孤老地生活，深感同情。

这天上午，樊玫买了一盒巧克力，写了句感谢的话，悄悄地放在了法国老人家门口的大花盆上。

当天下午，樊玫在自家窗子里侧看过去，摆在大花盆上的那盒巧克力应该是被老人取走了。樊玫心里一阵欣喜，又有些忐忑，不知老先生会有什么反应。

第二天的上午，樊玫出了家门，刚走下台阶就遇到了从外面走回来的老先生。樊玫本能地微笑着要跟迎面的老先生打招呼，至少是一个很饱满的微笑，这邻里的友情也算是真正交互了。

樊玫微笑着，眼睛望着正往这边走着的老人。

老人戴着毡帽，穿着长大衣，眼睛盯着前面的石子地，甚至显得更为严肃地缓缓走着。老人在擦过樊玫微笑时的这一刻，看了樊玫一眼。

樊玫立即迎着轻轻地嗨了一声。

老人像没听见一样走了过去。

樊玫顿觉尴尬，心竟然惊跳了几下，深感无趣。

老人虽冷漠，但是却默默地关心别人，这样的人是樊玫之前没有遇到过的，为此她显得不知所措。在樊玫心里可以确定这位法国老人内心的善良，同时，也感到老人的内心缺少关爱。

樊玫想，如果自己能一直住在这里，在老人需要帮助的时候，尽可能地关心他，即便自己的法语很有限。

樊玫就这样暂时安身在这个法国老人居住的小院里。

一直以来，樊玫任由老人继续插信。另一边的老夫妻仍旧安静，但是出入频繁。他们每次与樊玫碰面，都会礼貌示意，但是也没有语言交流，也许他们感到樊玫不会说几句法语的缘故。

皮特遇到樊玫总会热情地打招呼，仅此而已。他和金发女友的爱情，是这个小院老人生活中的胡椒面。

在这个世外桃源般的小院，尽显邻里间的人情冷暖和别有风趣的生活气息。

樊玫则是隐藏在这个小院里，暂时安身度日的一个流浪之人。

平日里，樊玫除了出去买东西，就缩在屋子里。她每天都会在手机里搜寻国内的情况，除了之前看到的新闻，之后的情况再没看到过。

赵彦默的事越是没有消息，樊玫就越恐惧。

这天，樊玫从手里看到了百名红色通缉的名单，吓坏了。她惊慌失措地点了一次又一次，想下载这个名单，可是都没有成功，看不清全部内容。

她浑身发软，冲泪的眼睛模糊着视线。她一把抹去了集在眼睛里的泪，又一次下载了全部名单和照片。

她颤抖着冰冷的双手，几乎拿不稳手机。她看来看去，没有看到自己。

她心想："出了这么大的事，不会就此没事吧？"她又转到查找网页，看相关内容。原来这些名单都是多年前在案被追逃的人。自己的事儿是近期才出现的，应该不在这个名单上。

就在这时，樊玫家的门铃响了，把她吓得一跳，手机差点儿掉了下来。

她担心：是不是警察？

她轻轻地走近窗子，往外边看了看，门前竟然没有人。

"奇怪，难道是门铃失灵，自己响了吗？"她心里嘀咕着。

她紧张地走到门边，隔着门用法文问："谁啊？"

门外没有声音。

她提心吊胆地悄悄扭开门锁，缓缓地打开一丝门缝，隔着铁栅栏门看去，还是没有人。她心里又想："会不会是追债的人找到了自己？他们比警察还可怕——"她又打开了些门，隔着铁栅栏门往外左右看，真是没有一个人。

她正要关门，发现铁栅栏的下方放着一些什么东西。

她立刻又担心和警觉起来，嘴里念叨着："会是危险品之类的东西吗？——要么就是诱饵之类的东西？——会是什么呢？"她的鼻子尖和背后出了冷汗，手指的冰凉已经感受不到铁栅栏的冰冷。

"豁出去了，看个究竟！"她自言自语地说着，警觉地看了又看门外，打开了铁栅栏门。

地上放着的是一个盖着一块餐布的竹篮子，她胆战心惊地碰了一下篮子，篮子里没有动静，而后她小心地提进了屋里。

她进屋关上了门，小心地将竹篮子放在餐桌上。她祈祷不要是危险品，心惊肉跳地揭开了蓝色格子餐布，是一篮子松饼，还有一张法语小纸条："谢谢你的巧克力！"

樊玫原本被惊恐瞪圆了的眼睛，一下松懈了下来，没想到眼泪也随即溢挂在了睫毛上。

樊玫的眼泪，终于溢出了浓密的睫毛滑在了脸颊。邻居80多岁的法国老人送的这篮松饼的悬念，杀死了樊玫不少脑细胞，她感到自己紧缩的心，猛地松开了。

她随手抹了一把泪眼，苦笑着拿起来一块温热的，应该是刚烤出来的松饼，放在鼻子前闻了又闻。松饼中是那油油香香的大麦和黄油混合在一起发出奶香的味道，使她竟然抽泣了起来。

她想：如果不被追债，不受贿，过个老百姓的日子，即便没钱，图个灵魂宁静有多好。可是，一切都晚了，自己选择的路，一步步走得太深了。

樊玫用冰凉纤细的手抹着泪，深深地叹着气。她看着眼前的这一篮松饼，嘴角不由地又上扬起来，哀伤的眼睛里又透着丝丝暖意。

她一边把松饼一块块拿出来，放进了自己家的盘子里，一边将从中国带来的一桶茶叶放进了篮子里，又盖上了餐布。

樊玫提着篮子走出家门，悄悄地把篮子放回邻居80多岁法国老先生的门前。

回到房间里的樊玫，看着桌子上一盘子的松饼，感到温暖。

她觉得这个小院里的人没有钱，但是他们生活得宁静。即便是皮特和女友偶尔发生的吵闹，那也是普通人家再寻常不过的事了。

樊玫多么希望自己成为小院里真正的一户人家，过着与世无争、平静、安稳的生活。

第二十三章
熄 灯

　　小院的生活，在樊玫对国内事发的焦虑与恐惧中，伴着邻居间看似平淡的和谐走过了4个月。

　　期间，樊玫去看过一次儿子，跟儿子在学校附近吃了顿饭。儿子告诉妈妈他申请了学校的硕士，还会在年末的假期和同学去一趟美国，参加一个设计艺术节。

　　樊玫预祝儿子申请硕士成功，赞同儿子去美国的安排。

　　儿子在跟母亲的聊天里经常会提起中国文化元素，将是他未来取之不尽的设计素材，也是他的设计风格。

　　樊玫通过跟儿子的聊天，看到儿子在一天天地走向成熟，无论是做人，还是他的学业成绩和思想。她看到儿子独立、优秀的成长，又总会想到如果自己不出这些事，亲人健在，家庭和睦该有多好。

　　樊玫很清楚，这纸里的火最终包不住，张成早晚会知道一切。好在那个时候张成的成熟度，足以抗过不幸。为此，樊玫对儿子现在的隐瞒心里也算是个安慰。

　　张成一心在学业上，近似于痴迷。他已经是一个完全有主见的人，不再是受任何人左右的孩子。

　　樊玫记得儿子画展之后，瑟琳娜多次跟她打电话，想继续为张成策划搞不同效果的画展，却都被张成拒绝了。

　　张成坚持自己的观点，跟母亲说他现在更多是需要学习和设计投稿，不需要在宣传上花时间和金钱。他说打铁还要功夫硬，自己以后被国际品牌设计选中，才是最重要的。此时的张成，已经将命运把控在自己手里。

瑟琳娜不能如愿继续为张成策划画展，为此还不高兴。

樊玫怕得罪了瑟琳娜，毕竟她在艺术行业。

期间，樊玫请瑟琳娜在中餐饭馆吃过几次饭，也送了些小礼物。樊玫对儿子想法的表述，使瑟琳娜认为张成已完全西化，而且自主独立，为此也没再多提办展的事情。

后来，樊玫在儿子学校的一次设计展上，遇到了一些华人妈妈。她们在聊天中，提到了办展的事，也提到了瑟琳娜。她们说瑟琳娜靠办展赚了不少华人的钱，展厅是她和合伙人的场地，官员出场不要钱，媒体宣传也是免费的。说来说去，一次展览几万欧元，除了一些冷餐和不贵的酒水外，百分之八十的钱都装进了她和合伙人的腰包。

樊玫听到这些说法，感到自己被耍了。

而后，樊玫又安慰自己，好在瑟琳娜为张成办的画展也见了新闻，但是，这个代价是五万欧元换来的。樊玫难免心寒，在国外怎么就这么不容易交到真正的朋友，不是诈骗钱财的巫岚和罗必，就是巧取豪夺的瑟琳娜。

樊玫多次想到吉娜还算是仗义，但是，她又始终怀疑吉娜的仗义同样也是一种销售手段。在一些小事上，樊玫看到吉娜在蝇头小利上，斤斤计较。记得，她们曾在咖啡馆结账时，收银的法国女孩少给了吉娜一分钱。吉娜在吧台不客气地指出，并要求调录像，说自己没有收到找回来的这一分钱。随后，收银女孩补给了她。

事后，吉娜跟樊玫说："如果我少一分付给商家，我是不会得到想要的任何东西。"

樊玫感受到这些华人在法国生活的艰辛，钱不好挣。

樊玫曾将瑟琳娜高收费办画展的事告诉了孟一丹。

孟一丹深深地叹着气说："华人在国外的生活确实不易，也很难保证不会出现朋友间伤感情的事情。"

在法国，樊玫看到了美丽的巴黎，沉淀着嗷嗷待哺的她们。在钱面前，这些朋友之间无形中又成了彼此的猎物。

樊玫认定，自己再难，也不坑朋友。

这里面还就数莱西做人朴素，所致她一直以来没有捕获到猎物。莱西一直含辛茹苦地跟女儿相依为命，生活在巴黎社会的下层，挣扎度日。

樊玫在赵彦默那边断了财路，自己交易房子剩的这点儿钱，在法国勉强够花一年半载。

每天缩在租来的房子里的樊玫，翻看手机里国内信息和国际司法合作的新闻。她心里就像猫抓似的难熬，整日里魂不附体，飘飘忽忽。

在梦里，她总会梦见赵彦默。

有的时候，梦断断续续，模模糊糊，当醒来的时候甚至想不起来梦里的情景。有时候，梦清清楚楚地就像在现实里，她和赵彦默亲吻、缠绵。醒来的时候还在回味的樊玫，恨不得一觉不醒，活在梦里。

樊玫奇怪，怎么从来就没有梦见过张坚，倒是梦见过奶奶、妈和爸。在梦里，樊玫不孤单，有自己的亲人，又有爱她、对她好的赵彦默。她还梦见过弗兰克，有时候弗兰克和赵彦默会同时出现在梦里，模模糊糊、分不清楚两人到底是谁翻滚在她身上？

活在白天与黑夜精神颠倒里的樊玫，清楚地知道自己长期的压抑和恐惧，加上生理饥渴，在她的身心里着了魔。

她习惯和满足着在梦里，有另一个自己的人生。

巴黎郊外小镇温情的小院。

几天前，邻居 80 多岁的法国老先生，被总算出现的儿女送去了养老院。

走之前，老先生走到樊玫的门口，又给她插了最后几封信箱里的信，也没有再跟樊玫说上一句话。

樊玫得知他去了养老院，已是多天以后的事情了。

樊玫总会想起他严肃的脸和没有语言的关爱。老人去了养老院，樊玫又不会在此常住，这一别也算是诀别。为此，樊玫心里一阵阵地泛酸，从心里怀念老先生。

老先生的房子空了下来，每晚隔墙伴着樊玫睡觉的电视节目声不存在了，她的心里除了伤感，又冒出了恐惧和不安。

小院里，皮特和金发女友还是一如既往地相爱着。那一对老夫妻始终没有跟樊玫说过话，但是每次相互遇到仍继续保持点头、微笑。

夏天的小院里，油绿的草坪，植物茂盛。

樊玫租来的小家院后，正如租赁管理中介说的那样，围栏上的蔷薇，密密麻麻地开着一朵朵粉白色的小花。

樊玫会在傍晚天凉下来的时候，坐在后院的木座椅上，看着随微风轻颤的蔷薇花，羡慕它们悠闲自在地开放着。她望着这些花儿，神情游离，叹自己命运不济，如同随风飘摇、孤零零的墙头草，凄凉卑微。

坐在后院木椅子上的樊玫神情复杂，纳闷："眼看这都一年了，彦默的事怎么就没有动静呢？也不知孟一丹的情况怎么样了？前阵子跟儿子见面，也没想着去她的酒楼附近看看。——不如明天就去看看。"

第二天上午，樊玫决定去巴黎十三区，看看孟一丹海鲜酒楼的动静。

一路上，公路边满是油绿的草地、树木和鲜花簇拥。天上大朵大朵的白云，微微地游动在湛蓝的天空。

驱车的樊玫脸上写满严肃和紧张，根本没有心思顾及眼前的景色，而是心事重重，心头像缀着个大石头。

樊玫担心到了十三区海鲜酒楼附近会碰上孟一丹或者熟人。

她驾驶的这台车，还是孟一丹陪着一起去买的，孟一丹一眼就能认出来。她决定到了海鲜酒楼附近就远远地停着，遥望海鲜酒楼即可。

樊玫自从断了跟孟一丹的联系以来，她心里经常自责自己。但是，这也是无奈之举。同时，樊玫也很牵挂孟一丹，希望她顺利卖掉自己的家产，藏身起来。

放眼，远处巴黎的上空，大片乌云覆盖着城区。

驱车的樊玫，看见车窗外的天空，团团白云也泛起了青紫色。她奇怪："刚才天空还是蓝天白云，瞬间就变了天。真是天有不测风云，不会是不祥之兆吧？"

她嘀咕着，眼里载着不安。

这一年来，樊玫老了不少，鬓角出现了几许白发。她依旧美丽的脸，消瘦地露出了骨骼。原本显身材的衣服，也变得松大了不少。

她煞白干瘦的双手紧紧地把着方向盘，心想："如果海鲜酒楼真有了事，这台自己名下的汽车就是自己的导火索，尽快卖掉为好。宁可用假护照租车，或是乘车，也不能栽在这个实打实的实名汽车上。"

她越发地感到自己驾驶的是一个装有定时炸弹的车，令她恐惧不安，使得不能再继续行驶。她在路边的麦当劳车场停下车，决定叫台车继续进城区。

很快，她叫了一辆 Uber（优步）车。

坐在汽车后座的樊玫，满脸心事。

此时，天上惊雷炸响。她吓得几乎叫出了声。

汽车司机自言自语地说了一两句法语。

汽车前窗玻璃上跌落着大颗大颗的雨滴，雨刮器也随即左右频繁地摆动了起来。

大雨瓢泼，使得公路雨雾不清，汽车也都慢了下来。

樊玫看车窗外倾盆大雨，发愁自己没有带雨具，心想："下这么大的雨，好像停不下来的样子，到地方了怎么下车呢？"

　　樊玫不迷信，但是她心里却打着鼓，心想："这是要被雷劈电击的前兆啊！"

　　巴黎城区的汽车拥堵了起来。

　　天像是漏了一样，雨水直泄，砸在车身上哗哗响。雨里时而闷雷翻滚，时而惊雷突显，激光鞭子般的电闪，抽打着乌黑的天空。这一切好像都是冲着樊玫来的，令她惊魂不宁。

　　她想返回去的心都有了，但是已经走到了巴黎城里的车，拥堵间再回头，也不是一时半会儿可以回去的。

　　司机很职业地认真驾驶着汽车，始终没有跟后座的樊玫说话。如果司机是华人，樊玫早就跟他说上几句话，可是，现在也只能默不作声。

　　就这样，无数辆闪烁着尾灯排成长龙般的汽车，缓缓地在暴雨中移动着。

　　20多分钟的雷雨交加，樊玫好似悬在了生死线，像是即将被雷劈暴毙。

　　就在这时，突然间，暴雨裹着雷电呜呜隆隆地走掉了。

　　天空，竟然泛起了亮。

　　几乎是缩卷在汽车后座的樊玫，随着当头戛然而止的雷电暴雨，缓缓地抬起了些卷曲的身子，不敢相信地抬眼望向窗外。无数汽车的尾灯还在闪烁，车轮碾在约有10厘米深的雨水里。

　　司机又自言自语地说了几句法语。

　　樊玫这才彻底松开了收紧一团的身心，眼睛里还留有着没来得及散掉的惊恐，如同死里逃生，躲过了一劫。

汽车进入十三区，终于停靠在了海鲜酒楼的街道边。

下车的樊玫，一脚踏进了街边湍急的水流中，好在她穿的是双凉鞋。她连忙抽脚上了马路牙儿，并紧张地张望，怕遇到熟人，一头钻进了一家书店。

这家书店很小，书摆放得很密集，品种也很多。店员客气地跟她打招呼，并问她是否需要帮助。她说不用了，随便看看。

她在靠窗书桌上摆放的书籍中，假装浏览着根本看不懂的法文书籍，又不断地往右边街角的海鲜酒楼望去。可是视角的位置不好，使她看不到全部。她观测马路对面有一家中国奶茶店，决定过去，也好正对着海鲜酒楼打量个清楚。

奶茶店。

樊玫买了一杯奶茶，在正对着窗外的桌子边坐了下来。

已经是临近午餐时间，对面的海鲜酒楼里却没有往常的景象。之前海鲜酒楼即便是在白天，营业时间灯火通明，金碧辉煌。今天的海鲜酒楼黑洞洞的，死气沉沉。

樊玫心里又紧张了起来，海鲜酒楼的大门紧闭着，门上挂了个牌子，远看牌子上的字母像是"Closed"（关闭）字样。

樊玫的心又密集地打起了鼓，她希望孟一丹已经卖掉了这个生意的同时，又翻涌着可怕的想象：被封。

她不由地发抖，嘴唇发紫，脸色蜡白。

她向走过来的华人女店员问道："你好，打扰一下，请问对面的海鲜酒楼还开着吗？"

"关了一个多月了。"华人女店员端着手里的盘子随口说着。

樊玫心惊地挤着微笑，又追问："是换老板了吗？"

正要走开的店员，转过身来淡笑了一下，"不知道啊，我也是觉得奇怪，这家酒楼老牌子了，有很多老顾客，怎么就不做了呢？"说完就忙手头的事走开了。

樊玫满脸发麻，不知怎样才可以打听得更清楚。她觉得宁可多问几家邻居店铺，也不能给朋友打电话，怕暴露自己。于是，她走进旁边的一家杂货店。

杂货店的华人老板是一位老太太，正在漫不经心地记账本。

樊玫假装选看东西，顺便拿起了手边的一份报纸走到柜台前结账，并顺便搭讪似的说："对面的海鲜酒楼好好地怎么就关了呢？听说前些时间在卖。"

老太太放下手里笔，收了樊玫递过来的5元钱，边找零钱边说："这家店前些日子在卖，我的朋友也去看了。可是后来又说店主突然就没消息，关了门。"

樊玫接过零钱，随口接着说："挺好的店，关了挺可惜的。"

老太太机械地笑了笑，回应道："谁知道呢？有需要的常来。"

樊玫客气了一句走出了杂货店。

低头走在街边的樊玫心神不宁，心想："莱西是经手销售孟一丹自住房的中介，她们一定总见面，她应该清楚孟一丹的情况。给莱西打个电话打，以后自己再换个电话号码就是了。"

随即，樊玫在街角的一棵大树后，打通了莱西的电话。

"喂，莱西，我是樊玫。"她面色尴尬地说着。

电话那头莱西吃惊地说："嗨，你好樊玫！好久没有联系，我看打来的是陌生电话号码，幸好接听了。"

樊玫掩饰着说："哦，这是我另外一个号码。你近来好吗？"

"我近来还好。"莱西热情地说着。

樊玫继续绕着弯子，用很关心的口吻说："我有事找孟一丹大姐，可是打了几次她的电话都没打通。也不知她委托你销售房子怎么样了？我还挺牵挂，她的生意也不知道做得怎样了？"

莱西是个忠厚的老实人，问什么就答什么地说了起来："她的自住房我卖了一套，还有一套没有卖掉。她的生意委托给了专门做销售生意的中介，我听她说一直没有找到合适价格的买家。"

说者无心，听者有意的樊玫，随着莱西说的内容又继续探询："我前两天路过她的酒楼，看到没有营业，没卖出去就应该先营业才是啊？"

莱西又认真地说："听说她老公在中国出了事，不会是饭店被关了吧？"

这句话好像点中了樊玫的麻骨，她脸色僵硬，神情不安，却尽力保持平静地回应："是吗？"

莱西后来再说什么樊玫已经听不到了，她认为如果把功夫下到打听，不如尽快计划自己的后路。

樊玫知道，很快，这把刀就要架在自己的脖子上。她极力克制着恐慌的情绪说："哦，怪不得打不通她的电话，不然我去她家里找找她。"

莱西又强调地说："她把自己的房子卖了，也许会住在女儿家里。"

此时神魂不宁，根本不会去的樊玫，假装询问她女儿的地址，"是吗？你把她女儿家的地址发到我手机里好吗？我还真没去过她女儿家。"

"好的，我马上发给你。哦，我记得你和她老公原来是一个单位的，你应该方便打听一下具体的情况。"莱西补充着说。

樊玫不安的脸上顿时红了起来，努力地解释："哦，——我，已经很多年不跟国内联系了，——也没有同事的电话。"

……

就这样，她们又来回说了些无关紧要的话，便挂断了电话。

樊玫惊慌地左右看了几眼，生怕有人盯着自己。她此时已经感到自己就是一个即将被抓捕的罪犯。

她想："如果海鲜酒楼熄灭的灯光，是彦默和汪大海招供的结果，自己是直接案件人，一定是在所难逃。"

此时，她心里就一个念头：赶紧逃。

随即，她脑子里映现着儿子。她转在街角的大树后面，一边警觉地观望周边，一边尽量保持冷静地拨通了儿子的电话。

"喂，——儿子，是妈妈，你这会儿说话方便吗？"满脸亲昵的笑容里，压制不住恐惧地说着。

"妈，我方便。"儿子爽快地说。

樊玫脸上挂着亲昵，眼睛里噙满泪水，语言却表现着愉快，"儿子，妈这次要跟销售团队去更远一些的地方，也许还会出国。妈一时半会儿可能见不到你，你要照顾好自己。"话音刚落，两行眼泪唰地流了下来。

电话里儿子根本无法察觉到母亲的情绪，随即说："没问题，我会照顾好自己。妈，您要注意安全，保重身体。"

樊玫扭曲着复杂的神情，眼泪直流，继续用愉快的声音说："好的儿子，妈团队里有好多朋友，我们会相互照顾。我的手机号码在外省更换后打电话给你。"

儿子强调地说："妈，在法国境内不用总换号码，电话费用应该一样。"

满脸泪水的樊玫，立即寻找借口神秘地说："儿子，——人家给妈算命，说常换号码，——妈会有财运。"

电话那头的儿子笑了，"好吧，只要妈高兴就好。"

樊玫泪如泉涌地笑着跟儿子结束了通话。

顿时，樊玫捂着脸呜呜地哭出了声。

她心里舍不得儿子，自己又无奈必须远走。她突然意识到不能再哭，引来路人注意。她抹擦着眼泪，紧张颤抖的手指点开手机叫了车。

樊玫乘上了汽车，向麦当劳停车场驶去。

路上，她思维活跃得像条被捉在手心里，挣扎翻跳的小鱼儿。她不知道孟一丹现在哪里？是躲起来了，还是被什么人给带走了，或是在女儿的家里？显然，她不认为孟一丹会在女儿的家里。

她奇怪，事情已经到了自己的家门口，为什么儿子张成那里没有相关动静？也许是时候未到。

她胆战心惊地又点开了手机，查找国内相关新闻。但是，还是没有新消息。她头发根里透着阴冷的寒气。

麦当劳车场。

樊玫驾驶着必须要尽快卖掉的汽车，一路想着下一步的安排。

她的脑子急速地运转着，心想："莫大的法国，不会没有自己的藏身之地。总之，怎么安全，不招人耳目，就怎么来。"

此时，樊玫的眼睛里又全是泪水，惊恐、无助、后悔，全涌上心来。她竟然一把泪一把鼻涕地边驾驶，边又失声痛哭了起来。

回到居住市镇的樊玫，在一家手机营业店的路边停了车。

她尽力使自己平静下来，不让人们看出自己哭肿的眼睛，便戴着墨镜下了车。她很快购买了一张新的电话号码，将之前的号码扔进了街边的垃圾桶里，驱车往家里走。

回到了家的樊玫精神恍惚，午饭没吃，加上精神打击使她头重脚轻。她在厨房的橱柜里取出了装有维生素的瓶子，倒出了几颗吞咽了下去。

她默默地咬着牙说："樊玫，你要活下去。"

随即，她在小屋子里转动着身子，看着眼前这个租来的家和自己的生活物品，显得神情慌乱。

她又自言自语地说："丢掉，都丢掉，保命要紧。"

她在橱柜里找出了几个空购物袋，将物品装了进去。

卖车，找下一个安生之地是她当务之急的事。

她惊慌地坐在床边，取出手机，颤抖的手指搜索这个区域最近的奔驰汽车门店，决定以二手车卖给车行。只有这个办法最快，同时自己也可以顺利拿到一些钱。她查到了一家，计划明天一早就去办。

她又点开了手机里的谷歌地图，三维立体地展开了法国的版图。她从巴黎向四周循环看着，又向巴黎之外更远的地方搜寻着。她冰冷纤细的手指一下点到了法国西南部阿让地区。

她看到那个地区周边有大片的绿草地，应该是一片农场，在谷歌三维立体实景环境中看了又看。

阿让这个地区，她之前就听说过，也在电视上看到过，盛产梅子。阿让城又是一个有历史的地方。以前总想着有时间去各处走走看看，就是因为钱紧，所以一直也没实现。

她想："去阿让也许是最好的选择，如果能藏在阿让地区的梅园，也许不容易被人发现。能在梅园做工，无论是保姆还是干农活，只要能留下来就行。"

此时，樊玫原本紧张蜡白的脸上，荡起了一丝欣喜的波纹，红肿的眼睛里闪着希望的光色。她又在三维地图上搜索着一个个农场，最终找到了一家小型梅园。她觉得自己应该藏在人少的地方，小梅园是理想的去处。

樊玫在手机网页搜到这家梅子农场，有两百多年的历史和产业，以及农场主的介绍、联系方式和行车路线。

樊玫看到这是一个家族产业，已经传了三代人，农场不算大，但是种植、生产和销售都很稳定。她决定跟这个老板发邮件求工作，她法文不好，就用了手机翻译器写了简单的求职信。

发了信的樊玫，心里顿感轻松，也有了饥饿感。

第二天上午。

樊玫收到了阿让梅园的邮件回复，通知她可以面试。她又回复邮件，告知梅子农场五天后见。

接下来的时间，樊玫顺利处理掉了汽车，拿回来了5000多欧元。她退掉了这个房子，答应房东三天后搬出。因走得急，没有提前一个月告知房东，因此丢掉了租房押金。

樊玫决定乘坐长途汽车去阿让，可以不用证件购买。她用手机上网，通过手机翻译器订了张巴黎至阿让的长途汽车票。

第二十四章
法国阿让

樊玫手里拉着一个装着衣服和简单生活用品的大箱子,身上背了一个随身的斜挎包,这个包里装着她的珠宝首饰。

上午 11 点半。

她来到了长途汽车站,在候车大厅坐了下来。

候车大厅屏幕上排序着车次和时间,她边张望着时刻表,边极度紧张地注意环境中的人。

这一走,何时再回到巴黎,或是有什么不好的情况发生,都是樊玫不可预料的。

樊玫想到了自己的儿子,顿时眼泪冲出了眼眶。她想再给儿子打一个电话,即便是儿子听得出来在车站也没关系,因为她告诉过儿子自己要跟着销售团队去外地。况且,她新的手机号码儿子还不知道,这几天只顾忙着处理眼前的事情。

樊玫看时间,正是儿子上课的时间,中午 1 点才下课,这个电话一定是打不成了,只能到了阿让以后再打给儿子。樊玫边抹着泪,边又警觉地观望四周,担心有人盯着自己。

还好,一切正常,候车大厅更多的是洋人。樊玫揪着心又向大门外张望,看是否有警察向她走来,还好,也没有。

樊玫的眼睛里除了紧张、恐惧、警觉,还夹杂着游离。

她想:"这就要离开巴黎,意味着真正离开自己的儿子远走他乡。儿子从小到大，除了自己短期出差，从没有离开过身边。这突然地走这么远，原本就在异国他乡母子相依为命，这一下要分开很远了。自己心里实在是受不了，也不敢想分开后的日子怎么熬？——不然，撕了这张票，死也要死在巴黎，跟儿子在一起。"

樊玫从兜里取出这张去往阿让的车票，眼泪噗噗嗒嗒地跌落在票面上。她看着票面，眼睛仿佛看到的全是儿子张成的样子。她的心都要碎了，她将票揉成了一团，双手顶在额头上，无声地痛哭了起来。孟一丹的样子映现在她的脑海，对她说："樊玫，你要坚强一些，儿子还需要妈妈，你要活下去。"她脑子里又映现着张坚、奶奶、姥姥、姥爷，他们远远地望着她。还有满脸愁容的张坚，眼睛里布满了不安。老人们都不放心地望着她，默不作声，而后都远远地散去了。

樊玫心里默默地说："为了能和儿子永远在一起，必须坚强地活下去。如果不离开巴黎，被抓回去，自己一定是死刑。既然从中国来到了法国，就不能轻易回去。自己和儿子分开是暂时的，躲一阵子看看情况，再说。"

樊玫极力克制着情绪，身边的乘客并没有注意到身边闷哭的樊玫。樊玫用握着的双手悄悄地抹去满眼满脸的泪水，镇静了片刻，缓缓地抬起了头向时刻表望去。她买的是12点50分的车票，现在时间12点10分。

此时，大厅里走进来三四个全副武装的警察。

樊玫看到他们走进来的那一刻，惊恐地几乎要晕厥过去，脑子里发出嗡嗡声，感觉瞳孔都要放大了。心里说："完了，这下全结束了。"

樊玫发现自己的两腿发软，连跑的力量都没有了，等待着警察走过来将她带走。

她魂飞神散地望着警察。

警察相互交流着，突然转身走了出去。

樊玫看着警察突然走了，嗡嗡作响的脑子开始恢复清醒，她要求自己必须镇静。想去洗手间躲着，一直到上车。但是，又担心那样会更危险，不如就淹没在等候大厅的人群里。

樊玫的心，在恐惧不安中分分秒秒地煎熬，恨不得有个地缝钻进去。

之后，几个警察没再进来。

樊玫看到时刻牌上已显示进站，人们很快就排成了长队，一个个经过验票走进车站。

樊玫拖着箱子，排在队里，默念着："千万别出问题，不要遇到熟人，顺顺利利地上车。——儿子，妈妈想你！"

她含着眼泪，紧张地一步步地随着排队的人群走向了检票口。

樊玫顺利通过检票。

在去往阿让的大巴车前，樊玫积极配合着工作人员放好了行李，登上了这台大巴车，找到了车厢中段靠窗的票位坐了下来。

樊玫的心里一边欣喜终于上了车，一边想着舍不下的儿子。她的心里别提多复杂、多难过。她望着阴云密布的天空，这个被覆盖在天空下的巴黎，生活着自己的骨肉。她半捂着脸，眼望窗外成了泪人。

她奇怪自己的泪水这么多，流也流不尽，黏黏地一层层地扒在脸上。

大巴车启动了，樊玫的心碎在了眼前的一景一物和儿子英俊的相貌里。

大巴车顺畅地行驶着，驶向数百公里以外的法国阿让。

樊玫泪眼迷离，筋疲力尽到了极致。她的手捂在装着珠宝首饰的挎包上，混混沌沌地睡着了。

梦里。

赵彦默出现在眼前，深情地望着她说："玫，没事儿，什么事都没有，你放心，这都是最可靠的朋友。"

樊玫眼睛里全是泪水地看着盼望已久的赵彦默，泣不成声地说："彦默，你可把我给吓坏了。——我还以为，这辈子我们只能在黄泉路上相见了。"

"怎么会呢？我还没有来得及跟你在一起享受生活，怎么会就此结束了呢？"赵彦默怀抱着樊玫，爱怜地看着她说。

樊玫在赵彦默的怀里喃喃地说:"彦默,我们在巴黎生活,你准备好钱了吗?没有钱很难生活下去。"

"都准备好了,足足的,够你花到下辈子的了。"赵彦默说着,在樊玫的小嘴儿上使劲地亲了一口。

突然,赵彦默就不见了。

樊玫前后地找着赵彦默,可怎么也没看到他。这时,儿子跑了过来,儿子激动地说:"妈,我可算找到您了!儿子找遍了法国,却怎么也找不到您,原来您在这里。"

樊玫看到了眼前的儿子,便激动地张开双臂要抱住儿子,可是儿子突然也不见了。

樊玫到处看,到处找,却怎么也找不见儿子。

她迷迷糊糊地找到了山上,艰难地穿过树丛、杂草,走进了一个黑乎乎的山洞,她呼喊着儿子的名字,却一脚掉进了深渊。

她忽地一下惊醒了,几乎带着惊叫。

身边的乘客法国老年男士看了看她,用法语问:"你还好吗?"

樊玫难掩尴尬,强打着微笑说:"谢谢,没问题!"

樊玫难堪地将脸侧向窗外,做出再正常不过的样子。她希望这一路,旁边的老人不要多跟自己说话,自己语言有障碍,也好保持距离。

一路上风景如画,此时太阳的光芒已经渐弱。樊玫没想到自己睡了这么久。此时还沉浸在刚才梦境里的樊玫,奇怪自己怎么会做这样的梦,难道也是不祥之兆?

她又想:"彦默此次没有问题是不可能的事了,孟一丹的海鲜酒楼已经关掉,是出大事了。"

樊玫又担心赵彦默现在的情况,不知进展的哪一步?那个汪大海一定也在案受审。她在法国的日子不知还有多久?

天色渐晚,大巴车在高速路边的肯德基和意大利比萨饼店前的车场停了下来。乘客有30分钟的时间,买吃的东西和去卫生间。

樊玫想："这趟车再停下来的时候，应该就到了阿让，总车程的时间是 9 至 12 个小时，到阿让是半夜。在阿让车站就近找个旅馆住下了，天亮再去梅园农场。"

此时，樊玫走下车来，外面的新鲜空气使她感受到自己还活着。她和其他乘客一样买了吃的。

远离城市的郊外，伴着浩瀚的夜空显得格外寂静，樊玫感到被社会遗忘所带来的安全感。

她看时间还有一会，就给儿子打了电话。也许，是陌生的号码，儿子没有接听电话。

樊玫给儿子又发了信息：儿子，这是妈的新手机号码，你存下来。妈会再打给你，你照顾好自己，妈想你。

儿子一直没有回信息，樊玫想着估计儿子没有注意到，便走上了大巴车。

人们陆续回到了车上，汽车再次启动。

汽车穿行在逐渐漆黑下来的夜晚。

大巴车里的人们有的看手机，有的入睡了。

樊玫靠在座椅上全无睡意，她担心儿子怎么不回电话，会不会有什么事？她就又打了儿子的手机，还是没有接听。她心里开始出现着各种想象，又不断地打消着，安慰自己不要往坏事上想。

想着想着，樊玫就想到了在阿让梅园生活会是什么样子。自己一定是一个勤劳的采摘员，或是搬货的女工，要么就是一个给主人做家务的仆人。如果不做这些，自己就要再租个房子，没有收入地花干耗尽仅有的钱财，最终还是要给人做事生存。眼下自己的法语程度也只能做些不怎么说话的粗活，在远离城镇的农场，对自己再合适不过。

汽车里的人，有的打起了不算大的鼾声。

樊玫的思维不断高度运转，又伤心和恐惧，也确实是太累了。黑漆漆的窗外，只有时不时擦身而过的汽车发出的声音。不由地，樊玫干涩的眼睛越来越小地合上了，沉沉地睡着了。

"下车了，阿让到了。"

睡得正熟的樊玫，被司机的叫声扰醒。

此时，午夜 12 点。

樊玫随着乘客一起下了车，取了行李，走出了车站。

这是一个完全陌生的城市，尽管樊玫在网上略些了解，毕竟还是两眼一抹黑地面对着眼前陌生的一切。

她托着大箱子随着人群走向街面，在车站的附近，看到了一家小旅馆便走了进去。

前台的接待员竟然是一位亚洲人，樊玫心里猛地一紧，多了份警觉，又试探着问对方是否是中国人。

前台的这位小伙子个头不高，很礼貌地说："我是越南华人，会讲一点点中文。"

樊玫听到他用蹩脚的中文说是越南华人，紧缩的心舒展了很多，询问道："你的中文讲得很好！请问今晚还有房间吗？我一个人入住。"

越南华人小伙子微笑着说："谢谢您的表扬！房间还有，我可以给你办理入住。请出示您的证件好吗？"

樊玫一听证件，心一下又提到了嗓子眼儿，扑通扑通的心跳声要冲破耳鼓膜。她极力地保持着微笑说："好的，我这就拿给你。"

樊玫知道，即将要从挎包里取出来的是假护照。

她心想："这次是住房登记，这个存根会很持久，不像之前只是给租房的房东复印一份，不租房子了会被房东销毁。"

樊玫脸上挂着微笑，垂在前台下的手，每一根指头都在颤抖。

她强制自己必须沉住气，消除紧张，她很清楚在房角有监视器，希望自己不要有情绪异常。她手伸进挎包里，摸到了特意放在侧兜里的假护照，取出递给了前台。

前台小伙子非常自然地接过这本假护照，"谢谢！"若无其事地办理入住。

樊玫提心吊胆地观测着小伙子办理，心里默默地说："千万不要有问题，顺利入住，明天一早赶紧离开。"

前台小伙子很快办好了入住，返还了樊玫的假护照，同时也给了她一间三楼的房间钥匙卡。

樊玫提在嗓子眼儿的心，终于又一次暂时放下了。

这个小旅馆非常小，楼下只有这个前台的小厅。通往所有楼上住房的是一个狭窄的木制旋转楼梯，楼梯的宽窄只能容纳一两个人侧身通过。

小伙子看到樊玫拖着大箱子，就从前台走出来礼貌地说："如果不介意，我可以帮您把箱子提到楼上。"

樊玫看着陡窄的旋转楼梯，也只能请他帮忙，"哦，非常感谢！辛苦你了！"

小伙子礼貌地说："不用谢，这是我经常做的事情，请您先往上走。"

樊玫不断地客气着，边先往上走着，边回头招呼着身后的小伙子。

这个箱子确实不小，应该是最大尺寸的一款，装满东西至少有30多公斤。小伙子竟然一下将这么重的箱子扛在了肩上，这是樊玫没有想到的。也许，小伙子习惯用这样的方式走狭窄的旋转楼梯。

樊玫看着他略带艰难地转动着身体，关心地问："可以吗？"

小伙子被重物压着，脸憋得略红，闷声回道："没问题。"

樊玫紧着往上走了几步，生怕影响身后扛着大箱子的小伙子。

小伙子在转弯时，几次被大箱子卡住，最后又缓缓地扭动开。他憋着气，吭吭哧哧地走到了三楼房间门口。在樊玫的接应下，小伙子终于将大箱子从肩上放了下来。

樊玫感到非常对不住他，想给他点小费，可是自己又没有现金，在国

283

外都是刷银行卡。她脸上堆满了歉意，不断地道谢着。

小伙子满头大汗，微笑着说："祝您有一个美好的夜晚！"临转身又说："如果退房，我不在上班，您可以请前台帮助您把行李搬下来。"

樊玫又一阵地感谢。

小伙子下了楼。

樊玫打开了房门，走进只有几平方米的小房间。她的大箱子简直如一个人的大小，占据着有限的室内空间。

一张小单人床，铺着洁白的被单和被褥，看着绵绵软软的样子。旁边有一张一人半宽的小书桌，上面放着一盏小台灯。

桌子前是一扇窗子，可以看到街上。

小卫生间里什么都有，正好容下一双手的洗面池。旁边正常尺寸的马桶，几乎占满了两面墙壁之间的空间。一帘之隔的淋浴喷头下，可以站下一个人，如果是胖一些的人，则要侧着身子洗浴。

樊玫好奇地看着这间小归小，却配套设施俱全的房间，竟然觉得还很温馨。这是她住过的酒店里，最小的一个。

她没有马上洗漱入睡，而是向窗外张望着这个古香古色的城市，心想："走了这么远，应该不会有危险了吧？人生原本就不长，过一天是一天吧！"

第二天清晨，一夜没有拉上窗帘的房间，照射进来了阳光。

樊玫自然醒来，努力适应着一时没有想清楚这是在哪里似的，张望着这个小房间，脸上显得有些紧张。很快，她明白这是在阿让的小旅馆里。她的思绪随着太阳光的照射，快速地波动了起来。

窗外传来了汽车的路过声。

她想："阿让毕竟是省会城市，为了安全还是尽快离开此地，到梅子农场去。"

她立刻开始漱洗，准备离开。

樊玫拖着一夜没打开的大箱子走出了房间。

她在楼梯口愣住了，这个狭窄的旋转楼梯，搞不好会连人带箱子滚下楼去。她决定先一个人下去结账，一会儿再请人帮助拖箱子下楼。

就在此时，一个洋人小伙走到了楼梯口，表示愿意帮助樊玫把箱子拖下去。

樊玫为他的诚意感动，并接受了他的帮助。

下楼看起来比上楼更难，这个小伙子也将箱子扛在了肩上，艰难地旋转着身子往下走着。他同样被大箱子卡在转弯处了好几次，他白皮肤的脸，憋成了紫红色，额头上的汗也冒了出来。

终于，小伙子扛着沉重的大箱子，双腿颤抖地走下了最后一个楼梯台阶，将大箱子放下了。

樊玫用简单的法语道谢着，看到他的手被墙壁擦出了血，又满脸歉意地说着对不起。

小伙子满脸笑容地说："没什么，不用谢，祝你有愉快的一天！"随即走出了旅馆。

樊玫觉得这里的人们很有奉献精神，确实令人感动。阿让给樊玫留下了美好的印象。

樊玫结了账，拖着大箱子走出了小旅馆。

街角处，她突然又想到了儿子，便拿出手机，看到了儿子的信息回复。得知儿子一切都好，也就放心了。她浑身觉得轻松了很多，在街边的一个便利店买了点吃的，随即叫车准备去30公里外的梅子农场。

阿让这个城市樊玫多么想就此游历一下，可是，眼下的情况只剩下藏身。

很快，樊玫坐上了叫来去梅子农场的汽车。

汽车穿过一条条干净古老的街区,樊玫望着车窗外有历史年轮的古典建筑、美丽的植物和街上的人们,心想:"美丽的异国风情却没心享受,自己像是个过街老鼠,见地洞就要钻进去,活在恐惧的世界里。"

樊玫此时的眼睛里透着悲伤,她不但想到自己,也想到了转眼离世的三位老人。老人们辛苦了一辈子,竟然没有出过国门,甚至连自己的国家也没怎么旅游过。

樊玫顿时眼睛发酸,鼻子发硬,泪水满眶。

樊玫除了项目上出事,张坚的赌债也没有了清,债主岂能罢休。她不知债主会不会找到国外,幸好已经卖掉了巴黎名下的房产。她又担心债主会不会查到儿子名下在巴黎的财产。儿子的安全也会受到债主的威胁,好在张成已融入了西方的社会,知道怎样通过法国的法律保护自己。追债人,在法国也不敢为所欲为。

樊玫又想到戴焱焱和张萌,也不知现在的情况怎样。张成同父异母的弟弟张萌也是未来的一个隐患,是分得张坚家产的权利人。张坚一死了事,可是他毕竟还有点儿家产可以使戴焱焱来帮着她的儿子张萌来清算。幸亏有追债人的巨债追索,不然戴炎炎还不早就跳了出来。

此时樊玫看着车窗外,茫然一片,她知道无论来自哪个角度的追索,这些财产都会失去。倾家荡产和性命难保在樊玫的脑海交映着,令她又恐惧、发抖了起来。

车窗外,出现大片大片的向日葵,一个个黄色的花朵像一张张笑着的脸,朝着太阳绽放着。

樊玫灰死的心,在向日葵的模样中成了两个世界。

一块块有分界的农庄和漂亮的房子划过车窗,掠过樊玫灰冷的目光。

樊玫知道,握着自己手里这副打烂了的人生牌,是怎么也洗不出来了,正在一烂到底地挣扎。

第二十五章
梅子农场

汽车按指定导航顺利到达了梅子农场的大门口,樊玫确定地址后下了车。

樊玫放眼望向简易铁栅栏大门内的农场,郁郁葱葱的树林应该就是梅子树,远处偏高地势有一片灰青色的房子,应该是农场主的住房。在它一侧的远处是一片错落的平房,看着像是厂房。樊玫又望向农场周边,一片黄黄绿绿的农作物,分界着不同的农场。

瓦蓝的天空,大朵大朵形态各异的白云,微微地游动着。一群鸟从樊玫仰望的眼前飞过,她羡慕鸟儿们能自由自在地飞翔,自己却行走在自制的枷锁里。

樊玫来到这个远离闹市的地方,甘愿做一个农民,也不敢在城市租住于人们的眼皮底下。

此时,樊玫决定用最简单的法语给农场打个电话,告知已到了农场大门口。

这家小农场的联系人是农场主。

电话里,樊玫得知会有人来接她进去。

10分钟后。

一台破旧的手扶式拖拉机从农场里开到了门口,从上面跳下来了一位满身泥土,矮小的法国中年男人。他说自己叫卡尔,是主人让来接她进去。

樊玫的法语不好，猜想着他说的意思，并道谢着。

卡尔看着点头示意的樊玫，并愉快地接过她的大箱子，吃力地放在了拖拉机的后斗内。随后，他请樊玫上车坐在他旁边的位置。

拖拉机的宽轮子上全是湿泥，像是刚从泥塘开出来的样子。

樊玫在卡尔的协助下跨上了满是泥土的拖拉机。

这是樊玫此生第一次坐拖拉机，她显得很不适应，免其为难地应和着卡尔，在强噪音和坑坑洼洼的颠簸中驶向农场。

樊玫纤细的手指紧抓着车座的边缘，她的裙子和纤柔的身体在轰鸣的噪音中飞扬、颠簸。

拖拉机一路卷起着浓厚的尘土。

樊玫看着卡尔握着手扶车把的那双粗糙的大手，扁宽粗糙的手指甲盖里全是黑泥。

樊玫揪心地看了看自己纤细白净的手指，心想："做农民，自己的这双手也会发生改变，衣服也会脏旧，现在反悔还来得及。——可是，不在这里又去哪呢？眼下，保命安身最重要。"

几分钟后，拖拉机停在了厂房前的空地。

老旧厂房前的水池边，有一男一女的中年法国人在洗摘下来的梅子。

卡尔引着樊玫走进了厂子里的一侧房间。

破旧的房间里，有一张简陋的办公桌和几把破旧的木椅子。

卡尔请樊玫坐下来，他说一会儿农场主就到，而后就走开了。

樊玫的法语很初级，只能根据少量听得出来的单词和说话人的表情来判断、应付着。

几分钟后。

房间门被推开了，从外面走进来了一位看上去有75岁左右，瘦瘦高高，微弓着背的法国男士。他稀少的白发长长地飘在脑后，少许的白眉毛，延伸在深皱的眼窝上面，灰蓝的眼球散射着昏暗的光色。细高的鼻子下，稀拉拉的白胡须几乎盖住了薄薄的上嘴唇。他嘴里斑驳不齐的牙齿，随着跟樊玫打招呼间若隐若现。他穿着略微比卡尔要干净一些的旧衣服，但是一看也是天天跟泥土打交道的人。

樊玫从他的长相上认出，这是在网上看到的那位身着西服的农场主普沃。没想到他今天的装束这么接地气，简直就是一个地道的农民。

他伸出粗大干瘪的手，沙哑的声音含糊地寒暄着，并说出了自己的名字普沃。

樊玫连忙伸出手，被握在普沃粗砂般干硬骨架的手里。樊玫的手好像被钳住似的，心里咯咯噔噔地不适。

樊玫边回复着简单的法语，边解释自己的法语不好，说得不多。

普沃干皱苍老的脸上挂着饱经风霜的微笑，盯着樊玫用法语说："没有问题，我需要干活的人，不需要说话的人。"

樊玫迎合着普沃的微笑，手仍被他攥在手里。

此时，有人敲门。

普沃随即松开了手，请樊玫坐下来。

樊玫的心忽上忽下，心想："这是第一次跟外国人面对生存和工作，自己的法文又那么差。好在这家小农场还接受自己，就像普沃说的那样，要的是干活的人。"

其实樊玫的内心仍在后悔不该来农场自找苦吃，但是现实却使她移动不开步子。她心里又想："毕竟自己是个女人，幸好看到农场有女工。这位主人也应该有老婆，不然自己真的不方便在这里。"

进来的是卡尔，他递给了普沃一把钥匙后离开了。

普沃握着钥匙，昏暗的眼睛看着樊玫。他将钥匙放进了上衣口袋里，继续用简单的法语告诉樊玫："8月份忙农场的事，之后帮助我老婆做家务，管吃住，每个月3000欧元，如果你愿意的话。"

樊玫的法语不足以全部听懂,但是也明白了一多半。她很清楚地听到了钱数、农活和家务,特别是他说到老婆,使得樊玫的担心放下了一多半,在这里生存的问题得到了解决。

樊玫的脸上透出由衷的微笑,并连声用法语磕磕巴巴地说:"我很愿意,谢谢!"其实在樊玫心里,只要管吃住,不给钱都可以。

樊玫和大箱子都上了普沃的皮卡汽车,普沃驾驶着向农场主那片灰青色建筑的住宅驶去。

樊玫坐在仍然满是泥土的车里,心里泛着酸楚。当年自己坐在豪车里的尊贵,已今非昔比。

她身边这位满是土腥味的农场主,没有一丝老板模样。老板亲自做工,在巴黎的一些小生意里很常见。

汽车行驶在颠簸的土路上,穿过郁郁葱葱、结满果子的梅子树林。

在果林,有两个法国男人手提着篮子在捡地上的果子。

此时,几只野灰兔急速地穿过眼前的土路,向林中跑去。

普沃说从明天开始,樊玫就可以跟那些工人一样收果子,这是一年里最忙的时候。

樊玫明白普沃说的大概意思,并答应着。

樊玫选这个小农场,也是要避开很多华人,她看到农场里有五个做工的人,好在都是洋人。

有吃住,收收果子,以后忙家务,对现在的樊玫而言也是万幸。在樊玫看来,在这样一个田园风光的环境里做工,总比之前憋在小饭店的后厨里洗盘子好。选择偏远的法国阿让地区安下身来,看看以后国内赵彦默的事情发展。

普沃驾驶着皮卡汽车,车尾黄土飞扬,疾驰地驶向农场主居住的楼前。

普沃停好车后，弓着背下了车。他那粗糙干瘦的大手和像铁钩子一般的手指轻松地将大箱子也提下了车。

樊玫随着普沃走进了这片显得老旧、三栋楼相连的中间一栋。

楼里，一进门的过道老旧、昏暗，略有霉湿的味道。过道正对着通往二楼的木楼梯，他们并没有上楼，而是走进右边的客厅。樊玫张望了一眼左边乱糟糟的房子，看着像是餐厅。

走进客厅的樊玫看到的是同样杂乱的房间，没有一件像样子的家具，破旧的木质沙发围着一个铺着红格子桌布的矮茶几。茶几上摆满了杂物，有针线筐、茶杯、一些药瓶和剪子什么的。

这是一个乡土气很浓的家庭陈设。

老旧的木质地板，走起来咯咯喳喳地响。房间粗糙的墙皮显得很破旧，木质的老窗户敞开着，没有纱窗。在夏季的8月份，这座老房子里并不热，屋顶中间有一个老式的木质叶扇，扇头摇动着低速旋转。

普沃让樊玫在客厅里坐着等他一下，他去去就来。

樊玫答应着，看他走向客厅对面的餐厅，又环视着这个陌生和不幸的环境。

樊玫隐隐听到普沃在对面的房间跟一个女人说话，那应该是女主人。同时还传出锅碗声，但是没有食物飘过来的味道。樊玫看客厅墙壁上悬挂的一个老样式的钟表，此时，已经临近中午12点。外国人习惯在下午1点半吃午餐，现在应该是准备做午餐的时候。

普沃的农场招来做工的人是寻常不过的事，但是将做工的人带到自己的住处，安排住下却显得不寻常。

樊玫在农场主普沃的眼里，是一个纤弱、秀丽的女人。他觉得樊玫更应该做家务而不是农活，但是农场现在是采摘的季节，哪有不做农活的人。

樊玫虽然极其不能接受这个破旧、邋遢的生活环境，但是既然来了就要接受。她猜想他们正在谈论自己，心里顿觉不安。女人的敏感告诉樊玫，自己的命运此时就决定在这个女主人的态度上。由此，樊玫禁不住地可怜自己——

几分钟后。

普沃和身后的女人走了过来。

樊玫看到的，竟然是一位比普沃看上去还要苍老的法国女人，她双手拄着短手杖，走起路来摇摇晃晃。矮胖的身子，上身穿着件褐色碎花长袖衣服，下身是一条灰色宽松的绒面裤子。她短乱的白发，松弛的皮肤褶皱在全脸。

樊玫没想到农场主的老婆会是这个样子。

他们走到了樊玫面前。

女主人垂皱的眼皮下那对淡蓝色的眼球显得更加灰暗，混沌无光。她偏大的鼻子，嘴角下垂，由于苍老失去了双唇清晰的边际。

樊玫立即站起身来，脸上做出美好的笑容，等待他们说话。

普沃简单地用法语介绍："这是我的妻子艾玛。"

艾玛的脸上没有笑容，也看不出有什么不悦地拉着年老的声带说着法语："欢迎！"

樊玫听到欢迎这个词，心舒展开了许多，脸上透出了真正的笑容，用法语回应："谢谢！"

他们寒暄后并没有坐下来，艾玛和普沃叽里呱啦地说了一阵。樊玫听得出来老太太在安排自己的住房，她像静等发配似的，孤立在一旁，任他们左右自己。

老太太从裤兜里取出一串钥匙，找出其中的一把取下来交给了普沃，他们又说了几句很快的法语，樊玫没有听得清楚。

而后，普沃引领着樊玫，拉着大箱子走出了这座楼，向侧面的另一座小楼走去。老太太留在原来的楼里做午餐去了。

樊玫随即接过拉在普沃手里的大箱子，走进了这座近似于仓库的一个小楼。普沃帮樊玫托着大箱子上了二楼,在对着楼梯的房门口停下了脚步。

普沃打开了老旧的房门,将钥匙交给了樊玫后说:"你就住在这里,如果你还需要什么请让我知道,我会尽量满足你。"

樊玫接过钥匙连声道谢。

普沃转身要走的这一刻,又回身说:"1点半欢迎你和我们一起午餐,在刚才的那个房间的对面。"

樊玫基本明白他说的意思,又是一阵道谢,目送普沃走下楼去。

樊玫带着不幸的心情,推开房门拉着大箱子走了进去。

房间仍然破旧,木质的老地板,房顶仍有一只木质叶扇,一张单人床铺,一张木桌椅,还有一个内置简陋的卫生间。

樊玫走到桌前,推开仍是没有纱窗的木窗,张望风景如画的农场,又回看身处简陋的室内。随后,樊玫坐在了咯咯喳喳响的木床上,心想:"楼上其他几间房估计也是同样,也许这里就是主人的客房。自己之前的风光生活,此时已成了上辈子的事。"

樊玫一想到这个小楼里只有自己一个人,心里又滋生恐惧。她无法想象到了晚上,一个人在这个黑洞洞的小楼里怎么度过。她希望还会有其他人住在这个楼里,但是,如果是男人那还不如就自己一个人。为了藏身,只能咬牙面对现实。

樊玫和主人们吃了第一顿简单的午餐,仅有一道土豆烧鸡胸肉。

饭间,艾玛仍没有笑容地颤颤巍巍地吃着盘中的食物,普沃除了一盘食物还有一杯红葡萄酒。普沃给樊玫也倒了一杯,表示欢迎她的到来。

樊玫喝了一小口普沃自酿的红酒,浅红的酒透着涩。樊玫突然间神色游离了,自己在中国的酒窖,那些顶级的世界名酒静静等待不再出现的主人。

普沃边咀嚼着嘴里的食物,边时不时地举杯跟樊玫示意。他昏暗灰蓝的眼珠竟然在酒后透出了点儿亮,苍老的脸也透出些红。

艾玛麻木无语地分切着盘中的食物,一次次地咬合在脱落不全的牙齿里。

樊玫近似于麻木的神情,机械地举杯应和着普沃示意的酒杯,而后轻轻地沾了沾嘴唇。樊玫不想让红酒真正喝进嘴里,以免使她的心更伤痛。

因为语言问题,他们在餐桌上没说几句话。

普沃连续喝了两杯红酒,吃完了餐盘里的食物,最后一点菜汁用一块干面包抹擦放进了嘴里。艾玛餐盘也吃得干干净净,她放下了手里的刀叉,用破旧的餐巾抹着深皱的嘴角。

饭后,樊玫帮助艾玛收拾、洗刷着餐盘和锅碗,普沃去了厂房。

之后,艾玛用手杖指指点点,伴着含糊不清的法语,让樊玫打扫一层的这些房间和墙角。

樊玫明白了艾玛的意思,应和着。

艾玛垂着松皱的脸,灰暗的眼睛看樊玫明白了,便转动着不灵便的身子,拄着双手杖回卧室睡午觉去了。

樊玫用了将近4个小时才打扫完杂乱不堪的几个房间,墙角上的蜘蛛网和墙体上的浮灰被清除得一干二净。

午觉醒来后的艾玛,摇摇晃晃地走了出来,看到樊玫收拾的房间,并没有激发出她的笑容和表扬。

樊玫极力地适应着这个冷面的老太太。

晚饭更简单,烤面包和土豆汤。

普沃仍旧有一杯红葡萄酒,没有再给樊玫倒酒。

普沃边咀嚼着嘴里的干面包,边跟艾玛说着法语。

樊玫大概听到了一些单词,但是并不完全清楚,看他的表情不是很愉快的样子。好像是说今年的坏天气使梅子长得不多之类的话。

艾玛的脸色显得也更灰暗了些,她没说什么,继续掰着干面包放进汤里，又一勺勺地送进嘴里。

樊玫看着这个老旧的庄园农场和这两位苍老的主人，感觉到他们力不从心。想着他们应该也有儿女，也许儿女们不喜欢农场事业，都在繁华的城市，或在更远的地方工作和生活。樊玫不由对他们产生了同情。

夜幕还是准时地降临在樊玫的面前。

晚饭后，樊玫收拾完餐具和厨房，走向令她恐惧、心跳加速的黑色小楼。她的步伐随着加速的心跳，奔跑上木楼梯，冲进全楼只有她一个人的二楼小房间。

她反身关上了房门，又转过身来仔细地上了锁。没有纱窗的木窗户外隐隐虫鸣，屋顶的木吊扇等着她开启后，继续发出吱吱扭扭的旋转声。她强迫自己不去想整个小楼里只有自己，也不去想周边的漆黑。她关上木窗，打开木吊扇，留下台灯的光线陪伴自己对抗黑夜。

洗漱完的樊玫，疲惫不堪地倒在小床上很快地睡着了。

睡梦中。

大雨瓢泼，孟一丹来到了樊玫香榭丽舍大道的豪华公寓。孟一丹浑身被雨水淋透了，短发滴着水贴在头脸上，面色苍白，浑身打战地说："好冷！"

樊玫连忙给她取来了一条毛毯将她的身体包裹住，坐在了壁炉旁。

孟一丹呜呜地哭了起来，"樊玫，出事了，真的出事了。"

樊玫惊恐地看着她，眼睛里也溢出了泪，哽咽着说："大姐，我知道一定是出了大事。"

孟一丹呜呜地哭着又接着说："全都没有了，家产没有了，全部冻结。"

"那，——赵大哥还好吗？"樊玫随着孟一丹的哭声，已满脸是泪，发抖地说着。

孟一丹呜咽着又说:"彦默,完了。"

樊玫吓坏了,泪眼里充满惊恐,"怎么完了?大姐说清楚些。"

此时一声大雷,惊醒了睡梦中的樊玫。

房间的窗户被风吹开,哐哐地撞击着,外面下着大雨。天花板的木吊扇还在吱吱扭扭地转着。樊玫惊厥地看着陌生的环境,气息急喘着久久不能平静。

她浑身发冷,又一次关上了被风雨吹开的木窗,顺手拉掉了木吊扇的开关绳,重躺回小床拉起薄毯盖在了身上,她头上却冒着冷汗。

窗外的雨,像是巴黎的那场大雨,雷电交加,雨水在天上像开了闸倾泻而下。

樊玫缩卷在小木床上颤抖着,呜呜地哭了起来。

孤单、恐惧、不幸、绝望又全向她袭来,好像是要被它们齐吞。她恨漆黑、漫长的夜晚,好像每一个夜晚都是一次死亡和掩埋。

第二十六章
农 工

手机的闹铃将昏睡的樊玫带到了清晨。

太阳已经照射在了房间里的桌面上，昨夜是否真的有雷电暴雨令樊玫怀疑，她混淆着梦与现实。

此时是早晨 6 点 50 分，她连忙起床洗漱。

她从卫生间墙壁上破旧的镜子中，看到自己的眼睛是肿的。这显然是昨夜泪水浸泡的结果。

她用自来水扑在眼睛上，希望能尽快消肿，面对两位主人的早餐。

今天要干农活，她特意换了身方便的衣服，一件白色 T 恤，一条米色半截裤，一双灰色休闲鞋。那个大箱子装着她四季的衣服，此刻她将装着珠宝的挎包塞了进去，箱子上了密码锁。

她带着手机，锁上房门，到主人那边去了。

早餐后，普沃将餐布包好的干面包和几块干乳酪交给了樊玫，并开来了一台手扶拖拉机，接樊玫上了车。

普沃驾驶着黄土斑驳的手扶式拖拉机，穿着短裤的双腿满是白茸茸的细卷毛。樊玫手里抱着餐布包着的食物，坐在普沃满是白毛的瘦腿边，不由地将自己的腿向另一边偏着。普沃的白毛瘦腿随着汽车的颠簸，不断地向樊玫穿着半截裤裸露着的皙白长腿贴近着。

普沃若无其事地说："农忙的时候中午饭就会在果树下边吃，如果天很热就会回到厂房吃，下午两点以后再去工作。"

樊玫大概明白普沃是在说午饭的事情。

普沃对樊玫是否可以全部听懂并不在意，而是想说什么就说什么。樊玫答应的多，说的少。

几分钟后，拖拉机停在了厂房前。

卡尔和几个工人都已经在那里了。

普沃叫卡尔过来，跟他交代着工作的事情，之后便走进了房子里。卡尔跟身边的几个工人说了些什么，几个人分头走开了。其中一个中年男人取来了三个篮子，卡尔开上另一台手扶拖拉机，让樊玫把食物放在了上面。他让樊玫坐在自己身边，另外一个工人将篮子放在车斗里，然后站在与后斗的连接处。他们一行三人向果林驶去。

拖拉机在果林的土路上停了下来。

工人跳下拖拉机，从车斗里取出篮子分给了樊玫一个。卡尔从车斗里取出一个带钩子的长杆子，提着篮子和他们一起开始摘果子。

卡尔不管樊玫是否听得懂很多法语，认真地说着："落在地上的果子，除了烂的，好的都要捡到篮子里。"说完就开始将长杆伸向树枝，勾住后使劲地摇晃，树上紫红的硬梅子噗噗嗒嗒地落下来。

同来的工人在卡尔摇掉梅子之前，就开始将早落在地上的果子往篮子里捡。樊玫这才真正明白无论是摇下来的，还是原本就在地上的，都要捡到篮子里。她开始蹲下来，将地上好的梅子一个个地捡到篮子里。

卡尔不断地一棵树一棵树摇落着果子。

樊玫和同来的工人埋头捡了一篮子又一篮子梅子，倒在拖拉机车斗一个个排列好的篮子里。

一连几个小时的捡果子、倒果子，太阳从早晨的温和，不断渗透出它的热情，烘烤着大地。虽说在树荫下，但是樊玫汗珠子还是不断滴在土地上，衣服贴在了前心后背。她的双腿蹲得酸疼、抽筋，每次站起来头都略微眩晕，眼睛会冒出零星的金星。

中午的太阳穿过树叶和枝缝，热烘烘地射在樊玫的背部，使得隐隐作痛。

卡尔不但摇果子，也蹲在地上一起捡。

两个法国男人满头是汗，衣襟湿透地捡着果子。他们竟然一手可以捡四五个，两个手同时捡。

樊玫一次只能捡一两个果子放进篮子里。

樊玫觉得这个农场的工具和做法太原始，没有现代的机械化。她感受得到，这个小农场在吃力地维系着。

那个同来的法国中年男工人始终没有说话，只顾忙着将手里的果子投进提篮，再倒进车斗的篮子里。

卡尔总会自言自语地说着什么。

樊玫蹲着的双腿已经开始发软地抖动，抽痛得几乎站不起来地坐在了地上。她头上的汗水流进眼睛里，使得直流眼泪。她一边抹擦着，一边感受到自己的心在哭泣。

卡尔看到樊玫坐在地上，便老远的对着她说："你还好吗？如果累了就休息一会儿。"

同来的工人也往樊玫这边看了看，又闷头捡着果子。

樊玫极力地控制着自己颤抖的声音，表现着若无其事地向着卡尔用法语说："还好。"

几分钟后，卡尔又吆喝着说："吃午餐了，来吧朋友，我们这就回去。"

樊玫随着他的招手，跟着同来的工人，将手里的半篮子梅子倒在了车斗里，坐上了拖拉机。

他们顶着烈阳，颠簸在干硬的土路上。

中午。

樊玫在厂房里，配着干乳酪啃着硬面包。

普沃和两个工人在厂房外的凉棚下，忙着将一篮篮摘下来的梅子倒进水池。而后由连接水池的一个机器，将水池里的梅子洗净分成三类大小。机器筛选出大小的梅子，在传输带的凹槽里，抖动着送到一个个摆放好的木框网架上。他们把一个个铺满梅子的木框网架搬下来，一层层摞在落地的平板车上，推进身后厂房内的烘烤间。烘烤梅子要不时地调节温度，二十四小时后就成了美味的梅子干。

比起捡梅子，筛选和烘烤是个强技术活儿。

樊玫机械地啃着硬面包靠在厂房的墙壁上，眼睛里映出曾经风光地跟随赵彦默走访的一些特色农场。

那时，她和赵彦默被人们前后护拥着，好似他们的一言一行，都会给对方带来新的起色。

他们中午在农场的内部贵宾餐厅用餐，来自农场的无公害蔬菜和新鲜鸡鸭鱼肉，在一级厨师的烹饪下，一道道精品佳肴端上了豪华的自动旋转餐桌。

农家自酿的土酒，更是醇香、甘甜，酒劲儿十足。

饭桌上围坐着功利中的人，看似是一个周末田园生活的走访，其实里面暗藏着利益。

樊玫基本是作陪在赵彦默身边，至于之后的利益，都在赵彦默和老板的默契里。随着日后的时间推移，这些利益会一点点地浮现，樊玫会在逐渐明白中接受着赵彦默的指使，将利益推动到实质。

每一次明白后，樊玫都觉得男人的心太深了，自己也一次次地开了眼界。

赵彦默总会说："这就像做游戏，很有意思。"

那时，樊玫和赵彦默返回的汽车后备厢里载满有机食品，有机食品也就成了他们后续生活的供应。

起初，樊玫总会为此沾沾自喜。

赵彦默则会说："这算什么？你要天上的星星，我也能给你摘下来。"

今天，靠在法国南部农场墙壁上啃干面包的樊玫，无法想象若干年后，自己却成了农场的农工。她看着握着面包的手指和指甲盖里的泥，眼睛里渗出了泪水，又极力地吞咽回去。

农活里的樊玫，衣服湿了又干，干了又湿地交替着。一天的捡果子，终于结束在太阳映红天边的这一刻。

樊玫筋疲力尽地回到了主人的餐桌上，喝着番茄汤，握着汤勺的手指，每一根筋都是疼的，几乎掰不开要泡进汤里的干面包。

两个主人看出来她的疲倦，不爱说话的艾玛先开了口："看起来你累了，晚餐后就休息去吧！"

樊玫正喝着汤，意外地抬起眼睛看着很少说话的艾玛。她看到艾玛的眼睛正看着自己，确定了这句话应该是说给自己的，便对着艾玛诚意地笑了笑。

艾玛泡着干面包，并没有因为樊玫投过来的笑容，唤起她固有的冷淡。

普沃喝了一口酒看着樊玫，他抬了抬那几根稀长的白眉毛，微微地咧开嘴角说："很快就会习惯，这不算什么。"

樊玫已经习惯他们想怎么说就怎么说，自己也不再费劲地理解意思，更多是根据他们的直接情绪应和着。樊玫对普沃也投去了微笑，便继续埋头喝着盘子里的汤，手边的干面包却没再碰一下。

樊玫连续喝了两个晚餐的汤，还有那永远不会被主人忘记摆在餐桌上的干面包。她想到未来的日子估计就是这样的一个情况了，勉强挂着的微笑渗着哀伤。

此时，艾玛又恢复到了不作声的样子。

普沃对樊玫的情绪，却看在眼里。他习惯留意眼前的这个异国女人，好似在樊玫的身上有寻不完的好奇，驱使着自己的眼睛不断撩扫着她。

普沃放下酒杯，拿起了手边的一块干面包，沾了点盘子里的汤放在了嘴里，边咀嚼着，边摸着胡子敏感地说："晚上少吃点，对身体好，希望你能够喜欢和习惯。"

樊玫敏感地又抬起了疲倦的眼睛，看着正对着她说话的普沃，立刻又从哀伤中掬起了微笑，机械地应和着根本也不在乎说的是什么的普沃。

普沃说完了心里的话，灰暗的眼睛里散射着满足。

樊玫喝完了汤盘里的最后一勺汤，眼睛疲倦地也快要抬不起来了。

艾玛往嘴里送着泡过汤的面包，眼皮未抬地说："你回去休息吧！明天早晨见，苏菲。"

樊玫努力抬起疲倦的眼皮，看着说话的艾玛，又看了眼普沃。

普沃翻开一只手心，请她离开的样子，"明天见，苏菲。"

樊玫明白这样简单的法语，脸上又掬起微笑，点头致谢，离开了餐桌。

回到房间的樊玫，一头栽倒在小单人床上。她的脑子里乱乱的，她想："干吗要这样折磨自己，银行卡上还有些钱，还有箱子里的珠宝。不如明天一早就离开这个艰苦的小农场，去另外一个小城镇，租一个小房子住下来，省吃俭用些。"

新的计划从樊玫疲惫的大脑中蔓延出来，令她疲倦的眼睛里透着一丝希望。如果不是太疲惫了，恨不得现在就走。她幻想着新的开始，在一丝希望的眼睛里突然又交映着惶恐。她一时忘记了自己是一个在逃的人，不能住进小镇居民区。如果出去买吃用的东西，出没在人与人之间太危险了。

她极度地安慰自己，梅子农场八月是最忙的一个月，坚持过去这个月，以后只做一些家务，这日子也就过去了。

她身心疲惫，混混沌沌地睡着了。

农活，就这样连续持续了一个多月。

樊玫在一天天的劳作里，已经打磨成一个跟当地农民没有两样的人。她的手指，每一根都粗糙成砂纸棒。指甲也跟狗啃的一样，每天带着洗也洗不净的泥，深陷在指甲盖下，好像已经深入肉里，混为一体。

太阳的烘烤，使她原本细腻白净的皮肤一层层地变为褐色，透着暗红，又随着时间，一层层脱着皮。她的头发也变得枯黄、开叉。她的身体显得更为消瘦，原本水润的脸颊突显着颧骨，那双漂亮的眼睛镶嵌在她清瘦的脸上。

樊玫消失在法国朋友圈子的这些日子，朋友们碰面的时候会相互问起，可是没人知道她的情况。

弗兰克在失去樊玫的这些日子里，突然意识到，樊玫在自己心里已经落下了很深的烙印，好像这份感觉跟其他的女人不一样。

弗兰克无法想象，樊玫使自己不愿意再次面对真正感情的人，有了连自己都不相信的改变。樊玫的消失，使弗兰克心痛，原来这也许是爱情。

弗兰克不明白为什么樊玫会突然消失在自己的生活里，他不知道自己到底做错了什么，使得樊玫可以彻底离开。

弗兰克去过樊玫在香榭丽舍大道的高档公寓，很多次都没有人。终于在弗兰克面对那扇熟悉的大门，被里面的人打开的那一刻，站在弗兰克眼前的主人已经不再是樊玫。

弗兰克不敢相信，樊玫怎么会悄悄地卖掉了自己的房子，意尽情绝地跟自己彻底不再来往，就此消失了。

弗兰克给孟一丹打过电话，可是没有接听。他去过海鲜酒楼，看到的是关闭。令他吃惊的是，对于樊玫的消失，自己竟然有找遍法国的冲动。最后，他还是找到了巴黎美院樊玫的儿子张成。

张成告诉弗兰克，母亲去了其他省市工作。

弗兰克说打不通樊玫的电话，问是否换了号码，希望张成把樊玫的电话给他。

张成遵循母亲再三的叮嘱，没有把联系方式给任何人。弗兰克也不例外。

弗兰克满脸失望地说：“等以后她再打来电话时，希望你能转告她，就说弗兰克有事找她。”

张成礼貌地答应着。

弗兰克不敢相信，樊玫怎么会有那么大的决心，使她彻底放弃巴黎的生活。他想到最后一次和樊玫相聚，樊玫向他借钱的事情。没有想到，这一次相聚竟然是他们关系的结束。如果当时能给樊玫一些帮助，也许她不会卖掉房子，彻底走开另求谋生。

弗兰克为此惋惜失去樊玫，这个清秀优雅的中国女人。樊玫的离开，才使他更清晰地感受到樊玫身上东方女性的美和特有的母爱。这些正在给曾经有过失败婚姻的弗兰克一种爱情的召唤。

弗兰克在默默地等待樊玫打来的电话。

张成自从见了弗兰克，得知他有事找母亲，便给母亲打了电话，将此事转告了母亲。

樊玫说知道了，请儿子放心，自己一切都好。

樊玫当然不会跟任何人联系，这是铁了心的决定。

孟一丹也不断打听着樊玫，她在张成那里得到的结果，跟弗兰克是一样的。

自从樊玫消失，孟一丹除了担心自己的灾难随时降临，就是担心樊玫会不会因此想不开寻短见。孟一丹没有想到樊玫的消失，是要离开所有朋友的眼目，包括自己。

孟一丹卖掉了自己的房子，但是一直没有找到生意和酒楼房产的买家。至于关掉酒楼生意，是因为实在无心继续经营，每天都感到恐惧不安，携款隐居的事情也一直没有实施。

第二十七章
周末午餐

樊玫终于熬过了农场八月的采摘期,开始在艾玛身边做些家务。

这个周末,普沃和艾玛的女儿一家四口要来农场欢庆丰收,还有五六位普沃夫妇的法国朋友。

艾玛虽说有着高龄的年纪,走起路来还要靠双手仗支撑,但是从她对周末午餐的安排和准备上,看得出来她是个能做美食的好手。

普沃买来了一只宰好的羊,要在门外大树一旁的空地隆起炭火,将羊架在一个铁架子上烘烤。

就在前一天,艾玛让樊玫把家里的地板、门窗擦洗干净。

艾玛要求樊玫蹲在地上,用抹布一点点地把板擦亮。特别是窗子的玻璃,要樊玫先用水冲洗,然后再上泡沫,再用水冲洗,而后用干布一遍遍地擦干、擦亮。

樊玫从早晨6点起来,7点来到主人的餐厅,吃了简单的早餐,就开始做艾玛指派的家务事。

樊玫蹲在地上,一点一点地将带着泥土的地板一遍遍地用水擦,又干擦,再擦亮。但是,擦玻璃却不是容易的事。特别是二层窗子的擦洗,要站在房子里的椅子上,身子探在窗子外面擦洗。除了擦洗困难,还有些危险。

艾玛挂着手杖一点点地检查着樊玫的工作,她的脸色仍旧冷漠,好似不满地嘟嘟囔囔、自言自语,冷漠的脸显得更加生冷。

樊玫的手指被泡沫水刺得痒痒红红，好像有些过敏。她怯生生地跟艾玛小声地比画着说希望有一双橡胶手套。

艾玛拉着脸，眼皮耷拉着用鼻子哼着说："没有。"

樊玫的手指由肿痒变得胖大，她边不断地抓挠，边继续抹擦着艾玛怎么也不满意的窗子。樊玫除了抹擦，就是冲洗，她一桶一桶地将水提来提去，在开着的窗子上不断冲洗。

一次次地提水，使得她纤瘦高挑的身子，几乎撑不起装满一桶水的重量，她咬紧牙关坚持承受着。

其中一桶水，在樊玫疲惫的拎提中，脚下一软，连人带水倒在地上。

摔洒了一地的水，涌向刚擦干净的地板上，又流进了旧家具下面。

艾玛闻声摇晃着双脚，脚两边的拐杖邦邦地戳着地板出现在樊玫趴在地上的脸前。艾玛大声地吼叫着，嘴里说着古怪不清的法语。

樊玫骨瘦如柴的身子摔在地上，令她疼痛不已。她不能一时站起身来，眼泪随着摔落的水，也一同洒在了地板上。

艾玛用手杖使劲地戳着地板，不断地怪叫着，好像在说水要泡坏了她的家具。

樊玫强忍骨头摔在地上的疼痛，一把抹掉泪水，咬着牙站了起来。樊玫没有说一句话，也没有一丝表情地捡起了水桶和抹布，吃力地扑跪在地板上，一把一把地收着地板上和旧家具下面的水，一次次地拧在了水桶里。

艾玛拉着怒气难消满脸皱皮的脸，干脆不再走开地坐在了一张旧椅子上。她窝陷在皱褶中的那双混怒的双眼，盯着樊玫一点点地将木地板上的水收干、擦净、打亮。

樊玫在艾玛的眼盯下，用了将近一个小时，使得地板恢复到了干净、明亮的样子。

坐在椅子上的艾玛看到地板又发了亮，摇晃着站起身来，又抬眼向窗子看去。她一只手杖拄在地面，一只手杖抬起指向窗子。她拉着松弛的声带，呼呼啦啦地说了一通樊玫根本不需要听清楚，就能明白的意思。

艾玛的表情和语气喷射向樊玫，手杖指点着窗子。

樊玫在艾玛的强烈不满和怒盯中，重新进入一轮又一轮地抹擦与冲洗。

观战的太阳，都疲惫得没有力量再支撑下去似的，一点一点地在樊玫的反复洗擦中渐渐隐退着。直到它拖走了最后一丝光线，樊玫最后一块玻璃的抹擦也结束了。

也许，因天色渐渐黑暗，艾玛混沌的老眼实在很难看清玻璃上的水纹和抹印，擦玻璃的活儿也算是结束了。

艾玛拉着脸，双手拄着手杖摇摇晃晃地走到了厨房，在老旧的烤箱里烘烤着中午剩下来的几个土豆。她在炉灶上的汤锅里，盛出了两碗汤。

普沃此时还没有出现，不知道忙什么去了。

樊玫已经筋疲力尽到了连吃饭的力气都没有，她取了两个土豆，搜寻着仅有的法语单词跟艾玛说汤就不喝了，想回房间休息。

艾玛拉着脸将她的汤倒回了汤锅里，跟她没好气地说："明天早上7点见。"

樊玫回到房间，又一头栽倒在小床上，身体像散了架似的。

樊玫原本想着农活后，做些家务事便可以安身度日，没想到家务事做起来的难度和辛苦却不比农活轻。她又想也许是因为有特殊活动，艾玛才如此要求，以后没人总来，就不会这样辛苦，她也不会再不依不饶了。但是，樊玫一想到艾玛永远挂在脸上的冷漠和今天冒出的凶相，以后和艾玛相处做家务的日子，也不一定好过。

樊玫劳累了一天，中午也只吃了一点儿，现在还真是感到饥饿。长期以来没有丰富的食物，而且是少量进食，使得她的胃口也越来越小，食欲不佳。

此时,她的胃在细微地鸣叫。

她不得不从床上支撑起来自己酸痛的身子,抓起桌子上的两个土豆啃了起来。她吞咽着因反复烘烤,水分没剩下多少的土豆,好像都噎在了食管和胃衔接的地方,令她上不来气。她立刻跑到小卫生间的水龙头上紧喝了两口水,这才感到那团被噎住的土豆落到了胃里,顿时轻松了。

她一手握着啃剩下来的另一个土豆,一手扶着水龙头,眼泪也随着食管中滑落的食物滑落了下来,不断滴在了水池里。她抬头看着镜中的自己,脱皮变黑的皮肤,干燥的头发,还有那双泪水直流的眼睛,视线全然模糊了。

她心里在说:"樊玫,樊处长,这还是你吗?你人不人,鬼不鬼地活成了这般景象。如果不是因为孩子,一死了之。"

樊玫每次对死的幻想,都因孩子的出现打消着。

她伏在水池子边,又是一阵闷闷地哭泣。

樊玫走出卫生间,手里依然握着那个还要继续填肚子的土豆,她此时显得镇静了一些地坐回到床边。她为了儿子也要活下去,又接着小口地啃着、吞咽着烘干的土豆。

她心里,还是想离开这个苦难的农场。

她不由地打开手机,翻看着媒体,查找关于赵彦默的消息。她翻来覆去地看着,都是些老的内容。她又在国外的 YouTube 视频里看到了关于百名红通的内容,她触目惊心,万般惊恐。国内在反腐方面已布下天网,若涉嫌海外洗钱,海外财产将会冻结,并联手国际刑警进行追捕和追赃。

樊玫看着这些新闻内容,几度眼黑、眩晕地拿不稳手机。她清楚地知道下一批抓捕的名单里一定有自己,只是时间早晚。

她觉得在这个不起眼的小农场藏着,应该不会有人知道自己的下落。一旦走动,就会留下行踪的印记,坚持等到赵彦默的事情浮出水面再说。

累了一天的樊玫,没有洗漱就浑浑噩噩地睡着了。

早晨 6 点半，手机闹铃将沉睡的樊玫叫醒。

一天的忙碌又要开始了，樊玫走进狭小破旧的淋浴间冲了个澡，然后换了件米色短袖 T 恤衫和一条咖色半截裤，将头发拢在脑后，显得干净利落。她希望今天来的人不要太注意自己，自己也尽量多回避，较少正面接触。

普沃和艾玛今天起得也很早，看他们的穿戴也略有调整。艾玛换了件颜色鲜艳一些的绿色连衣棉布花裙子，粗短的脚腕包裹着乳白色半截袜，脚上穿着双驼色的布鞋。

她的脖子上挂着一长串褐色扁片塑料材质的装饰项链，擦了粉的脸，皱纹的渠沟显得更为清晰。特别是她的嘴唇，涂上了鲜红的颜色，耳垂上还卡着一对看着像是塑胶材质的褐色耳环。普沃换了件浅蓝色的 T 恤衫，一条乳色的半截裤。他仅有的少许白发，特意用发胶粘在了头皮上，纹丝不动。

他们和樊玫的早餐简单寻常。

樊玫每一次换过衣服，出现在普沃的面前，他都会特意地打量一番。普沃有时会不经意间抖动着那两条稀少细长的眉须，嘴角上扬嘀咕着。

樊玫总会特意躲闪着他的注意，不是闷头吃饭，就是忙着手头的杂事。艾玛仍旧一副没有神色的脸，眼皮懒得抬，麻木不仁地继续着每天的日常程序。

今天樊玫的装束，仍然没有逃过普沃昏暗灰蓝眼珠的扫动。

樊玫认为自己现在的模样黑黑瘦瘦也没什么好看头，奇怪主人普沃还有兴趣继续盯看。樊玫的第六感觉告诉自己，普沃人老，但是好色。

樊玫给普沃端食物，或是递东西时，普沃总会借此将身子贴得更近，甚至会故意剐蹭樊玫的身体或是手臂。樊玫每次被他皮肤上厚厚的细白毛剐蹭到时，心里直打战。樊玫尽力地回避着，但是又难免被普沃有意触碰。

樊玫来到农场已经两个多月了，普沃还没有发给她工资。他说樊玫是吃住在这里，那就三个月发一次。樊玫觉得这很不公平，其他的工人应该不会是这样。樊玫安慰自己，也许是普沃想留住自己在年迈的艾玛身边，才不及时发工资，或是他的小农场资金紧缺。樊玫为了迎合普沃，又要存身度日，也就没有说什么地顺应着。

现在农场过了采摘期，只剩下梅子干的加工，农场仅有的五个工人，只留下了两个。樊玫不再参与加工梅子干的工作，主要是在艾玛的身边。

今天，艾玛准备了主菜，梅子酱焖野兔和梅子干焖香肠土豆，还有水果蔬菜沙拉。

普沃则是烤全羊。

樊玫围着艾玛忙配菜，而后找出餐具刷洗，摆放在室外大树下的长木桌上。艾玛行动不便，她给了樊玫一把钥匙，让她去住的那个小楼，在一层楼头房间的地窖里取葡萄酒。

樊玫拿着钥匙提着一个篮子，向艾玛说的那间房子走去。她没想到自己住的楼下还会有带地窖的房子。一个人走进地窖，难免心里还有些害怕。

樊玫打开了一层西楼头的那间房门，里面有些破桌椅和杂物，上面落满了尘土。房间的窗户透进来的光线，使她恐惧的心平静了一些。木地板上的尘土上有来回走过的大脚印，看样子是总有人进来。她想也许是普沃每天需要喝酒，不得不来取时留下的脚印。

樊玫顺着脚印往房子一角看去，那个地面上有一个正方形的活动地板，缝隙中有一根短皮绳。她怯生生地踏着杂乱的大脚印走了过去，拉起短皮绳，这个活动板打开了。

她睁大眼睛看到顺着这个口子有一个木楼梯，里面黑洞洞的，她的心又收紧了起来。她用手在进口处寻找地窖照明开关，在一侧摸到了电源开关。她打开电源，眼前的楼梯和下面，被灰暗的灯光照亮了。

她小心地扶着木楼梯扶手，走下去了几个台阶，提心吊胆地往里面看着，里面昏暗，大概 10 平方米大小。其中一面墙有酒架，架着不少酒。随即，她在头顶上面的光线和地下昏暗灯光的混合中，快速地走了下去。她在酒架上取下几瓶葡萄酒放进篮子里，便立刻登上楼梯，扑扑通通地小跑上去。她一脚踏到一层的地面，随手关掉了地窖的电灯开关，盖上活动板子，快步离开了这间堆满杂物带地窖的房间。

她走到了楼外面，阳光照耀在身上，令她无比的安全。她很不喜欢在自己住的这个小楼的一角，有这么一个黑乎乎的地窖，对于她而言那是一个滋生恐惧的角落。

大树旁边的烧烤架前，普沃在忙着准备烤全羊，正里里外外地涂抹香料。樊玫走过他的身边，他愉快地跟樊玫说着法语："哦，我喜欢的葡萄酒，中午可以好好享受它的美味。"

樊玫提着篮子边快步地走着，边跟普沃强打笑脸，刻意做出点头的样子，走回了室内正在忙做菜的艾玛身边。

樊玫将酒放在餐桌上，向艾玛还回了钥匙。

艾玛仍一副老样子的脸，继续指派她洗菜和拿这拿那地忙个不停。

上午 11 点半。

室外，普沃随着一台白色丰田轿车的到来，欢呼了起来。

从车里走出了普沃和艾玛的女儿、两个外孙儿女，还有他们的大胡子女婿。艾玛闻声也摇摇晃晃地走了出去，他们和女儿一家四口拥抱亲吻。

樊玫透过窗子看着眼前温情的场面，不由地两眼是泪。她模糊的视线下，相拥的他们，恍惚了她的意识。她恍惚看到了自己的父母和自己与儿子拥抱、亲吻着。

樊玫的母亲眼含着泪说："玫儿，你怎么这么瘦，也黑了不少，你受苦了我的女儿。"

樊涧新在一旁一边抚摸着孙子张成的脸和头，一边抹着泪说："成成，爷爷和奶奶想你们，你们怎么走得这么远？"

樊玫的眼泪扑满了胸襟，她颤抖着的双肩，抱着父母抽泣不止。

此时，两个法国小孩儿冲进了房间，他们又跑到了厨房，看到了眼前陌生的樊玫就立即站住了脚，直盯着她看。

樊玫被闯进来的两个洋娃娃似的孩子，从恍惚中惊醒。

樊玫立即挤出笑脸，一把抓去脸上的泪水，又使劲地左右抹擦着泪眼，用简单的法语跟他们打着招呼："嗨，你们好！"

两个孩子陌生地看着樊玫没有作声，随后，跑出了厨房，向门外的树下跑去。他们跑到父母身边，好像是说在房子里见到了樊玫。

樊玫看他们的父母往房子这边看过来，便连忙低下头继续做手里的活儿。

厨房里的老式炉火上，焖的野兔和香肠都出了香味。樊玫闻着股股香味从两个厚陶锅里飘出，有日子没有吃这么好吃的食物的她，又两眼浸泪。

在大树旁，普沃开始烤全羊了，炭火已经燃起，他一手缓缓转动烤架一侧的摇把，一手将一瓶啤酒慢慢地浇在旋转的烤羊身上。滴落在炭火里的啤酒发出吱吱啦啦的响声，羊的油脂随着烘烤也开始滴落在炭火里吱吱作响，随即冒出股股白烟。肉香味开始遍布整个院子，又飘进室内的窗子，混合在野兔和香肠的味道里。樊玫被这些久违了的肉香包围着，她含泪深深地闻着。

艾玛两手挂着杖子摇晃着走了进来，她的脸上已改平日里的无色，多了难得的笑容。

樊玫将准备好的蔬菜，摆放在餐台上，偷偷地抹着残余在眼睛里的泪水。

室外孩子们前后地追逐、玩耍着，他们的父母围着烤羊的普沃说着话。

艾玛面带微笑将焖锅的火调到了小火，扭过身来围着餐台，坐在高椅子上,开始拌水果蔬菜沙拉。樊玫的存在,立刻使艾玛难得的笑脸消失,敷上了一贯的暗淡无色。

樊玫原本以为艾玛从不会有愉快的神情,今天艾玛见到女儿的笑容却令樊玫开了眼。樊玫无法想得明白,自己怎么就这么令艾玛不愉快。

一会儿工夫,艾玛拌好了沙拉。她关了身后的炉火,冷言冷语地挥动着满是皱皮、伸不直的手指,指派樊玫把这两道主菜和莎拉端到外面大树下的长木桌上。

樊玫从她的语气和动作里全然明白地按照她的指派,将酒和一个个菜端到室外大树下的长木桌上。

一台老款轿车从远处开来。

车里的几个老朋友,挥动着伸出车窗的手,不断地向这边欢呼着,还喊着普沃的名字。

从汽车里前后下来了四个法国人,一对老夫妻和两个老单身男人。

一对老夫妻又矮又胖,看上去也有七八十岁的样子,男人乐呵呵地走在前面,女人扭动着身子跟着,手提着一个篮子,里面是她做的一个蛋糕。

另外两个老男人年龄都是七八十岁,他们体态丰硕,一高一矮。他们吆喝着与老友见面的话,两人手里各握着一瓶酒走了过来。

他们和普沃,还有家里的人拥抱、寒暄着。

回到厨房的樊玫,透过窗子看着外面来的人们。她看到的都是一大把高龄的法国人,还有普沃女儿这家人,这些人应该对自己的安全没有一丝威胁。为此,她放下了心。

艾玛此时又摇摇晃晃地走了出去,跟来访的老朋友拥抱、亲吻。

普沃的烤全羊也成了外焦里嫩的样子,他将羊从烤架上取下,放进长木桌一边的大托盘里。大家一边欢呼着,普沃开始分切烤羊,一块块地放进一个个餐盘里,请大家端。"

艾玛托着两条沉重的腿,挂着手杖走到窗子前,扯着松弛的声带对着里面高喊着樊玫,并挥动着手让樊玫出来。

站在餐台边的樊玫立即放下手里的抹布,按照艾玛的意思向外面走。她想:"艾玛叫我不会是她发慈悲让我一起坐下来用餐吧?"

樊玫走出来的这一刻,艾玛也移步到长桌前,她跟来的朋友简短介绍了一下走过来的樊玫。大家齐望着樊玫,随即将视线注意到自己盘子里香味诱人的烤羊肉上了。

艾玛塞给樊玫一个葡萄酒瓶子,指着大家的杯子让她给倒上,还有自制的水果饮料。

整个用餐,樊玫都没有被请坐在桌前,而是忙着给大家一杯杯斟着酒、倒着饮料、递着烤肉和不时更换干净的餐盘。

大家酒足饭饱,餐桌上一片狼藉,两个主菜见了底,沙拉也所剩无几。

来的朋友,两个老男人已经有醉意,他们同行四人告辞驱车返回了。普沃的女儿,在艾玛忙着将剩下来的烤羊肉全部带走的安排下,也开始跟他们告辞,一一拥抱亲吻着。

樊玫收拾着一桌子的餐具,吸附着残留着肉香的余味,眼眶里的酸热在残渣剩饭中开始升温。樊玫强忍着普沃和艾玛在跟亲人亲密中,隐藏着对自己的残忍。

樊玫咬紧牙关,默默地诅咒他们:"会有报应。"

第二十八章
移 交

秋风将梅子农场梅子树上的最后一片叶子带走的那一天，艾玛开始不能走动，她的两条腿变得粗肿。

樊玫不清楚艾玛的实际病情，只是看到这应该是上天给她应有的报应。虽说艾玛不能下床走动，但是拉尿还是可以移动身体在窗边的便椅上解决，只是需要有人帮助。樊玫不因艾玛对自己一贯的恶毒，对她产生病榻上的报复，而是力所能及地帮助和照顾她的生活。但是，樊玫对艾玛的照顾仍没能改变她脸上的冷漠，而是显得越发的烦躁起来。

艾玛会经常莫名地发火，大喊大叫地找碴。

没过多久，普沃就将艾玛送往了养老院。

这个小农场，就剩下普沃和樊玫这两个人住在两个楼里面。

白天的时候，卡尔会来农场继续他关于梅子干销售工作之类的事情。

樊玫白天的主要任务是打扫房间，洗洗涮涮的事情。由于樊玫做不出法国人喜欢的食物，艾玛卧床之后普沃也只好自己下厨，他们开始各吃各的。樊玫在有限的食材里，给自己做着极为简单的饭菜，好在是中国口味。

艾玛刚住老人院的前几天，普沃总不在家，忙着往老人院跑。

樊玫手头的家务减轻了不少，她有空就回到自己的住处翻看手机上的新闻。樊玫希望赵彦默的事情能挨过去审查，如果问题不大，自己也好离开这个小农场。转眼就到年底了，圣诞节怎么也要跟儿子在一起过。

这天下午，樊玫靠在自己的小床上继续翻动着手机。一条新闻内容跳进了她的眼球，赵彦默已移交检察院，全面追查相关涉案人员。

樊玫的头发根，每一根好似都又立了起来。

樊玫是直接涉案人员之一，托着手机的双手冰凉颤抖，新闻字句触目惊心，全身起麻。

原本想随时走人，离开小农场的樊玫，此时像抽空了的一个人，飘飘忽忽魂不附体。别说离开这个小农场了，她恨不得缩在泥土里，让人刨不出自己。

樊玫幻想着赵彦默被检察院审讯的样子，彦默的头发已经全白了。他正在一五一十地交代着自己和汪大海勾结贪污受贿的经过，不断悔恨、认罪。在法庭的汪大海，两个眼袋肿得像金鱼的眼睛，他面色蜡黄，也一字一句地交代着罪行。

樊梅又翻看着国内国际追逃的天网行动报道。这简直是如雷轰顶，令她几度眩晕。

楼下，普沃的皮卡汽车回到了院子里。

樊玫强迫自己必须振作起来面对回来的主人，因为这个主人是她目前唯一不能招惹的人。

樊玫精神恍惚地走进小卫生间，向脸上撩着自来水，又一次地扶在水池边嘤嘤哭了起来。

楼下传来踩在破旧木地板上的脚步声，这个声音越来越近，显然是有人已登上了楼梯。

樊玫想是普沃走了上来，便连忙洗了把脸，用毛巾擦干了脸。她走出卫生间，望着木门听普沃的动静。

普沃的脚步声在樊玫木门前停了下来，他吭了吭嗓子说："苏菲，你在房间吗？"

樊玫立即回应："我在。"她下意识地拢了一下头发走过去，打开了门。

普沃的那几许被风吹乱的白头发，悬飞在头皮上。他看着樊玫的眼睛显得更加的灰暗，脸上的表情也更为严肃。

樊玫看到普沃的样子，猜想他也许是身体不舒服，便结结巴巴地问："你还好吗？"

普沃的神情依然灰暗，但是眼珠子的视线却没有离开樊玫的脸，并向樊玫的眼睛深处探入。

樊玫在普沃的那张说不清楚到底发生了什么的脸上，搜寻着她的担心，心想："不会是普沃今天让我离开农场吧？一定是因为艾玛已经不需要我的照顾，也没有太多的家务事可做。如果真是这样，我就要立即暴露在农场以外的街面上，下一个去处又在哪里？这附近基本都是农场，这个季节也不会再有招工的可能。这是把我往绝路上送啊！"

必须在这里继续藏身，樊玫已经是铁了心。她慌乱不定的眼睛望着普沃，她黑瘦的脸显得更加黑沉，浑身冰凉地直直地站在门边，等待普沃发话。

普沃的神色也更加阴郁地直视着眼前的樊玫，他灰暗的眼珠子映着瘦弱、高挑如柴的樊玫。普沃稀疏的白胡须掩盖着的上嘴唇，终于在下嘴唇的开动中抬起，又在斑驳不齐的牙齿开合间模糊地说："你，——和我一起，收拾一下一层楼头房间的杂物，还有地窖里的酒架。"

樊玫听到地窖两个字，心里不由地发紧。她很不喜欢那个地方，还有它上面的那间放着破桌椅，满是尘土和脚印的房间。因为那个地方太有恐怖片的模样，她想想都怕，何况总要进去。

普沃仍旧神色灰暗地直视着樊玫，等待她回答。

樊玫哪敢不从命，眼下更要百依百顺地服从，便立刻敷衍着说："好的。"

普沃的脸色更阴沉地直视着樊玫，并拉着两边的嘴角，身体向一侧后移着,一只手向外摆出,请樊玫出来的姿态。

樊玫心里觉得奇怪:"明明看着普沃不高兴的神情,还要摆出这么客气的样子。"

樊玫几乎点着脚轻轻地挤过普沃让开的出口,随手关上了房门,向楼下走去。普沃随即跟着樊玫一步步地走下楼梯,向着那间楼头一角的杂物间走去。樊玫在杂物间的门口停下来脚步,等待普沃用钥匙打开房门。

普沃此时突然想起了什么,跟樊玫丢下一句话:"等一下。"便转身向楼外走去。

樊玫在原地紧张地等着,好似从这个房间的门缝里要钻出来一个什么鬼似的。

几分钟后,普沃走了进来。

樊玫看普沃手里拿着一卷绳子。

普沃用钥匙打开了房门,樊玫走了进去。

普沃随手关上了房门,并悄悄地背着手将门锁的内锁扭动。

樊玫没有发现普沃的这个细微举动,而是上前将叠放在一起的桌子和椅子从上往下地搬动着,等待普沃重新安排摆放或移出这个房间。普沃没有制止樊玫的搬动,也没有安排新的摆放,而是一个人走下了地窖。

一会儿的时间,普沃在地窖里叫樊玫下来帮忙。

樊玫答应着,放下手里的破椅子,借着昏暗的地窖灯光,小心地沿着地窖内置的木楼梯,一阶阶地往下走着。

普沃在楼梯下面的一侧等她下来。

樊玫终于走下最后一阶楼梯,普沃从她的背后一臂拦在了她的脖子上,一只手抓住了她的手。

樊玫惊叫着挣扎,一只手使劲掰着普沃拦在脖子上的小臂。

普沃毕竟是男人,即便是有70多岁的年纪,加上长期干农活的体力,控制住樊玫这么一个虽说有身高,但是清瘦如柴的女人还是没有一点儿问题。

　　普沃托着樊玫轻飘挣扎的身体顶在墙上，将腰间的绳子套在樊玫的上身连同双臂于背后全部捆绑在一起。

　　樊玫嘶声喊叫着，奋力挣脱着普沃的控制和捆绑。她的心里极度恐惧，就像面临死亡前的挣扎。

　　普沃很老练地用绳子绑住了樊玫，他顶着樊玫背部的身子并没有松开。他又从裤子兜里取出了一卷胶带，用牙齿咬住翘起的一头，唰拉一声扯开了一尺长，咬出缺口扯断，贴在了樊玫嘶叫的嘴上。

　　胶带贴住嘴的樊玫，拼命地发出沉闷的嗡嗡吼叫声，眼睛里布满了恐惧和泪水。她继续奋力挣扎，竟然挣脱了普沃的顶压，转身向楼梯跑去。

　　在樊玫跑上楼梯的第四个台阶时，却跑不开地倒在楼梯上。原来绑着她的绳子另一头，已经牢牢地拴在了楼梯下端扶手底部的一根柱子上，打的是多个死结。

　　这个死结，别说是急着解开，就是慢慢解，也不是一件容易的事。况且，樊玫还被反绑住了双臂，想解开这个绳子那也只有幻想的份了。

　　此时，普沃稀疏的白发，已经被汗水贴在了头皮上。他气喘吁吁，直直地盯着樊玫这个眼前的猎物，开始一件件地脱去自己的衣服。

　　樊玫倒在楼梯上，望着头顶近在咫尺的地面和透过窗子射在地上的光线，自己却寸步难移。

　　普沃已经脱掉了身上最后一片遮拦，正对着樊玫一丝不挂，双手垂直站立着。

　　樊玫一眼看到普沃满身卷着白茸毛的皱皮，一层层地叠皱成一个个弧形，好像已经脱离了酯肉要掉下来似的，令她浑身打战。普沃的男性器官已经在岁月的年轮中，像他的皱皮一样退化的竟然看不清轮廓。樊玫从要被强暴的恐惧，迅速转换到被性虐的恐惧之中。她不停地闷声嘶叫，扭动挣扎着身子。

　　普沃的眼睛里露出了狼性，他向樊玫不断踢腾的修长两腿走去。当普沃走到了第三阶楼梯，想要一把扯下樊玫的裤子那一刻，樊玫使足了全身的力气，在普沃迎过来的头脸上满满地踹上了一脚。

普沃仰天倒在了三阶楼梯下的地面，他后脑勺落了地，顿时晕了过去。

樊玫惊吓不止，担心这一脚，普沃也许会一命归天。

樊玫觉得先解开绳索才是最为重要的，她惊慌地将身子快速移到打绳结的地方。她一边背过身子，双手摸索、拨动着被系得死死的绳子，一边撩着仰天昏死过去的普沃。她的眼泪和汗水，不断地滚落在了一起。

10分钟后，樊玫解开了最后一道绳索，向着地面冲了出去。她反身困难地用仍捆着绳子的手打开了反锁的房门，向自己的住处跑去。

樊玫跌跌撞撞地跑进自己的住房，立即背身反锁了房门。

她想尽快解开绑在身上的绳索，满屋子寻找可以割开绳子的东西。她转来转去找不到合适的东西，此时的樊玫已是满头大汗。她又冲进小卫生间寻找，便一眼看到了卫生间的镜子，她突然想到如果砸碎镜子来割开绳子不就可以了。

樊玫的眼睛里满是希望地用脚勾着椅子，一点点地拖到了镜子前，她站在了椅子上，一脚踹向镜子。可是，镜子竟然没有碎，她鼓足了劲又连续踹了几脚，镜子哗啦一下掉在了地上。站在椅子上的樊玫又惊又喜地看着摔落在地上大大小小的碎片，她看准了其中的一片，便跳下椅子蹲下，反身小心地摸索着捏在了手里。

嘴上还贴着胶带的樊玫，鼻孔里出着粗气，眼睛里充着泪兴奋地快步走到床边。她小心地侧躺下，将拿着镜子碎片背着的双手尽可能地往上抬，将碎镜片的尖挑进绳子里。她困难地后仰着背部，手腕尽力地向拿着碎镜片的手指发力，使劲割据着绳子。

她头发上的汗水已经顺着头发渗透在发梢，一部分头发已经黏黏湿湿地贴在了一侧的脸颊。

她割了一会儿，精疲力竭，手指抽筋。她又不断地反反复复地割着，就在那巧劲的一下，她身上紧绑着的绳索一下松懈开了。她简直不敢相信地起身，抖掉旋绕在身上的这根要命的绳子，抹擦着泪，一把揭下贴在嘴上的胶带。

随后，樊玫打开了大箱子，取出了装有证件和钱包的斜挎包，又将卷在衣服里的珠宝首饰重新塞进了斜挎包里。她要立刻逃出去的心，已经飞到了农场以外。可是，楼下地窖里的普沃是否死了，或是已经醒来若再次扑来，这些都令樊玫万般恐惧。

樊玫慌乱地将斜挎包背在了身上，心想："如果普沃死了，自己将是法国法律追讨的杀人犯。如果普沃没死，迷迷糊糊，自己还好借此逃身。要是他彻底恢复神志，自己再想走出这个房间，逃出农场，不是件容易的事。——怎么办？下去看看就是冒死，可是不看，他死了怎么办？自己眼下的情况更不能报警，也不好通知卡尔。通知卡尔，跟报警没有两样。"

樊玫被汗水湿透的头发，贴在脸颊和头皮上钻心的凉，浑身打起了鸡皮疙瘩。

就在此时，她隐隐约约地听到，楼下的过道里有脚步踏在地板上，发出吱吱呀呀的声音。她恐惧万分地判断着传来的声音是否是真，又想："是醒来的普沃，还是从地窖走出来的鬼？"

确实更清晰地一连串缓慢、沉重的脚步声，好像走出了楼门，并没有踏上通往樊玫房间的楼梯阶。

樊玫连忙躲在窗子一侧，惊恐地往窗外的楼下看去。

普沃衣着不整地托着步子，走向了他的皮卡汽车，打开车门坐了进去。片刻，汽车发动了，在院子里扭动着方向，缓缓地驶向农场大门以外。

樊玫为普沃还活着，自己没有成为杀人犯松了口气。她猜想，普沃刚才摔了个半死，这会儿应该是去看医生。

普沃的离开，是樊玫逃离农场的大好机会。她为了方便快速离开，决定不再拖着那只装满四季常换衣服的大箱子,而是只挎着装有首饰、仅有的现金和真假护照的包立即逃走。

樊玫几乎是奔跑着逃出了这个饱经折磨的小农场,结束着她四个多月的苦难生活。

农场外,放眼无人的旷野,细长的小公路上只有稀疏途经的汽车。

樊玫顿时盲目,不知道自己下一个藏身之处在哪里?她又担心盲目奔跑的自己会被返回来的普沃发现,只能先顺着小公路边的树木和干黄的深草丛间,隐蔽着漫无目的地躲跑。

樊玫一边跑,一边想到底去哪里?她几度边跑边躲在小公路旁的树后和干草丛间,看没有汽车经过,再往前奔跑一阵。就这样,她不断跑跑躲躲。终于,樊玫跑不动地坐倒在干草丛里,她除了怕碰到普沃,又恐惧不安自己是逃亡海外的罪人。

此时,天色渐晚,在野地乡间,一个女人无论面对从哪个方向出现的人或动物,都是威胁。

樊玫决定试着叫车,回到阿让市区曾经住过的小旅馆。

20 分钟后。

樊玫终于乘上手机呼叫来的汽车,向着最初居住的小旅馆驶去。

靠在汽车后座的樊玫,筋疲力尽,饥肠辘辘。她闭着的眼睛缝隙里涌出了泪水,不断滑落于两侧的脸颊,流进了她的颈部。她知道自己在小旅馆的日子也不好过,除了把自己关在房间里,就是一定要出去买东西吃,暴露在人们的视线内。虽说自己不是 2015 年公布的百名红通名单上的人,但是不一定自己就不是被另一批通缉的人。

樊玫虽然在梅子农场饱受苦工和凌辱,但现在无路可走的处境不比梅子农场好在哪里。她又想起新闻上关于联手国际追赃、追索、遣返回国的内容,这些带到国外的钱财成为欺诈移民局的洗钱罪行,成为双料罪人服刑两国的法律制裁。樊玫也将是法国移民局按非法移民的有罪之人。樊玫很清楚自己的钱财,很快会受到法国冻结,面对追捕。此时的樊玫几乎瘫在汽车后座,这个临时安全的小空间里。

樊玫又突然想:"那个小旅馆,最初自己是使用假护照登记入住的,不知是否被发现。自己的信用卡是否可以使用,将是验证自己是否被通缉。一会儿下车,如果可以通过自动划账车费,那就万事大吉地可以住在那个小旅馆。如果真被通缉,自己便是一个插翅难逃的人。"

第二十九章
中国边检

樊玫乘坐的汽车终于停靠在那个小旅馆的街道边，她顺利地用手机绑定的法国信用卡自动结算了车费，下了车。

樊玫为这个没被冻结的账户，而残留着好景不长的侥幸。

她携着假护照，忐忑不安地走进了久违了的小旅馆。

前台的店员仍然是那位越南华人小伙子，他显然没有认出眼前变得又黑又瘦的老顾客樊玫。他很正常地跟走进来的樊玫说着欢迎光临之类的法语。

樊玫心情紧张，但是面色坦然地走近前台，用中文热情地说："嗨，好久没见，你还认识我吗？"

越南华人小伙子定神看了樊玫片刻，像是想起来似的微笑着，热情地用中文说着："哦，我记得您，欢迎再次光临！"

他是真记得，还是处于礼貌地回应，樊玫也不去多想了。在樊玫的心里更希望所有见过自己的人，都没有记忆。

从小伙子正常的神情看，樊玫之前使用假护照登记入住的这个小旅馆，显得寻常无事。樊玫紧张的心，因此放下了一半。

樊玫微笑着回应："谢谢！请问今晚有房间吗？"

越南华人小伙子微笑着说："我查一下，今天入住的客人比较多，请稍等。"

樊玫听小伙子说着久违了的中国普通话，顿感亲切，眼睛瞬间温热，她回应着:"谢谢!"

越南华人小伙子微笑着查看台式电脑里房间的情况,又说:"二层的房间没有了,我再看看顶层还有没有房间。"专心查看电脑的他,没有抬头看到樊玫已眼含热泪。

站在前台外的樊玫,揉了揉眼睛,顺便擦拭掉了泪水。她又突然地担心,如果没有房间,自己瞬间沦落街头而另找住处。

很快,越南华人小伙子抬起了眼睛看着她微笑地说:"真幸运,还有一个小房间。"

樊玫发自内心的喜悦浮现在黝黑的脸颊,激动地说:"真是太好了,谢谢!"

越南华人小伙子转而略带歉意地说:"但是,那是一间很小的楼顶房。房间没有窗子对着街面,只有屋顶的一个打不开的小天窗,您介意吗?"

樊玫知道自己眼下没有挑挑拣拣的资格,便立即回应着:"不介意,我可以住这个房间。"

越南华人小伙子诚恳地看着樊玫微笑着说:"好的,我这就给您办理,请问您要住多少天?"

樊玫一下被他的问话梗住了,不知道自己究竟住多久,顿时显得有些不知所措地支支吾吾起来。

越南华人小伙子看出她拿不定入住几天,就又热情地说:"您看这样可以吗?我先给您办理三天,或是两天,如果需要继续可以打电话到前台,或是来前台找我。如果我不在,您还需要我的帮助就在前台给我留言,我会跟您联系。"

樊玫感动不已地闪着泪花说:"你真好,谢谢你对华人的情意和帮助,我就先住两天,然后按照你说的办。"

越南华人小伙子脸上的微笑始终保持着,又说:"不用客气,很愉快能帮助到您。"

樊玫不由地说:"你的华语说得这么好,你的家人一定跟你说中国话比较多。"

越南华人小伙子满脸笑容地说:"谢谢您的夸奖!是的,我在家里经常跟我的妈妈和外婆说汉语。"

随即他又向樊玫要证件,开始办理入住登记。

樊玫又一次紧张地取出了那本假护照,递给了满脸微笑的越南华人小伙子。樊梅神色游离,恨自己一次又一次犯下的错误。

越南华人小伙子很娴熟地办理好了入住,将房卡和证件一并递给了樊玫,"希望您有一个美好的夜晚,请问有需要帮助您拿上楼梯的行李吗?"

樊玫一边接过房卡和假护照,一边显得仓促地说:"哦,谢谢!我没有行李。"

越南华人小伙子随即说:"不客气。"

樊玫牵强地笑了笑,手捂着鼓鼓的斜挎包,低着头向着旋转、狭窄的小木楼梯走去。

樊玫走进了比之前入住过这家小旅馆的房间还要狭小的房间,她简直是佩服法国人对于空间的使用,依然是麻雀虽小五脏俱全。房间几面墙确实没有窗户,只有一个斜在屋顶房瓦上的小天窗。

此时小天窗外像个小黑洞,听不见一丝街面上的声音,好似一个与世隔绝的小屋子。

她刚从农场逃出来,又把自己关进了这个巴掌大的小阁楼里。等待这个小窗口,给她送来白天和黑夜。

樊玫疲惫不堪地摘下装着所有家当的斜挎包,一头倒在铺着洁白床单的小单人床上。她望着屋顶上漆黑的小窗口,好像自己已经进入暗无天日的牢房,顿时头上又冒出层层冷汗。

樊玫的思绪顺着眼前黑洞洞的小窗口,陷入无际的黑色深渊。

在黑色的漩涡,出现农场主普沃褶皱松皮卷着的白茸毛裸体,旋转钻进了她的身体，融入了血液，践踏着她的灵魂。时而钻进她的身体，时而浮现在眼前的白毛裸体普沃，像一个摆脱不去的魔鬼，令她浑身发抖，毛骨悚然。

樊玫不知道普沃现在的情况怎样，至少在最后看到他的那一刻，他还活着。

望着小天窗的樊玫想到农场可怕的地窖搏斗，除了恐惧、恶心，又因普沃活着，为自己的那一脚感到万幸。

如果说那个远在30多公里以外的小农场，是樊玫的又一个噩梦。那么现在的处境，同样又是一个噩梦的开始。

赵彦默又浮现在樊玫的眼前，她幻想赵彦默在检察院内受审，庭外办案人员正在对自己进行抓捕行动，查封和冻结她的国内资产，下发国际通缉令，布下天罗地网要将她一网捕住。此时樊玫的脸色更加黑沉，嘴唇发白，眼睛里透着极度恐惧，好像一具活尸直愣愣地瞪着眼躺在小床上。

樊玫的幻想还在看似灰死的神色中持续，法国警车出行将对自己追捕。小旅馆这个巴掌大的顶层小房间，即将成为自己被堵截无处可逃的死角。

樊玫又侥幸自己用的是假护照登记的房间，警方很难寻找到自己。如果想永远不被警察捕到，除非饿死在这个小房间里。

饿死也不出去，不是樊玫需要的结果。她想求生，才一逃再逃。

此时，樊玫仰望天窗漆黑的天色，所幻想的一切，也都是想象。她想着，在国内的追捕情况，只有通过银行账户是否随后被冻结，得知具体。

她决定，明天出门，在小旅馆附近的银行提款机上，再试一试仅有一点儿人民币的中国银行卡是否有异常。她想："如果有异常，那就是追捕已经开始。如果是这样，显然在这家小旅馆不是长久存身之地。可是，也不知道下一个藏身的地方又在哪里？如果在法国的银行账户很快也被冻结，即便身上有卖车的几千元还有农场三个月的工资和一包珠宝，再租一个房子足不出户，这些钱财也不能保证能长久维持生存。儿子名下的巴黎房产如果也被追索,自己就不得不出现在儿子的面前。到那个时候,也是彻底暴露在追逃办案人员面前的一刻。"

此时的樊玫惶恐地思绪漫天,好似垂死挣扎在生命的尽头,死一样的神情。

她又想:"新加坡追债人的追索还没有终止,倾家荡产也是自己必须面对的。既然这一切财产冥冥之中就没有真正属于过自己,那还是彻底了清好,就当从来都没有过。"

樊玫不信鬼神,但是又感觉这些好像都是天意,不是自己的,永远都拿不走。

她深感自己得到的惩罚,已经到了不可违背的极致。

这一夜,她想了很多很多,几乎是彻夜未眠。直到小窗口渐渐泛起了亮,她才迷迷糊糊地睡着了。

她睡得很沉很沉。

她在睡梦中,梦到自己穿着服刑的衣服,手脚都戴着镣铐。她一头的秀发已经成了超短的头发,像枯草一样杂乱在头皮上。儿子和失去的四位亲人来到了她的眼前,他们相拥痛哭,难舍难分。樊玫悔恨、痛哭不止……

一阵电话铃声将正在痛哭的樊玫从梦中惊醒,眼窝全是泪水的樊玫,仍在梦的意识里,电话铃声响彻小旅馆顶层的这个小房间。

樊玫的意识被鸣响的铃声带回到现实,原来自己还活着,刚才是一场噩梦。

她正要接听电话,来电就断了。

她擦去眼窝里集满的泪,仔细地看手机的来电号码,原来是儿子打来的电话。她又连忙拨打了过去,很快儿子接听了。

"喂,妈,跟您说个好消息,我的硕士申请通过了,并取得了硕士奖学金。"电话那头儿子张成兴致勃勃地说着。

樊玫激动地呜呜地哭了起来,一句话都没有说出来。

儿子在电话里安慰着母亲的声音也显得哽咽了起来，"妈，这个好消息，您一定要告诉我爸。"

樊玫听到儿子说到了爸爸，心里更是像拧碎了一样地痛心，她强忍着、哽咽着说："会的，妈一定转告你爸，他一定会很高兴。"

儿子接着又说："妈，我认真研读硕士，以后取得成就，好好孝敬你们。"

满脸泪水的樊玫露出了由衷的笑容，她发自肺腑地说："儿子好样的，爸妈为有你这样的儿子感到骄傲。"

"妈，儿子会继续努力学习。妈，您圣诞节回巴黎吗？很久没有见到您了，您一切都好吧？"张成认真说着。

樊玫眼睛里叠映着期盼和绝望，她当然盼着团聚，恨不得一天都不离开地说："圣诞节妈回巴黎跟儿子在一起，妈一切都好，儿子放心！"

樊玫已是身不由己的人，说着连自己都不相信的话。

他们前前后后地说了十多分钟就挂断了电话。

樊玫握着挂断的手机，泪如雨下，泣不成声。

她知道自己不能跟儿子尽快见面，如果一定要见，就会有捕住的危险，那样此生就更见不上面了。只有幻想是不行的，她决定马上出去找提款机，看中国的银行账户是否冻结。

樊玫这一觉睡得很累，醒来跟儿子通完电话已是下午1点半。

下午2点。

樊玫背着斜挎包里的家当，提心吊胆地走出了这家小旅馆。

街面上来来往往的汽车和人行道上出现的人，使樊玫紧张和警觉得像一只胆小的兔子，稍有动静就会吓破胆。

她最怕遇到中国人和法国警察。

她半低头走着，长发随即半遮住脸地随着步伐摆动着。她眼睛往上抬着左顾右盼，搜寻着自己想要去的地方。她想先去一下超市，买几件换洗的内衣。

很快她看到附近有一家连锁超市，里面应该有她需要的东西。她又看到在超市不远处，有一家银行，外面有提款机。

她快步走进了超市，边扫视着周边的人，边快速地抓起货架上的几大包方便面，又在日用区拿了些内衣和袜子。她心里默默地念叨着不要遇到中国人和警察，便走向收款台结了账。她提着一大包买好的东西，警觉地走向马路斜对面那家银行门外的提款机。

樊玫站在提款机前，在摄像头下极力掩饰自己紧张的样子。她放下手里的一大袋东西，从容地在钱包里取出中国银行卡。

她的心却扑通扑通地加速跳着，她担心插进提款机的中国银联卡提不出现金，或是被提款机吃掉。

她警觉地转头向街面看去。

眼前正走过来两个法国警察。

樊玫两腿发软，眼前一暗一明，头嗡的一声，险些站不住身子。她双手颤抖地握着即将插进去的银行卡。这时，警察已经走到了她的身边。她噙泪直视着提款机，背部感觉着已经贴近身体的警察，等待着警察将她抓捕带走。

风吹起了她的长发，扑打在脸颊上，警察从她的身后走了过去。

呆滞直视提款机的樊玫，无法相信这两个警察只是擦肩而过。

她噙在眼睛里的泪水刷地滑落了下来，庆幸自己为时不多的自由。

樊玫的这颗心，多次被眼前突然的悬念击碎，又黏合着。

此时，她努力地使自己定下神，屏住呼吸。她侧脸看去，这两个警察过了马路，上了警车向远处驶去。

她的意识也开始从空白中回到了现实，继续试着在提款机上提现金。

由不得再多想的樊玫将银行卡插了进去，输入了密码后，选择了取款金额。此时，提款机显示：此卡无效，请取回您的银行卡。

樊玫瞬间头皮发麻，脸色蜡白、呆滞。她黝黑的脸上，那对大眼睛里放射着惊恐和慌张。她的脑子高速地运转，幻想案发追逃她的画面。顿时，她的眼睛又被恐惧的泪水淹没，昏花了视线。

提款机的语音又一次播出：……请取回您的银行卡。

樊玫一边颤抖着的手指无法准确地点击退出键，一边不得不再次抹擦着泪水，取出了这张中国银行的无效卡，准备快速返回小旅馆。

中国银行卡无效，说明已经冻结。

樊玫的眼睛更加发酸地集满着泪水，在快速走动的颠簸步伐中，从眼眶里抖落出断了线的泪珠。她抽着发胀、发硬的鼻子，冰冷的手抹着总也掉不完的眼泪。

樊玫回到小旅馆的小房间，将手里一袋子的生活用品放在了地上，一屁股瘫坐在地上。连续三顿没有吃饭的樊玫，饥饿条件反射地向着麻木的她，疯狂地索取对食物的需要。她的胃部从出门时的隐隐疼痛，到现在不断渗透地深痛了起来。她头上冒出了汗，一手按压在胃上，一手从袋子里翻出方便面。她颤抖着黑瘦、冰冷的双手，扯开了袋子，大口地啃着硬邦邦的干面。

她啃着啃着，竟大哭了起来。

樊玫往日的岁月，风花雪月、纸醉金迷的生活，随着巨额资金突然流进自家钱袋里的那一刻，灾难就随之铺天盖地吞食着她这一家人。

在法国生活的樊玫，也没有过上一天轻松的日子。

那美丽的塞纳河和一对对浪漫的情侣，及各色艺人，都是她惆怅擦肩的景物和人。那温情的咖啡馆，惬意阳光下的人生，从来也没有真正属于过她。那古老迷人的小巴黎，见证从历史里走过的人和事，它是樊玫的途经，却没有因对它的眷恋而留下樊玫。

一切都像是一场梦，樊玫在噩梦中游历、挣扎。

如今，樊玫的身体和心理都已经到了最后的承受极点。

她吞咽下去捧在手里的最后一口干面，抹去满眼、满脸的泪，头晕目眩地又翻出手机，搜索着关于国际追逃的内容。

她看到了国家坚持一追到底的态度和一个个在逃归案人的坦诚认罪，及一些主动回国自首坦白从宽，没收贪污资金的审判。她看到的不是死路，而是一个个悔恨的罪人，面对新的开始。

此时的樊玫，眼睛里全是悔恨的泪水。她知道自己走错了路，做错了事。

认罪、上缴赃款、重活一回，是樊玫此时看到的唯一出路和希望，即便是在自己仅有的人生时间里。

樊玫觉得自己是要结束一切噩梦的时候了，她不想再继续东躲西藏，饱受劳苦、凌辱和恐惧的日子。

在樊玫的心里，回去自首，一旦服刑，再见儿子却难了。她为此哭泣不止，心碎如泥。

她恨自己给儿子带来无辜的伤害和人生遭遇。

以后儿子还会看到同父异母的弟弟，还有抢走他父亲的戴焱焱。这些乱七八糟的事情，都要儿子未来去接受。

樊玫瘫软在地上，一点力气都没有。

她不能再见到儿子，受不了跟儿子生离死别般的告别。她决定不再见到儿子，将自己的那包家当先寄给儿子，母子他年再见。

这一夜，樊玫没有睡，准备给儿子写封信。

樊玫向小旅馆前台借来了纸和笔。

在巴黎阿让的这家小旅馆顶楼小房间昏暗的小台灯下，樊玫伏在一人半宽的小桌子上给儿子写起了信。

她的眼泪，随着字字句句滴落着，哭着写着，写着哭着，最终写完了反正面八页纸的信。

这封信，坚定了樊玫回国自首的决心。

第二天早晨，樊玫去了这条商业街上的邮局，将自己的斜挎包及里面的家当，连同写好的信寄给了巴黎的儿子。

回到小旅馆，樊玫又将自己关了整整一天，思前想后，做最后的抉择。

在阿让的这间小旅馆里樊玫瘫软在小床上，眼望屋顶侧面的小窗口，随着天色的变化思绪万千。

她生命里的亲人、朋友，一个个面孔和一些事，都像过电影一样，一个个映现在她的眼前。

转眼，自己走过了大半生。从童年到大学，自己是父母的掌上明珠和骄傲，又是学校的佼佼者，对人生充满着理想和希望。父母的笑容和默默地关爱、支持，是她生命的养料和奋发的力量。

那段生命时光，是樊玫至今认为是最美好的一段。虽说不富有，但是活得有希望。

工作后，前几年顺利平稳，并有了婚姻和宝贝儿子。时代的发展推动着丈夫张坚独创商海的决定，从那一刻起，家庭的生活开始分东离西。直到赵彦默的出现，彻底改变了自己的人生和命运，厄运随着钱的诱惑滋生在自己的婚姻和生命里，使得越陷越深不能自拔。

父母的生活条件，在自己的钱权到来后大幅度地改变着。但是，父母的脸上却多了担忧。

丈夫张坚的野心也随着金钱膨胀、癫狂，最终丧失了母亲和他的生命。自己也因钱，丢掉了父母的命。

逃亡法国的日子所遇到的人们，有的是朋友，有的不是朋友，孟一丹的仗义令自己感动。对孟一丹，因自己后来的不辞而别，经常感到自责和内疚。弗兰克这个浪漫、风流倜傥、不失绅士风度的法国男人，曾悄悄地溜进了自己的灵魂。随后，自己与弗兰克的这场邂逅，又成了一个春梦。

那看似冷漠而内心温情的法国老人邻居,一封封插在门上的信,至今令自己怀念。

还有那随着生命的存在,不可抹去的可怕记忆,梅子农场的虐待和性侵。普沃和艾玛名字,像红热的烙铁烙在自己心头的字,深刻着凌辱。

只有儿子张成在自己的生命里,是不幸中的万幸,更是自己活下去,重新面对人生的希望。

樊玫此时的眼睛里希望和悔恨交织。之前,她经常会自言自语地说:"作茧自缚。"今天她又说出了声:"自食其果,有罪就要认!"

樊玫决定回去,服刑、认罪。

次日。

樊玫退掉了小旅馆的住宿,跟前台越南华人小伙子道了别,直接去了长途车站,前往图卢兹国际机场。

樊玫没有带任何行李,在她的上衣口袋里只有一本中国护照,还有几千欧元现金,其他的物品都寄给了儿子。

在图卢兹机场,樊玫身轻如纸地走向售票窗口,用真实的中国护照购买了当晚中国民航飞往中国的机票。

凌晨,樊玫顺利登机。

长久以来害怕见到中国人的樊玫,一下坐在了几乎全是中国乘客的中国民航的机舱里,她突然有回家的感觉。

空姐亲切的笑容和无微不至的关心,更让她感到温暖。

樊玫购买的是普通座,靠窗的位置。这个等级的座位,对于她才是真实的。她不再回避地跟身边的中国乘客微笑示意。

飞机在十分钟后,进入起飞前的关机提示。

樊玫没有再跟儿子打电话和留言,而是关机。她闭上了眼睛等待飞机起飞,眼睛里溢满泪水,被极力地锁封在闭着的眼皮内。

飞机移动在跑道上，机舱灯光渐暗，飞机在急速奔跑中冲向夜空，瞬间将世间的繁华分割在天地之间。

樊玫侧脸望向机窗下灯火阑珊的城市，好似巴黎被瞬间分离在腾空而起的机身之下。那繁灯闪烁中的人情冷暖，留给了儿子独自面对的未来人生。

樊玫的眼睛再也承载不住集满眼眶的酸楚泪水，直泄而下。她不舍离别儿子，如刮骨割肉剜心，不能活。她的眼泪混合在飞机的轰鸣声中，涌过脸颊，流进嘴角、颈部和衣领里。

飞机上的这一夜，樊玫睡得很沉。

这么多天的刺激、紧张，使樊玫疲惫到了极致。回国的决定，使她放下了常年压在身上不能喘气的巨石，彻底轻松了。

飞机在第二天中午，平稳地降落在中国的国土上。

樊玫随着飞机缓缓滑行，难以说得清楚的激动，默念着：终于回家了，这块阔别多年的土地。

樊玫是飞机上唯独没有带任何行李的乘客，她一身轻地跟随着其他乘客缓缓地走下飞机，走向中国边检海关。

巴黎，张成收到了母亲寄来的包裹和信。

他随意地打开这小箱包裹，看到了母亲放在里面的斜挎包及包里的珠宝首饰和其他随身物品。

张成顿感心惊肉跳，这些东西好似遗物一样出现在眼前。他不敢多想地看到了里面放着的一封信，双手微颤地揭开信封，取出像是雨水打湿，又风干了的、皱皱巴巴的一叠信纸。

张成满脸惊恐的展开着母亲写来的信，信纸字面上打湿又干了的一个个坑洼不平的圆印迹，分明是母亲一颗颗滴落的泪水。

张成惊恐的眼睛里立即涌出泪水，他不知道母亲到底发生了什么事。他本能地抹擦着模糊视线的泪水，恐慌地看着信纸上随着泪痕斑斑起伏的字字句句。

母亲这样写道：

我亲爱的儿子成成：

当你收到这封信的时候，妈妈已经离开法国，平安地回到了中国。妈妈这一次回去，可能要跟你分别很长一段时间。但是，妈妈知道你已经不再是一个孩子，而是一个有主见、有生存能力、有理想，让妈妈放心和骄傲的人。

妈妈给你寄去的东西你先替我保存，那些首饰妈妈不方便携带，以后会需要你寄回中国。

成成，妈妈不是不愿意见到你，是妈妈不忍离别伤痛，才不辞而别。妈妈和爸爸是那么爱你，又那么对不起你。我们今天在这里向你郑重地道歉：对不起，我们的儿子！

成成一定会很诧异，为什么爸爸妈妈向你道歉？那是因为，爸爸和妈妈愧对国家，做了非常严重错误的事，必须回去面对。相信我们的儿子有足够的承受力，勇敢地面对和接受这一切。

……

张成的眼泪，滴落在母亲泪迹斑斑的一字一句上。此时，樊玫已经走到了机场中国边检。

樊玫的脸上浮现着平静、温和，眼睛里蕴含着回归。

当樊玫看到中国边检的这几个字时，眼睛里闪烁着泪花，好似自己父亲和母亲已经站在了到港大厅，正等待接她回家。

这一刻，她酸胀的眼睛渗出了热泪，使她更清楚地看到自己的心。原来，离开了这么多年，朝思暮想的，还是生她养她的这块土地。

随着一个个乘客检验过关，樊玫含泪微笑着信步地走到了中国边检海关警官的面前。她从口袋里取出了中国护照，交给了警官。

警官微笑示意，打开了她的护照，将护照和樊玫之间认真地对照。

樊玫从容地面对警官的注视，淡淡地微笑着，一言不发。

警官请她稍等，便通知了里面的警官。

很快，从里面走来了两个着装的警官。他们和海关警官略有交代，转接了樊玫的护照。随即，两位警官向樊玫示意，樊玫微笑默许，警官一边一个扶着樊玫的小臂，走进了中国海关。

巴黎。

张成泪流满面地翻阅着正反八页信纸的母亲来信。

在信中，母亲叙述着自己犯下的不可饶恕的错误，使儿子连续失去了四位亲人。还有，父亲张坚所犯下的不可饶恕的错误，以及今后将要面对的那个私生的、同父异母的弟弟张萌。

樊玫告诉儿子由于母亲的错误，儿子将会失去巴黎现住的房子，还回原本属于国家的财物。她相信儿子已经可以完全靠自己的努力和成绩，赢得自己优秀的人生。

随着信的内容和满纸泪迹，使得这封信就像是惊涛拍岸，跌宕起伏着樊玫的情感挣扎和深痛的人生悔恨。

在信的最后，泪痕更为密集地交映着母亲的话语：

成成，如果生命和人生可以重来，爸爸和妈妈一定是称职的人。——等待妈妈回到你的身边，相信我们会有见面的那一天。